# SELIGMACHER

Jürgen Mathäß, 1951 in Landau geborener freier Weinjourna-
list, Unternehmensberater und Buchautor, studierte VWL und
Jura in Frankfurt/Main. Er war Chefredakteur des Business-
magazins »Weinwirtschaft« und machte sich 1993 als Journalist
und Unternehmensberater selbstständig. Er lebt seit zwanzig
Jahren wieder in Landau, ist verheiratet und hat drei Kinder.
www.juergen-mathaess.de

JÜRGEN MATHÄß

# SELIGMACHER

## KOMMISSAR BADENHOPS
## VIERTER FALL

*Pfalz Krimi*

emons:

**Bibliografische Information der Deutschen Nationalbibliothek**
Die Deutsche Nationalbibliothek verzeichnet diese Publikation
in der Deutschen Nationalbibliografie; detaillierte bibliografische
Daten sind im Internet über http://dnb.d-nb.de abrufbar.

© Emons Verlag GmbH
Alle Rechte vorbehalten
Umschlagmotiv: Roberto Pastrovicchio/Arcangel.com
Umschlaggestaltung: Nina Schäfer, nach einem Konzept
von Leonardo Magrelli und Nina Schäfer
Umsetzung: Tobias Doetsch
Gestaltung Innenteil: DÜDE Satz und Grafik, Odenthal
Lektorat: Susann Säuberlich, Neubiberg
Druck und Bindung: CPI – Clausen & Bosse, Leck
Printed in Germany 2021
ISBN 978-3-7408-1330-7
Pfalz Krimi
Originalausgabe

Unser Newsletter informiert Sie
regelmäßig über Neues von emons:
Kostenlos bestellen unter
www.emons-verlag.de

*Der Horizont vieler Menschen ist
wie ein Kreis mit Radius null.
Das nennen sie dann ihren Standpunkt.*

Albert Einstein (angeblich)

# Prolog

Verdammte Schraube. Irgendeiner seiner Vorgänger hatte den Verschluss der Ölwanne so zugeknallt, dass Egid sich jetzt überlegte, ob er sie aufbohren müsste. Eine Drecksarbeit. So hatte er sich das nicht vorgestellt, als er den fast fünfzig Jahre alten DKW Junior irgendwo in der Nähe von Bamberg gekauft und abgeholt hatte. Natürlich wusste er, dass da noch viel Arbeit zu investieren war. Aber mussten es unbedingt unbewegliche Schrauben sein?

Billig war der knallgelbe Dreizylinder sowieso nicht gewesen. Aber Egid hatte sich wie ein kleines Kind darauf gefreut. Den perfekt hergerichteten Oldtimer an schönen Tagen aus der Garage holen und übers Land fahren. Da wäre seine Familie in Feierstimmung. Sogar seine Frau, die sich sonst nur ins Auto setzte, um irgendwo hinzukommen, und seine Begeisterung für die »Blechkisten« überhaupt nicht verstand.

Stolz konnte man sein. Fahrer wie Zuschauer erlebten regelmäßig, wie sehr Fahrgäste in Oldtimern von den Passanten beneidet wurden. Da war man etwas Besonderes. Etwas Besseres. Für kurdische Flüchtlinge alles andere als üblich. Eine bewegende Vorstellung auch für ihn, obwohl er die alte Kutsche natürlich nicht deshalb herrichten wollte. Ihm ging es um das Auto, nicht um die Zuschauer. Trotzdem: Freudige Erwartung mischte sich in den Ärger wegen der blöden Schraube. Wer hätte gedacht, dass er es in diesem Land einmal so weit bringen würde?

Schon als Junge hatte sich Egid für Autos interessiert. Kein Wunder: Sein Vater arbeitete in einer Autowerkstatt in Wan, das die Türken Van nannten. Er hatte ihn ein paarmal zur Arbeit mitgenommen. Das waren einige seiner schönsten Kindheitserinnerungen. Bereits beim ersten Mal hatten ihn die Männer dort freundlich begrüßt und gefragt: »Na, Egid, willst du deinem Vater helfen?« Der Vater hatte sich viel Zeit für seine Fragen genommen. »Wie funktioniert das?« »Was macht man damit?« »Wie schnell fährt das Auto?« Da gab es so viele Werkzeuge, unzählige Einzelteile und immer wieder tolle Schlitten. Alles war interessant, eine Männerwelt eben.

Später, als er etwas älter war, wurden seine Fragen spezifischer. Und einmal, mit dreizehn, kurz bevor die Familie die Türkei verließ, hatte der Vater ihn sogar für ein paar Tage als Arbeiter in die Werkstatt gebracht. Da durfte er helfen, Autos abzukleben, die neu lackiert werden sollten. Seite an Seite arbeitete er mit den Älteren. Ein richtiger Mann. Natürlich wollte er auch Automechaniker werden. Ein anderer Beruf wäre ihm nie in den Sinn gekommen.

Ganz überraschend kam es nicht für die Familie, als der Vater eines Tages sagte: »Wir müssen weg.« Es hatte wieder Razzien gegeben. Einige ihrer Freunde waren verschwunden. Sie konnten nicht viel mitnehmen, jeder einen Koffer. Die Großeltern blieben in Wan. Egid hatte sie sehr vermisst.

Nach der Ankunft im fremden Deutschland hatte er lange warten müssen, bis er sein Berufsziel hatte weiterverfolgen können. Immerhin wurde die Familie wegen ihrer PKK-Sympathie nicht mehr verfolgt und bedroht, obwohl die Organisation schon zwei Jahre nach ihrer Ankunft auch in Deutschland verboten wurde. Der Vater hatte das nicht verstanden, jedoch darauf geachtet, dass er sich an die Vorschriften hielt. »Wir sind hier Gäste in einem fremden Land. Die Deutschen haben uns aufgenommen. Dass sie der türkischen Regierung einen Gefallen tun, damit sie mit ihr Geschäfte machen können, gefällt mir nicht. Aber wir müssen es akzeptieren.«

Nur wenige Freunde und nicht alle Verwandten hatten diese Haltung geteilt, ebenso wenig wie seine sprachlichen Anweisungen. Der Vater drängte von vornherein darauf, dass die ganze Familie, vor allem die vier Kinder, umgehend Deutsch lernten und sich in der Schule und im Beruf den Anforderungen der neuen Heimat stellten. Das war im Ludwigshafener Stadtteil Hemshof, wo die Familie bis heute wohnte, nicht ganz einfach und schon gar nicht selbstverständlich. Sogar in der Schulklasse gab es mehr Zuwandererkinder als Deutsche. Viele befreundete Kurden versuchten, ihr gewohntes Leben so gut es ging weiterzuleben, blieben unter sich, brachten der deutschen Gesellschaft und ihren Gesetzen nur so weit Sympathie entgegen, als es ihren Vorstellungen vom Leben und den Gesetzen ihrer Religion nicht widersprach.

Jedenfalls, so ging es Egid durch den Kopf, hatte der Vater mit seiner Einstellung dazu beigetragen, dass die Kinder sich nicht mit Hilfsarbeiten durchs Leben schlagen mussten. Sie hatten einen Beruf gelernt und hatten Deutsche in ihrem Freundeskreis – ihre hier geborenen Kinder sowieso. Dass Egid eine eigene Autowerkstatt hatte, war indirekt auch das Verdienst seines Vaters. Die Mutter allerdings hatte es nicht geschafft. Sie war nur bei ihren Putzjobs unter Deutsche gekommen und konnte bis heute kein richtiges Gespräch in einer anderen Sprache als Türkisch und Kurdisch führen.

Egid wollte es für diesen Arbeitstag gut sein lassen und aus der Grube herausklettern. Gerade drehte er sich zur Treppe um, als er sah, wie sich ein Schatten am Fußboden neben dem Wagen bewegte. Egid verhielt sich ruhig. Er fragte sich, ob er noch Geräusche gemacht hatte, als der Fremde in die Halle gekommen war. Hatte der bemerkt, dass er sich in der Grube aufhielt?

Kurz darauf sah er ein paar sonderbare Cowboystiefel und ein Stück von zwei Jeansbeinen. Der Mann schien still stehen zu bleiben.

Cowboystiefel? Etwas regte sich in seinem Kopf, kroch ihm über den Rücken und ließ ihn den Schraubenschlüssel fester in die Hand nehmen. Eine dumpfe, böse Erinnerung hatte sich in seinem Gehirn Bahn verschafft. Als ob ein böser Geist seine Werkstatt erfasst hätte, schien die Freude über den gelben DKW von einem Augenblick auf den anderen etwas Verbotenes geworden zu sein, etwas, das gar nicht sein durfte. Nicht nach dem, was passiert war.

Egid musste sich überwinden, die Angst, die Trauer und die Wut wieder dorthin zu verbannen, wo sie keinen Schaden anrichten konnten. Erinnerung ja, doch das Leben ging weiter, auch wenn dieser Satz manchmal unerträglich banal war.

Nein, dachte er, was soll das? Es gibt keinen einzigen Grund, sich wegen dieser Kleinigkeit aufzuregen. Was geschehen war, lag lange zurück. Der Kunde hier konnte nichts dafür. Leute, denen solche Stiefel gefielen, gab es mehr als genug.

Stumm schüttelte er den Kopf, wie um die Gedanken abzuschütteln, die ihn einen Moment gepackt hatten. Dennoch verharrte er still und wartete, als ob er sich auf eine unbekannte Gefahr einstellen müsste.

Dann bewegten sich die Füße wieder. »Hallo, ist da jemand?«, hörte Egid den Mann rufen.

»Augenblick, ich komme raus«, antwortete er, legte den Schraubenschlüssel an die Seite der Grube, wischte sich die ölverschmierten Hände am Overall ab, ging die Treppe hoch und sah zu dem Mann, der sich in diesem Moment umdrehte. Dann erstarrte er.

# EINS

»Herr Grindelsbacher, Sie sollten weniger Hausmacher essen«, hatte der Arzt mit ernstem Blick gesagt. »Oder allgemein: Der Verzehr tierischer Fette sollte auf jeden Fall reduziert werden. Gemüse und frisches Obst sind dagegen sehr zu empfehlen. Fisch ginge auch, aber möglichst keine Meeresfrüchte.« Krabben und Ähnliches enthielten besonders viel Cholesterin. Und das müsse runter. »Man kann fast sagen, LDL unter siebzig ist Ihre Lebensversicherung«, hatte er ihm noch mit auf den Weg gegeben, als er das Rezept für achtziger Atorvastatin unterschrieb. »Jeden Abend. Nicht vergessen!« Obwohl er ja noch recht jung sei, lebe er jetzt mit einem kardiovaskulären Risiko. Damit sei nicht zu spaßen. Mit einem Blick auf die Speckrollen am Bauch seines Patienten hatte er hinzugefügt: »Bewegung und frische Luft sind noch wichtiger. Körperliche Fitness senkt das Infarktrisiko nämlich erheblich stärker als niedrige Cholesterinwerte.« Um mit schiefem Grinsen zu ergänzen: »Bewegung, das heißt Sport, Laufen, Abnehmen. Nicht mit dem Traktor durch die Weinberge fahren.«

Karl Grindelsbacher wusste das alles, auch wenn er es gern verdrängte. Er hatte seine Morgentoilette beendet, das weiße Hemd, das Erika ihm herausgehängt hatte, und den Anzug angezogen. Ohne Eile schlurfte er in die Küche.

Obwohl der fast glatzköpfige Mittvierziger zuletzt einige Kilos abgenommen hatte, war seine rundliche Körperform weitgehend unverändert geblieben. Er sehe aus wie Gernot Hassknecht von der »heute-show«, hatte einmal ein Kollege gespottet. Grindelsbacher hatte sich daraufhin an einem Freitagabend die Politsatire angesehen, für die er sich noch nie interessiert hatte. Aber dieser Hassknecht trat gar nicht auf. Danach vergaß er die Sache wieder. Politik war nicht sein Ding. Diese Comedy-Sendungen auch nicht, die immer häufiger im Fernsehen kamen. Wenn überhaupt, dann setzte er sich dazu, wenn Erika Volksmusiksendungen verfolgte. Und Fußball natürlich.

In seiner Jugend hatte er selbst gekickt. Bis er seine spätere Frau kennenlernte. Da hatten sie an den Wochenenden lieber zusammen etwas unternommen, zumindest anfangs, als sie noch frisch verliebt gewesen waren. Danach war er nicht mehr so richtig reingekommen, obwohl er noch ein paarmal ins Training gegangen war. Zeit hätte er gehabt. Die Arbeit als Angestellter bei der städtischen Verwaltung forderte ihn nicht besonders. Ausgleich hätte ihm nicht geschadet. Stattdessen hielt er sich an nahrhafte Pfälzer Kost und trank mit seinen Kumpels lieber einen Schoppen Schorle, als auf dem Platz herumzurennen. Und schließlich waren da noch die paar Weinberge, die er von den Eltern geerbt hatte und nebenbei versorgen musste.

Kinder hatten sie keine bekommen, was seine Frau eher enttäuscht, er dagegen zufrieden in Kauf genommen hatte. Letztlich war es vielleicht gut gewesen, denn seine Ehepartnerin war schon jung einem Krebsleiden erlegen. Er konnte sich überhaupt nicht vorstellen, wie er allein mit Kindern den Alltag hätte bewältigen sollen.

Zwei Jahre später war er Erika bei der Geburtstagsfeier eines Freundes begegnet. Sie hatten sich auf Anhieb verstanden und waren nach einem Jahr in Rhodt zusammengezogen. Es hatte ihm gar nichts ausgemacht, dass sie Kevin mit in die Beziehung gebracht hatte, der damals erst zehn Jahre alt gewesen war. Nun lebten sie schon ein Jahrzehnt zusammen. Von Heirat war nie die Rede gewesen. Warum auch? Sie fühlten sich als Familie. Kevin und er waren wie Vater und Sohn.

Doch, es ging ihnen ganz gut, bis dieser Herzanfall angedeutet hatte, dass zumindest bei ihm nicht alles einfach so weitergehen konnte. Immerhin hatte er gleich zweimal Glück gehabt, einmal, weil Erika dabei und der Notarzt schnell zur Stelle gewesen war. Zweitens, weil er nach der Genesung diese ruhige Stelle im Schloss angeboten bekommen hatte.

Dass dieser Job gut für ihn wäre, hatte er zumindest gedacht.

Aber bald hatte er festgestellt, wie langweilig das Herumstehen war und dass der Arbeitstag ihm viel länger vorkam als früher. Kunst war auch nicht gerade das, wofür er sich noch begeistern konnte. Merkwürdig, denn vor Jahren hatte er eine Zeit lang recht regelmäßig Ausstellungen besucht, sogar ein paar Künstler gekannt. Wenn er heute darüber nachdachte, hatte das mehr mit seinen damaligen Kumpels zu tun gehabt als mit echtem Interesse. Eine wilde Zeit. Er mochte lieber gar nicht darüber nachdenken.

Spätestens als er Erika kennengelernt hatte, war es vorbei gewesen. Die Einladungen zu den Ausstellungen schickten die Galerien und Kunstmuseen zwar immer noch. Er warf sie jedoch sofort weg. Max Slevogt, na ja. Er konnte die eine oder andere Frage von Besuchern beantworten. Richtig interessiert gezeigt hatte er sich nur beim Einstellungsgespräch.

Jetzt stocherte Grindelsbacher unwillig in seinem Müsli herum. Lebenspartnerin Erika, die nach seiner Herzoperation die Rolle einer Ernährungs-Gouvernante übernommen hatte, lehnte daneben an der Küchenzeile und würde mit rigidem »Du willst doch nicht ernsthaft …« reagieren, wenn er Anstalten machte, im Kühlschrank nach seinem geliebten Schwartenmagen zu kramen. Fleisch, vor allem Schwein und Rind, hatte sie ihm strikt rationiert. Nur mit äußerster Anstrengung hatte er geschafft, dass immerhin noch etwas davon im Haushalt bleiben durfte und nicht alles weggeworfen werden musste. Es war ja eigentlich auch in Ordnung. Er sollte unbedingt gesünder leben. Seit er wieder zur Arbeit ging, war außerdem entschieden worden, dass er den knappen Kilometer zu Fuß lief. Da wagte er Erika nicht zu widersprechen. Anfangs hatte er hügelaufwärts ganz schön gekeucht. Nach vier Wochen fiel es ihm schon erheblich leichter. An manchen Tagen lief er geradezu beschwingt an den Weinbergen vorbei nach oben.

Am liebsten hätte er den Job ja ganz aufgegeben. Das könnte sogar seiner Gesundheit nützen. Statt die meiste Zeit herumzusitzen oder herumzustehen, könnte er mehr im Weinberg und im Keller arbeiten. Kevin, Erikas Sohn, wurde in Kürze mit seiner Winzerausbildung fertig und träumte davon, eigene Weine abzufüllen, statt wie bisher die Trauben ihrer anderthalb Hektar Weinberge bei der Genossenschaft abzuliefern. Zukunftsmusik. Von den paar Zeilen Dornfelder, Müller-Thurgau und Riesling konnte man nicht leben. Aber wenn noch einiges dazukäme, könnte man in diese Richtung planen.

Ohne es zu merken, nickte er mehrfach wie zur Bestätigung seiner Überlegungen.

»Hat's geschmeckt?«, fragte Erika, die das Nicken wohl falsch verstanden hatte.

Aufgeschreckt aus seinen Gedanken sah er sie an, murmelte: »Geht so«, und schob die leere Schüssel von sich weg. Etwas Handfestes wäre ihm erheblich lieber gewesen.

»Ich hab dir einen Tomatensalat eingepackt und etwas von dem Siebenkornbrot, das du ja ganz gern magst«, sagte die fürsorgliche Diktatorin an seiner Seite und hielt ihm die Aktentasche hin. »Heute Abend kommt Kevin nach Hause. Er will mit dir über den Anbau reden.«

Vor Wochen hatte Kevin einen Anbau erwähnt. Grindelsbacher hatte das nicht als aktuelle Sache verstanden, die man schon detailliert besprechen musste. Das ging ihm zu schnell. Wenn Kevin mit kleinen Mengen eigener Abfüllung anfangen wollte, musste man nicht gleich mehrere zigtausend Euro in einen Anbau stecken, zu dem ja dann wohl auch Traubenannahme, Pumpen, Stahltanks, Barriquefässer und andere stinkteure Geräte gehören würden. Ein Rattenschwanz von Kosten, bevor man nennenswert Kunden für die Weine hätte. Nein, dazu hatte er keine Lust.

»Hm, darüber können wir reden. Aber man muss zusehen, dass man nicht die Katze vom Schwanz her aufzäumt. Erst soll er mal klein anfangen. Wenn es läuft, kann man immer noch investieren.«

Erika grinste. »Katze aufzäumen wäre mal was Neues. Lass uns doch mal sehen, was Kevin für Pläne hat, und hör ihn an, ohne gleich zu explodieren, okay?« Sie strich ihm sanft über die Wange und gab ihm einen Abschiedskuss.

Wenig später verließ Grindelsbacher das Haus. Ein herrlicher Tag. Die Morgensonne ließ die letzten Mandelblüten in weißlichem Rosa leuchten. Die ersten Triebe waren in den Weinbergen zu sehen. In den Gärten blühten Tulpen. Trotz des schönen Frühlingswetters war er irgendwie schlecht gelaunt. Etwas rumorte in ihm. Das Ernährungsdiktat? Kevins Pläne? Die Arbeit, die ihm noch nie Spaß gemacht hatte?

Er dachte nicht weiter darüber nach und schlug mit mürrischem Gesicht den Weg in Richtung Schloss ein. Dabei machte ihm das Laufen gar nicht mehr so viel Mühe wie noch vor wenigen Wochen.

Als er die letzten Häuser des Dorfes hinter sich gelassen hatte, die zarten Triebe der Reben rechts und links des Weges, blühende Büsche und den blauen Himmel sah und diesen unwiderstehlichen Duft des Frühlings einatmete, da war ihm auf einmal leichter ums Herz. Je näher er der Villa und dem Wald kam, umso besser schien die Luft zu schmecken, die in seine Lungen strömte.

Ein paar Meter noch, dann hatte er das große Eingangstor erreicht und dachte gar nicht mehr darüber nach, wie häufig ihm heute wohl Besucher komische Fragen stellen würden, wie oft er allzu Neugierige zurechtweisen müsste, weil sie die Gemälde berühren wollten oder gar mit Butterbroten vor den Bildern herumfuchtelten. Ach, er freute sich sogar auf den Blick aus dem oberen Stockwerk, wo sich die Ausstellung befand. Heute, bei diesem klaren Frühlingswetter, konnte er bestimmt die ganze Rheinebene bis nach Heidelberg überblicken.

## ZWEI

Drei gut gelaunte Rentnerpaare verließen am Morgen nach einem üppigen Frühstück das »Gästehaus Pabst« in Rhodt. Sie sahen nicht aus wie die typischen Pfälzerwald-Wanderer, die sonntags mit Knickerbockern, Hosenträgern und kariertem Hemd in den Wanderhütten saßen. Zwar trugen sie Wanderschuhe, und einige von ihnen hatten sich einen kleinen Rucksack aufgeschnallt. Aber die pensionierten Lehrer und Kleingewerbetreibenden aus Dortmund unter Führung eines Weinhändlers, der sie in die Pfalz gelockt hatte, waren dezent gekleidet, sodass sie auch in einer Kunstausstellung nicht fehl am Platz wirken mussten.

Das abwechslungsreiche Tagesprogramm war schon am Abend ausgemacht worden. Kunst, Geschichte, zünftige Einkehr, Wanderung, schließlich Besuch eines Weinguts, eines Lieferanten des Händlers. Dieser weinselige Tagesabschluss sollte glücklicherweise wieder in Rhodt stattfinden. Kein langer Heimweg. Kein Auto. Gut so.

Man sah nach oben und nach Westen und schien allgemein zufrieden mit dem leicht bewölkten, angenehm warmen Frühlingstag.

»Na, dann wollen wir mal«, meinte einer der sechs nicht sonderlich einfallsreich und wandte sich in Richtung Wald. Die erste Etappe würde kurz ausfallen – entlang der Weinberge und ein kurzes Waldstück hoch zur Villa Ludwigshöhe. Rasch fand jeder seinen Trott. Man plauderte ein wenig über den gestrigen Abend mit Leberknödeln und Bratwurst und lachte über »vielleicht einen Schoppen zu viel«. Die Stimmung konnte kaum besser sein.

Nicht nur an schönen Frühlingstagen war »die Villa«, wie die Pfälzer sagten, ein beliebtes Ausflugsziel. Der ehemalige Sommersitz des Bayernkönigs Ludwig I. war aus Edenkoben mit dem Auto und aus Rhodt zu Fuß leicht zu erreichen. Der phantastische Blick über die Rheinebene rief immer wieder Ahs und Ohs hervor.

Der Weinhändler fand wohl, er sollte seine Gäste etwas auf den Besuch einstimmen, und hielt, als man sich dem imposanten Bau näherte, einen kleinen Vortrag.

»Der Grundstein für die ›Villa italienischer Art‹ – so lautete der Bauauftrag – wurde 1846 gelegt. Erstmals sind Ludwig und Gemahlin Therese zu sechs Wochen Sommerfrische im Juli 1852 aus München angereist. Doch da war er schon kein König mehr: 1848 hatte er abdanken müssen, vor allem wegen des deutlich geäußerten Unverständnisses der bayerischen Untertanen für die erotisch-politische Affäre seiner Majestät mit der Tänzerin Lola Montez. Das Schloss ist bestens gepflegt, und wir können heute beide Stockwerke besichtigen. Im unteren Stockwerk habe ich schon erlebt, dass sogar Kinder Spaß haben, vielleicht weil noch ein Badezimmer und die technisch damals hochmoderne Schlossküche zu bewundern sind. Vor allem aber dürfen sie – die Erwachsenen müssen – große Filzschuhe über ihre Schuhe ziehen und damit auf dem wertvollen Parkett herumrutschen. Allerdings hat es, als ich dort gewesen bin, ein wenig Ärger gegeben, weil die Kinder bei ihren Rutschpartien den Vortrag der Führerin gestört haben.«

»Oben gibt es eine Ausstellung, oder?« Einer der Wanderer hatte sich schon ein wenig vorinformiert.

»Ja, genau. Das obere Stockwerk kann getrennt besichtigt werden. Es beherbergt seit 1980 eine Dauerausstellung mit jeweils etwa hundertdreißig wechselnden Gemälden des wohl bekanntesten Pfälzer Künstlers, des Impressionisten Max Slevogt.«

Einer aus der Gruppe wollte wissen, wie lange die Besichtigung dauern sollte und ob noch genug Zeit für die Wanderung bliebe.

»Das können wir uns einrichten, je nachdem, wie lange wir uns mit der Ausstellung Zeit nehmen. Man kann im Schloss und drum herum den ganzen Tag verbringen, wenn man will. Es gibt draußen, wenige Schritte bergan, die einzige Sesselbahn der Pfalz hinauf zur Rietburg. Von der ursprünglichen Burg sind nur noch wenige Mauern erhalten. Ich habe geplant, dass wir hochfahren und dann eine längere Wanderung machen.«

Das Weindorf Rhodt mit allerlei touristischen Attraktionen von der malerischen Theresienstraße bis hin zu Weingütern und Weinstuben nutzten viele Pfalzbesucher als Ausgangspunkt oder Abschluss ihres Kurzurlaubs. Einer abwechslungsreichen Landpartie stand wenig mehr entgegen als sonntägliche Scharen von Menschen, die das gleiche Vergnügen suchten und die Weinstuben ebenso überfüllten wie die beiden Cafés am unteren Ende und in der Mitte der Theresienstraße. Die »Villa«, die an Wochentagen eher spärlich besucht wurde, war bei vielen ein Teil des sonntäglichen Programms. Keine Frage, dass die wandernden Pfalzbesucher sich diesen kulturellen Leckerbissen nicht entgehen lassen wollten.

Dieser Dienstag jedoch war nicht wie jeder andere. Die Vorfreude der an Werktagen nicht allzu zahlreichen Touristen wurde arg enttäuscht, weil unangekündigt das Schloss und die Ausstellungen für Besucher nicht geöffnet waren. »Wegen Zwischenfall geschlossen« stand auf einem handgeschriebenen und eilig an das Eingangstor geklebten Zettel. Davor stand jetzt die kleine Rentnergruppe.

Einer las vor, schüttelte den Kopf und sagte missgelaunt: »Zwischenfall? Was soll das denn heißen? Da kommt man extra hierher …«

Dann begann das Rätseln, um welches unerwartete Ereignis es sich handeln könnte, vor allem, weil man ein Auto mit aufgesetztem Blaulicht damit in Verbindung brachte, das etwas abseits geparkt war. Einigung war nicht zu erzielen. Ein Unfall? Ein Diebstahl? Ein randalierender Besucher? Gut, dann würde man eben die Wanderung etwas ausdehnen und sich gegen Abend im Dorf erkundigen, ob morgen wieder geöffnet wäre. Dem freundlichen und sehr gesprächigen Vermieter käme wohl im Laufe des Tages zu Ohren, was es mit dem »Zwischenfall« in der Villa auf sich hatte.

Wer sich noch im Inneren des monumentalen Gebäudes aufhielt, wusste bereits: Es war Schreckliches passiert. Michael Rüb, Angestellter der Generaldirektion Kulturelles Erbe Rheinland-Pfalz und verantwortlich für die Besucherorganisation der Slevogt-Ausstellung, konnte es kaum fassen. Mit zitternden Fingern hatte er die Edenkobener Polizei angerufen. Es hatte nicht lange gedauert, bis der grüne Passat mit dem aufgesetzten Blaulicht vor der Tür gehalten hatte.

Jetzt stand Rüb mit den Polizisten in einem der hinteren Ausstellungsräume und starrte auf die Szenerie, die ihm immer noch unfassbar schien. Die kleine Gruppe bildete einen Halbkreis um den Platz des berühmten »Selbstbildnis mit Strohhut«. Das kleinformatige Werk des Pfälzer Impressionisten hatte Dr. Sigrun Paas für die Max-Slevogt-Galerie der Villa einmal so beschrieben:

*Das Porträt nimmt von Anfang an eine herausragende Stelle im Schaffen Slevogts ein. Unter den gegen Ende der achtziger Jahre entstandenen, in dunklen Farben gehaltenen Bildnissen gibt es nicht wenige Selbstporträts. Auf dem »Selbstbildnis mit Strohhut« dominieren lichte Farben. Vor allem der gelb glänzende Hut und das helle Hemd vermitteln eine sommerliche Atmosphäre. Gegenüber den früheren Selbstporträts unverändert sind die Nachdenklichkeit im Blick des Malers und der prüfende, Distanz schaffende Blick, der kritisch auf dem Betrachter liegt. Dem ruhigen, vertieften Beobachten entspricht die Struktur der Malerei, die in ihrer Dynamik große gestische Schwünge vermeidet zugunsten einer genaueren Modellierung.*

Wo vorher das »Selbstbildnis mit Strohhut« gehangen hatte, sah Rüb jetzt nur noch ein weißes Rechteck. Das Gemälde war verschwunden. Ein Diebstahl in der Villa Ludwigshöhe, während der Öffnungszeiten! Das hatte es noch nie gegeben. Wie es gelungen war, das Werk abzunehmen und sich unbemerkt zu entfernen, war Rüb völlig unklar.

Dennoch konnte er die Umstände des Diebstahls oder den Verlust eines der bekanntesten Werke der Ausstellung im Augenblick noch gar nicht gedanklich verarbeiten. Ihn beschäftigte eine ganz andere, ihm immer noch unwirklich scheinende Tatsache: Vor der leeren Stelle an der Wand lag nämlich der für zwei Räume der Ausstellung zuständige Aufseher Karl Grindelsbacher in seinem Blut, das sich bereits einen Weg in die Ritzen und Poren des Parketts gesucht hatte.

»Halten Sie Abstand und berühren Sie auf keinen Fall etwas.« Der diensthabende Polizist war nur wenige Minuten nachdem sie Grindelsbacher entdeckt hatten hereingestürmt. »Das hier ist nichts für uns, Gerd«, sagte er in dienstlich-strengem Ton zu seinem Kollegen. »Ruf sofort das Kommissariat für Schwerverbrechen in Neustadt an und dann sorge dafür, dass niemand das Haus verlässt, auch keiner der Ausstellungsbesucher. Und frag unten am Eingang, wie viele Leute heute schon wieder rausgegangen sind und ob sich die Person an der Kasse an alle erinnert. Viele waren es bestimmt nicht. Es ist ja noch früh am Tag.« An die Umstehenden gewandt fragte er, wer den Toten entdeckt habe.

Michael Rüb deutete auf eine ältere Dame, die auf dem einzigen vorhandenen Stuhl saß. »Das ist eine Besucherin. Sie kam in den Raum und fand Karl hier auf dem Boden. Wie lange er schon da lag, weiß man nicht. Am frühen Morgen sind kaum Besucher hier, und heute kamen zufällig auch keine Schulklassen. Aber sehr lange kann er nicht unentdeckt gelegen haben, da ständig Leute in allen Ausstellungsräumen herumlaufen.«

Der Polizist nickte. »Zeigen Sie mir bitte, welchen Ausgang der Täter genommen haben könnte. Er wird ja vermutlich nicht durch den Haupteingang hinausspaziert sein, oder?«

Rüb dachte einen Moment nach. »Viele andere Möglichkeiten als den Haupteingang gibt es nicht, es sei denn, der Mann hat sich sehr gut ausgekannt und war in der Lage, die Türsperren zu überwinden. Und die Türen sind normalerweise nur mit registrierten Fingerabdrücken zu öffnen, abgesehen von zwei existierenden Hauptschlüsseln, die einbruchsicher verwahrt werden.«

Sehr wahrscheinlich schien es nicht, dass der Täter das Schloss durch den Haupteingang verlassen hatte, fand wohl auch der Polizist und meinte: »Dann muss der Kerl Ortskenntnis und sogar einen Helfer für den nötigen Fingerabdruck gehabt haben. Es wäre ja sehr sonderbar, wenn ein Mörder mit blutigem Messer und gestohlenem Gemälde hinausspazieren könnte, ohne dass es bemerkt wird. Auch wenn das Gemälde, wie man am Abdruck an der Wand sieht, nicht sehr groß sein kann. Hm, na ja, etwa dreißig mal fünfundzwanzig. Das müsste doch aufgefallen sein. Warten wir mal, was die Kollegen vom Kommissariat sagen.«

## DREI

Bernd Hochdörffer lehnte lässig am Türpfosten im Büro seines Kollegen Jan Badenhop. »Hätte ich mir nie träumen lassen, dass du Nordlicht mich mal fragst, ob ich zu einer Weinprobe mitkomme. Aber doch, warum nicht? Man kann ja immer was dazulernen. Und wenn Schwörer das macht … Der ist ja nicht nur Super-Experte, sondern auch superwitzig. Ich mache mir übrigens immer noch gern einen Spaß daraus, ihn aufzuziehen, weil er damals diesen durchtriebenen Kellereibesitzer Dorschd in Ranschbach nicht drangekriegt hat, obwohl jeder wusste, dass dort gepanscht wurde.«

Der Weinkontrolleur Stefan Schwörer war im Neustadter Kommissariat erstmals im Zusammenhang mit einem Mord im nahe gelegenen Weinort Forst aufgetaucht. Unvergesslich war er bei diesem Fall nicht nur durch seine sympathische Art geworden, sondern weil es ihm gelungen war, durch Verkostung von Weinen der Lage Pechstein den entscheidenden Hinweis auf den Mörder zu liefern. Seitdem hatte Jan Badenhop, der zuständige Kommissar im Neustadter Kommissariat für Schwerverbrechen, ihn immer mal wieder in Zusammenhang mit Wein um Rat gefragt. Seine wortreichen und detailgenauen Erklärungen, seine pfälzische Frohnatur und sein unermüdliches Bemühen, bei Badenhop Weininteresse zu wecken, hatten zu einer Art Freundschaft der beiden Männer geführt. Seit Kurzem waren sie sogar per Du. Schwörer hatte Badenhop erstmals zu sich nach Hause zum Essen eingeladen. Gleich bei der Begrüßung an der Tür hatte er erklärt, er weigere sich, seine privaten Gäste zu siezen. Er lade nur Freunde zu sich nach Hause ein. Damit war die Freundschaft besiegelt. Dass sie auch begossen wurde, darüber konnte im Hause Schwörer kein Zweifel bestehen.

Badenhop, der vor einigen Jahren ohne jeden Zugang zum Thema Wein aus Hamburg in die Pfalz gekommen war, hatte sich, ob er wollte oder nicht, schon allein deshalb immer wieder mit Wein beschäftigen müssen, weil einige seiner Fälle mit Wein und Winzern zu tun gehabt hatten. Schwörer war es allerdings nicht allzu schwergefallen, die Neugierde des Hamburgers zu wecken.

Nach und nach hatte Badenhop eine ganz neue Seite seines Wesens entdeckt: die Affinität zu gutem Essen und Trinken. Er wunderte sich angesichts des hervorragenden Angebots an Restaurants in Hamburg, wieso er den Reiz dort weniger empfunden hatte. War er mit seiner Frau Ingrid, die das großstädtische Leben liebte, hin und wieder »schön essen« gegangen, hatte er es vor allem als gesellschaftliches oder privates Ereignis wahrgenommen. Inzwischen freute er sich auf gute Hausmannskost in den besseren Weinstuben und auf die Weine, die dazu passten. Selbst die Unterschiede von Rebsorten wie Riesling, Sauvignon Blanc oder Weißburgunder waren ihm mittlerweile bekannt, freilich ohne dass er sich zugetraut hätte, in jedem Fall eine sichere Einschätzung abgeben zu können.

Einen kleinen Vorrat an Flaschen, darunter das eine oder andere Große Gewächs, hatte er sich ebenfalls in den Keller gelegt. Einige gute Namen Pfälzer Winzer waren ihm schon deshalb geläufig, weil Schwörer ihn immer wieder mit der Nase darauf stieß.

»Das Wichtigste auf der Flasche ist der Name des Winzers«, pflegte der zu dozieren. »Alle anderen Angaben können bei zwei Weinen identisch sein – und doch ist der eine wunderbar, und der andere kann froh sein, wenn er beim Kochen in die Soße darf und nicht direkt in den Abfluss muss.« Beim letzten Halbsatz hatte Schwörer den Zeigefinger gehoben und nach jedem Wort eine kleine Pause gemacht.

Badenhop hatte eine Erklärung für das Interesse, das die Pfalz und nicht zuletzt Schwörer in ihm geweckt hatten. Essen und Trinken waren zweifellos körperliche, Gefühle und Wohlbefinden ansprechende Tätigkeiten. Dennoch konnte man den Genuss steigern, wenn man mehr darüber erfuhr. Ein Glas

Wein zu trinken war eine Sache. Die Rebsorte, die Stilistik, vielleicht sogar den Boden zu ergründen und mit dem Genuss in Verbindung zu bringen – das war viel mehr als ein Schluck Wein. Seine emotionale Seite, die der Hamburger, seit er in der Pfalz war und ihren so ganz anderen Menschenschlag kennengelernt hatte, als etwas unterentwickelt empfand, konnte er beim Essen und Trinken ausbauen und gleichzeitig Wissen auf diesem Gebiet ansammeln. Das gefiel ihm. Dass er seine Emotionalität auch auf anderem Gebiet weiterentwickelte, hatte er letztlich ebenfalls als sehr angenehm empfunden, auch wenn erhebliche familiäre Konflikte dabei überwunden werden mussten.

Versonnen lächelte er beim Gedanken an seine Partnerin Katrin vor sich hin.

Hochdörffer, selbst Pfälzer durch und durch, nahm die »Verpfälzerung« seines Kollegen mit Befriedigung zur Kenntnis und musste zugeben, dass Badenhop sich etwas Fachwissen angeeignet hatte, über das er selbst nicht verfügte, da er zwar regelmäßig mit großem Vergnügen Wein trank, aber nicht sehr viel darüber redete. Er wusste, was ein Pfälzer Weintrinker eben so wusste – zehn Namen, fünf Lagen und ein paar Rebsorten.

Aber Badenhop hatte irgendwann begonnen, sich wirklich zu interessieren. Er ließ sich von Schwörer zu Weinproben mitschleppen und hatte sich sogar ein kleines Quartheft gekauft. Dort trug er jeden Wein ein, den er probierte oder trank – ganz wie es ihm Schwörer empfohlen hatte.

So weit wäre Hochdörffer nie gegangen.

»Und überhaupt«, hatte er kürzlich gestichelt, »versuch dich nicht einzuschleimen. Pfälzer wird man erst in der dritten oder vierten Generation. Vorher ist man immer noch ein Zuwanderer.«

Badenhop hatte nur müde gelächelt. »Übertreib es lieber nicht. Besonders weit darf man nicht zurückgehen, sonst findet man heraus, dass es die Pfälzer gar nicht gibt – zumindest nicht als altes, einheitliches Völkchen. In dieser Gegend haben sich ja Menschen aus allen möglichen Ecken Europas nicht nur die Hand gegeben. Ihr Pfälzer seid richtige Promenadenmischungen.«

»Genau«, hatte Hochdörffer gekontert. »Das erklärt den besonderen Wert des pfälzischen Erbguts. Eine vernünftige Vermischung von Genmaterial führt bekanntlich zu besonders hoch entwickelten Exemplaren einer Spezies.«

Mit dieser pfälzischen Interpretation darwinistischer Evolutionstheorie hatte die kollegiale Kabbelei geendet.

Dass Hochdörffer schließlich doch zu einer Weinprobe mitkommen wollte, freute Badenhop. Er fand, er habe in letzter Zeit die Freundschaft mit seinem Kollegen ein wenig schleifen lassen. Und Schwörer, dem das regelmäßige Weintrinken Hochdörffers bei gleichzeitigem Desinteresse an Weinwissen schon lange ein Dorn im Auge war – »eines Pfälzers unwürdig«, hatte er es einmal genannt –, hatte ausdrücklich gebeten, Hochdörffer solle ausnahmsweise mitgeschleppt werden, »damit er etwas lernt«.

Der Abend würde sicher interessant werden. »Pfalz und Burgund – Pinot Noir vom Feinsten«, hieß das Thema. Das habe er, Schwörer, als besonderer Liebhaber der Bourgogne schon immer mal machen wollen. »Spätburgunder gibt es hier ja seit Ewigkeiten«, pflegte er zu dozieren. »Aber kaum einer hat vor dreißig Jahren auch nur die Qualität eines mittelmäßigen Bourgogne erreicht. Seitdem hat sich viel getan. Die besten Pfälzer kommen den Grands Crus aus dem Burgund mittlerweile ziemlich nahe.«

Vor allem natürlich sein eigener, hatte er vermutlich gedacht. Schwörer hatte begonnen, die Weine eines kleinen eigenen Weinbergs selbst auszubauen. Alle gängigen Weinführer hatten seinen »Pinot Noir« zuletzt über den grünen Klee gelobt.

Noch bevor Badenhop und Hochdörffer Details über den geplanten Abend austauschen konnten, hörten sie Sabine Vogel schnellen Schrittes den Flur entlanghasten.

»Herr Badenhop«, rief sie aufgeregt, »Sie müssen sofort nach Edenkoben!«

\*\*\*

Bei Kilometer 8,743 klingelte die Apple Watch. Ohne sein Lauftempo zu reduzieren, warf Kriminalassistent Kevin Groß einen Blick auf das Display. Sabine Vogel. Was wollte die Abteilungssekretärin jetzt von ihm? Er hatte frei, nicht nur das: Er absolvierte gerade seine vor einiger Zeit auf zehn Kilometer verlängerte Tagesstrecke. Sabine wusste das. Es musste also wichtig sein.

Mürrisch nahm er das Gespräch an. »Was gibt's? Bin grad am Laufen«, keuchte er in Richtung Uhr.

»Mord in der Villa Ludwigshöhe. Wo bist du? Badenhop greift dich irgendwo auf und nimmt dich mit.«

»Er soll an meine Haustür kommen. In sieben Minuten bin ich dort.«

Der junge Polizist, ebenso wie Kommissar Hochdörffer Pfälzer durch und durch, hatte wesentlich dazu beigetragen, dass sein Chef mittlerweile in der Lage war, auch den unverfälschten Dialekt älterer Dorfbewohner zu verstehen, die das Hochdeutsche kaum beherrschten. Er machte sich inzwischen gar nicht mehr die Mühe, Hochdeutsch mit Badenhop zu sprechen.

Anfängliche Versuche hatten ihm mehr Spott als Dankbarkeit eingebracht. Dennoch war Badenhop zeitweise darauf angewiesen gewesen, dass Groß Gespräche mit hartgesottenen Pfälzern führte. Einmal hatte er kommentiert: »Ich bin ja froh, dass ich nicht nur einen Assistenten, sondern auch einen Dolmetscher in der Abteilung habe.« Immerhin war das Übersetzen vom Pfälzischen ins Hochdeutsche nicht mehr nötig. Was nicht bedeutete, dass Badenhop alle schwierigen Details verstand. Bei »dreigedrehder Hoppschloodel« schwante ihm höchstens eine diffuse Beleidigung.

Gleich ging es also mit seinem Chef zur Villa. Da war er schon lange nicht mehr gewesen.

Als Groß in die Straße einbog, in der er wohnte, sah er Badenhops Wagen um die Ecke kommen. Badenhop winkte ihn sofort ins Auto, beäugte ihn kritisch und konnte einen Kommentar nicht lassen.

»Na ja«, witzelte er, als Groß sich in den Wagen setzte, »falls der Täter zu Fuß abgehauen ist, sind Sie ja schon mal für die Verfolgung angezogen.«

»Lieber hätte ich mich noch geduscht«, antwortete Groß trocken. »Aber was tut man nicht alles an seinem freien Tag für die nächste gute Beurteilung.« Es hörte sich freilich eher so an: »Liewer heddich noch geduschd. Was machd mer nit alles an seim freie Daach fer die neggschd guud Beurdälung.«

Badenhop ließ die Anspielung unkommentiert und gab Gas. Groß, der grundsätzlich mit Anzug und Krawatte ins Büro kam, auch wenn er immer ein wenig wie frisch hineingesteckt aussah, würde sich allerlei spitze Bemerkungen anhören müssen, wenn sie zurück ins Kommissariat kamen. Badenhop musste grinsen, als er daran dachte.

»Da hat einer aber richtig Interesse an Kunst, wenn er einen Wärter umbringt, um ein Gemälde klauen zu können«, murmelte Groß, als Badenhop ihm die wenigen Informationen weitergegeben hatte, die ihm bekannt waren. »Dass ein Slevogt so begehrt ist, hätte man ja auch als Pfälzer nicht gedacht. Und der Kerl muss das Messer oder eine andere Stichwaffe mitgebracht haben. Er hat also damit gerechnet, dass er beim Klauen gestört wird. Sehr komisch.«

Dieser für einen Kunstraub recht ungewöhnliche Aspekt war Badenhop gleich aufgefallen. Wer dachte sich so etwas aus? Er hatte das Gefühl, es könnte mehr dahinterstecken.

Als sie den Tatort betraten, war die Spurensicherung bereits angekommen. Die Ausstellung zog sich, wie Badenhop bemerkte, über mehrere Räume. Der Mord war in einem kleineren Raum geschehen, der recht weit vom Ausgang entfernt lag.

Badenhop ließ sich von den anwesenden Polizisten berichten, was sie schon erfahren hatten, und fragte dann, den Blick auf Michael Rüb gerichtet: »Wie viele Personen waren heute Morgen hier, und wie viele sind jetzt noch da?«

Rüb hatte das bereits geklärt. »Im Schloss haben heute insgesamt sieben Angestellte Dienst. Besucher waren es nach Kartenverkauf einundzwanzig, verteilt auf die Ausstellung und die Räume im Erdgeschoss. Davon haben wir dreizehn noch gefunden. Sie befinden sich alle im größeren Raum vorn, zusammen mit dem heute anwesenden Personal.«

»Alle Ausgänge werden bewacht. Nach unserem Eintreffen konnte niemand mehr die Villa verlassen«, ergänzte der Polizist. »Die Schließung erfolgte allerdings erst eine gewisse Zeit nach Entdeckung der Tat.«

Das war eine Schwachstelle, fand Badenhop. »Wie viel Zeit könnte vergangen sein zwischen der Tat und dem Abschließen der Türen?«

Rüb schien zu spüren, dass hier womöglich ein Versäumnis seinerseits vorlag, machte jedoch auf Badenhop nicht den Eindruck, die Situation beschönigen zu wollen. »Es gab natürlich unmittelbar nachdem der Tote gefunden wurde, eine gewisse Zeit der Unruhe. Wir haben zuerst nachgesehen, ob ihm noch zu helfen ist, und mussten auch die Besucher fernhalten, die aufmerksam geworden waren. Es könnten vielleicht drei oder vier Minuten gewesen sein, bis ein Mitarbeiter an der Kasse Bescheid gegeben hat, dass niemand mehr rein- oder rauskann.«

»Ist es möglich, dass sich jemand Zutritt zum Schloss verschafft oder es verlässt, ohne den Besuchereingang zu nutzen?«

Rüb schüttelte den Kopf. »Das ist eigentlich unmöglich. Schon wegen der Kunstwerke ist das Schloss sowohl beim Zutritt wie beim Verlassen sehr gut gesichert. Da müsste jemand einen Schlüssel haben. Davon gibt es nur zwei. Die Angestellten können die Türen nur mit ihren Fingerabdrücken öffnen.«

Badenhop trat zu der leeren Stelle an der Wand und stellte überrascht fest, dass das gestohlene Kunstwerk nicht alarmgesichert gewesen war. »Welche Art von Videoüberwachung gibt es? Da müssten wir ja spätestens erkennen können, wer alles hier war, und möglicherweise sogar sehen, was passiert ist.«

»Ja«, bestätigte Rüb, »die Videos können Sie einsehen.«

»Na prima. Dann machen wir uns mal an die Arbeit. Groß«, bemerkte Badenhop, »Sie befragen die Besucher, ich die Angestellten. Die Spurensicherung soll das ganze Schloss durchsuchen. Schwer vorstellbar, dass die Tatwaffe und das Bild hinausgeschafft werden, wenn alle Angestellten noch hier sind und die Besucher durch den Haupteingang müssen. Aber die Videos sehen wir uns zuerst an.« An die beiden Edenkobener Polizisten gewandt ergänzte er: »Sie können ruhig mit auf die Videos schauen, vielleicht fällt Ihnen etwas auf.«

Die Übertragung aus dem Raum, in dem der Mord geschehen war, zeigte in der fraglichen Zeit zwei Besucher, die die ausgestellten Werke betrachteten und den gelangweilt herumstehenden Karl Grindelsbacher nicht beachteten. Als die beiden gegangen waren, sah man etwa eine Minute lang nur den Museumswärter. Der starrte jedoch plötzlich überrascht in eine Richtung, hob die Hand und riss den Mund auf, als ob er eine laute Anweisung geben wollte.

In diesem Moment wurde das Bild dunkel, allerdings nur für wenige Sekunden. Als die Kamera wieder den Raum zeigte, sah man Grindelsbacher blutend am Boden liegen. Das Gemälde war von der Wand verschwunden.

»Da hat jemand sehr geschickt die Kamera zugehängt, ohne dass er selbst aufgenommen werden konnte. Und alles genau in einem Moment, in dem niemand zugesehen hat. Sehr merkwürdig, sehr überlegte Handlung oder viel Glück. Der muss vorher ausbaldowert haben, wie er das hinbekommen kann«, sinnierte Groß.

Die nächste gelinde Überraschung gab es beim Durchsehen der übrigen Videos. Keiner der Besucher verhielt sich auffällig. Allerdings befand sich unter ihnen eine muslimische Frau mit Niqab, die ebenso interessiert wie die anderen die ausgestellten Werke betrachtete.

»So eine, ich glaub's nicht«, entfuhr es einem der Streifenpolizisten.

Groß sah ihn überrascht an und schien den Ausruf für
unangebracht zu halten. »Also, ähhh … Wir sollten ja keine
Vorurteile haben oder eine muslimische Frau gleich für ver-
dächtiger halten als alle anderen«, sagte er leicht belehrend.

Schon diese kleine Bemerkung brachte bei dem Polizisten
das Fass zum Überlaufen. Der Anblick der Niqab-Frau und
Groß' Hinweis reichten, um eine Hemmschwelle zu über-
schreiten. »Ich sage Ihnen mal was, junger Mann. Wenn Sie sich
jahrelang an der Front den Arsch aufreißen mit diesen Gaunern und sehen, aus welchen Ländern immer wieder bestimmte
Tätergruppen stammen, die uns auslachen, weil ihnen anders
als in ihren Heimatländern nichts passiert bei unserer laschen
Justiz, und offiziell wird heile Welt und Willkommenskultur
gepredigt, dann schwillt Ihnen vielleicht auch der Kamm.«

Badenhop war entsetzt und atmete, wie um sich zu beruhigen, tief ein und wieder aus. »Machen Sie mal halblang. Im
Moment haben wir eine Person im Niqab, sonst nichts. Das ist
kein Grund, uns Ihre Vorurteile und Ihre Verallgemeinerungen
zu präsentieren. Halten Sie sich also bitte zurück.« Dann sah
er Groß an. »Sie, Herr Groß, sollten mich andererseits gut
genug kennen und wissen, dass ich für Rassismus und Un-
gleichbehandlung nicht besonders anfällig bin. Aber wir sind
Ermittler und dürfen als solche wichtige Beobachtungen nicht
unter den Tisch fallen lassen.«

»Was ist an einer muslimischen Frau heutzutage noch eine
wichtige Beobachtung?«, fragte Groß in leicht moserndem
Ton.

»Als Erstes fällt mir ein, dass es vielleicht ungewöhnlich
ist, wenn eine strenggläubige muslimische Frau – und darum
handelt es sich wohl bei einer Niqab-Trägerin – allein, also
ohne Begleitung eines Mannes oder anderer Frauen, ein Museum aufsucht. Zweitens ist diese Person von allen, die wir
auf den Videos gesehen haben, die einzige, die einen größeren
Gegenstand, zum Beispiel ein Messer oder ein kleineres Bild,

unter ihrer Kleidung verstecken könnte. Drittens ist keine Niqab-Trägerin unter den Wartenden drüben im großen Raum. Sie hält sich also an anderer Stelle des Hauses auf oder hat das Haus verlassen. Viertens muss es sich bei diesem Niqab nicht unbedingt um die Kleidung einer Muslimin handeln.«

Groß schien immer noch ein wenig im Zwiespalt. Er spürte anscheinend das starke Bedürfnis, auf keinen Fall Vorurteilen folgen zu wollen. Andererseits aber hatte Badenhop die unter kriminalistischen Gesichtspunkten eindeutige Unterschiedlichkeit dieser Person ja schlüssig begründet. Groß war vermutlich ebenso klar wie Badenhop, dass die Außenwirkung dieses Falles sie auf eine harte Probe stellen könnte. »Keine muslimische Kleidung, sondern ...?«, fragte er dennoch.

»Es kann eine Verkleidung sein. Ich erinnere mich an mindestens zwei Überfälle auf Juwelierläden, die mit Burkas erfolgten, einen in London und einen in Ratingen bei Düsseldorf. In beiden Fällen hat sich herausgestellt, dass die Burka nur den traditionellen Strumpf über dem Kopf ersetzt hat. Sie hat gegenüber dem Strumpf noch den Vorteil, dass man problemlos schon auf der Straße damit herumlaufen kann und beim Betreten des Tatorts nicht sofort als bedrohliche Person auffällt. Natürlich dürfen wir jetzt nicht voreingenommen Einschränkungen machen. Diese Niqab-Person muss noch lange nicht der Täter sein. Aber es ist eine Möglichkeit. Ich bin gespannt, was die Spurensicherung dazu zu sagen hat.«

Nach dieser ungewöhnlich langen Rede seines Chefs schien Groß leicht verärgert, einmal wegen der Äußerungen des Polizisten, aber auch, weil Badenhop ihm mal wieder unter die Nase gerieben hatte, dass es sich lohnte, über naheliegende Schlussfolgerungen hinauszudenken.

Anschließend bedankte sich Badenhop für den raschen Einsatz der örtlichen Polizisten und schickte sie nach Hause. Er wolle bei der Aufnahme von Zeugenaussagen der Angestellten und der Museumsbesucher »weitere emotionale Eruptionen vermeiden«, sagte er Groß gegenüber.

Zunächst ging er an den Eingang, wo ihm noch eine unangenehme Situation bevorstand. Das Gespräch mit der Kassiererin, die er nach den Ereignissen der vergangenen eineinhalb Stunden befragte, verlief unter merkwürdiger Anspannung. Die unscheinbare, rundliche Frau mit kurzen dunkelblonden Haaren und herabhängenden Mundwinkeln war Badenhop vom ersten Moment an nicht sehr sympathisch. Sie wirkte unfreundlich und belästigt und schien sich bei jeder Frage angegriffen zu fühlen, als ob Badenhop ihr ein Fehlverhalten vorwerfen wolle. Er fragte zunächst, ob ihr vor oder nach der Tat Besucher besonders aufgefallen seien.

»Was hätte ich denn sehen sollen? Dass einer mit einem blutigen Messer in der Hand hier durchrennt? Das wäre mir wahrscheinlich aufgefallen. Ansonsten habe ich ja anderes zu tun.« Es sei ja so, dass »alle möglichen Leute hier ein und aus gehen, junge, alte, Leute von hier, Fremde. Was geht es mich an?« Sie achte nicht mehr darauf.

»Es war also niemand Ungewöhnliches dabei?«

»Nein, wieso? Soll ich mir die einzelnen Leute alle merken?«

Badenhop musste konkret werden: »Wir haben auf den Überwachungsvideos eine Person mit Niqab gesehen. Ist sie nicht hier durchgekommen?«

»Doch. Und? Ich habe mir darüber keine Gedanken zu machen. Wir haben Anweisungen, niemanden wegen seines Aussehens, seiner Kleidung, seiner Religion oder seiner Hautfarbe anders zu behandeln, solange er sich an die Besucherregeln hält. Muslime, Schwule, Schwarze oder Sinti, das sind offiziell alles Besucher, nichts weiter. Daran halte ich mich. Was ich selbst darüber denke, tut nichts zur Sache.«

Badenhop war von dieser Frau genervt, aber sie war eine wichtige Zeugin. »Sie haben erst von einem Kollegen, der zu Ihnen gerannt ist, erfahren, was in der Ausstellung passiert ist. Aber hier unten sehen Sie die Aufnahmen der Videokameras auf den Bildschirmen. Warum ist Ihnen nicht aufgefallen, dass eine der Kameras für einige Sekunden ausgefallen war und anschließend Ihr Kollege auf dem Boden lag?«

Schon wieder ging die Frau in Verteidigungshaltung. »Was kann ich denn dafür? Wie kann einer hier Karten verkaufen, Fragen beantworten und außerdem die Kameras beobachten? Wollen Sie behaupten, ich hätte absichtlich weggesehen? Oder ich hätte die ganze Zeit auf die Videos starren müssen? Das ginge vielleicht am Wochenende, wenn wir zu zweit sind, aber nicht, wenn ich allein hier sitze.«

Sie habe, so erfuhr Badenhop auf Nachfrage, gerade einen Blick auf die Bildschirme geworfen und gesehen, dass Grindelsbacher auf dem Boden lag. Aber bevor sie noch zum Telefon greifen und einen Kollegen hinschicken konnte, sei jemand heruntergerannt, habe ihr berichtet, was passiert war, und ihr gesagt, es dürfe niemand mehr das Haus verlassen.

Badenhop wollte so schnell wie möglich das Gespräch beenden, konnte sich aber, nachdem er gebeten hatte, nur auf seine Fragen zu antworten, immerhin einige Details notieren. Die Frau im Niqab habe ein Ticket für die Slevogt-Ausstellung gekauft. Mit der Kassiererin gesprochen habe sie nicht, sondern nur mit dem Finger auf den Hinweis zur Ausstellung gezeigt. Dass die Frau das Haus wieder verlassen hatte, habe sie nicht beobachtet. Kurz bevor ihr von der Tat berichtet worden war, habe eine Gruppe von mehreren Personen an der Kasse gestanden, die sie mit Fragen löcherten. Es habe einige Minuten gedauert, bis sie die abgefertigt hatte. Wer in dieser Zeit rausgegangen war, »hätte ich das etwa auch noch beobachten sollen?«. Da sei ihr ja die Sicht versperrt gewesen.

Badenhop stellte eine letzte Frage und machte den klassischen polizeilichen Versuch, an die Kooperation der Zeugen zu appellieren. Große Hoffnungen hatte er nicht bei dieser Gesprächspartnerin. »Ist Ihnen sonst etwas aufgefallen heute Morgen, das Ihnen ungewöhnlich scheint, vielleicht einer der Besucher?«

Die prompte Antwort der bisher so wenig kooperativen Frau überraschte ihn. »Ja. Ein Mann, der in den letzten zwei Wochen wenigstens schon zweimal hier war. Sie fragen mich sowieso gleich, warum ich mich an den erinnere. Es war nämlich ein ungehobelter Kerl, der beim ersten Mal gleich patzig geworden ist, als er ein paar Minuten warten musste. Da hatte mich gerade etwas aufgehalten – ich weiß nicht mehr, was.«

»Kommt es häufiger vor, dass Besucher in kurzer Zeit mehrfach die Ausstellung besuchen?«

»Was soll die Frage?« Da kam wieder das Gift durch. »Meinen Sie etwa, dass mir der Kerl dann noch aufgefallen wäre?«

»Haben Sie gesehen, ob der Mann wieder gegangen ist?«

»Weiß ich nicht, ich kann ja nicht alles sehen. Habe ich Ihnen schon einmal gesagt.«

»Kommen Sie bitte einen Moment mit nach oben und sagen mir anschließend, ob dieser Besucher sich noch in der Gruppe befindet, die wir aufgehalten haben?«

»Meinetwegen.«


Der Gesuchte war nicht mehr in der Villa. Nach einer Personenbeschreibung gefragt, zuckte die Frau mit den Achseln und hatte wenig mehr als »ziemlich normal, aber übergewichtig und immer mit so Schlabberkleidern angezogen, um das zu kaschieren« zu sagen. Ob er Deutscher gewesen sei? »Er hat mich jedenfalls auf Deutsch und ohne Akzent angemotzt.«

Die Befragung der übrigen Angestellten und der noch anwesenden Besucher brachte keine weiteren Erkenntnisse. Einige erinnerten sich an einen korpulenten, ansonsten unauffälligen Mann mit recht weiter Kleidung. Dunkelblond, längere Haare, kein Bart, stoppelten die Ermittler noch aus verschiedenen Aussagen zusammen.

Die Frau im Niqab war allen aufgefallen. Die meisten erwähnten sie, ohne dass Groß nach ihr fragen musste. Einige konnten sich Bemerkungen dazu nicht verkneifen. »Es ist ja doch erfreulich, nicht wahr, dass Einwanderer aus ganz anderen Kulturkreisen sich für unsere Kunst interessieren«, kommentierte eine Kreuznacher Lehrerin. Für einen Einzelhändler aus Haßloch war bereits klar, wer den Mord begangen hatte: »Ich habe mich gleich gewundert, was so eine in der Ausstellung will. Das haben wir davon, dass wir Millionen von denen ins Land holen und durchfüttern.«

Niemand hatte gesehen, ob und wann die Frau die Ausstellung verlassen hatte. Auch die Spurensicherung brachte keine Ergebnisse. Nur die im Ausstellungsraum versammelten Personen waren noch im Haus. Acht Besucher dieses Morgens, darunter die Frau im Niqab und der »unfreundliche Dicke« (uuleidlicher Schbeggarsch), wie Groß vereinfachend zusammenfasste, mussten also das Haus vor oder kurz nach der Tat verlassen haben. Wie diese acht Personen gekleidet gewesen waren und ob noch ein weiterer Besucher sehr weite Kleidung getragen hatte, unter der er Waffe und Gemälde hätte verstecken können, hatte niemand beobachtet.

Badenhop bat um eine Kopie aller Kameraaufnahmen, um festzustellen, mit welchen Personen sie nicht gesprochen hatten und ob sich einer von ihnen bei genauerem Hinsehen ungewöhnlich verhalten hatte.

Als die Spurensicherung die für Besucher zugänglichen Räume des Hauses durchsucht hatte, war klar: Von dem entwendeten Gemälde und von der Tatwaffe fehlte jede Spur.

Die ganze Sache machte für Badenhop nicht den Eindruck eines professionellen Kunstraubs. Dagegen sprach schon die Tatsache, dass der Täter das Museum mit einer Stichwaffe betreten hatte. Das passte nicht zum Täterprofil eines Kunsträubers. Ein weiteres Argument unterstützte seine Überlegung. Er war kein Kunstexperte und konnte den Wert des gestohlenen Bildes nicht einschätzen. Aber das Gemälde war wohl selbst für extrem skrupellose, professionelle Kunstdiebe kaum so teuer auf dem Schwarzmarkt zu verkaufen, um einen Mord unter diesen risikobehafteten Umständen zu rechtfertigen – selbst wenn es sich um den berühmtesten Pfälzer Maler handelte. Wahrscheinlicher war, dass jemand ein ganz besonderes Verhältnis zu dem gestohlenen Bild hatte. Badenhop beschloss, die Geschichte des Kunstwerks unter die Lupe zu nehmen.

Andererseits waren es zu viele Zufälle, die dem Täter geholfen hatten, nicht bemerkt zu werden – das ungesicherte Kunstwerk, die unentdeckte Stichwaffe, die von niemandem beobachtete Tat, das geschickte Abhängen der Videokamera, das unbemerkte Verlassen des Tatorts mit Tatwaffe und Gemälde.

Badenhops Gedanken kreisten immer wieder um die Person im Niqab, ob er wollte oder nicht. Dennoch spürte er einen inneren Wunsch, es möge eine andere Lösung geben. Immerhin hatten sie einen weiteren Auffälligen, dessen Motive im Unklaren blieben. Der unfreundliche Dicke musste einen besonderen Grund gehabt haben, innerhalb von zwei Wochen mehrfach in die Ausstellung zu gehen. War er es, der eine enge persönliche Beziehung zu dem Bild hatte?

Der Täter hatte, da war Badenhop sicher, erhebliche Risiken auf sich genommen und sogar damit gerechnet, dass er, um das Bild zu rauben, eine Stichwaffe gegen einen oder mehrere Menschen einsetzen musste. Wer plante einen Kunstraub auf diese Art und warum? Was konnte das Motiv dafür sein, dass jemand genau für dieses Gemälde so weit ging? Ein Selbstbildnis Slevogts? Oder zielte die Tat nicht genau auf dieses Bild, sondern auf irgendeinen Slevogt, der klein genug war, um ihn unbemerkt aus dem Haus zu schaffen? Badenhop dachte sogar an einen terroristischen Hintergrund. Aber auch hier entsprach der Tathergang nicht einem der bekannten Schemata. Terroristen versuchten, so viel Schaden wie möglich anzurichten. Ein terroristischer Täter hätte kaum angestrebt, unerkannt mit einem Gemälde zu verschwinden. Er hätte vermutlich noch mehr Menschen mit dem Messer angegriffen.

Schließlich gab es noch eine ganz andere Möglichkeit. Wie wäre es, erwog Badenhop, wenn nicht das Gemälde, sondern der Ermordete Hauptziel der Tat gewesen und das Bild nur mitgenommen worden war, um sie auf eine falsche Fährte zu locken? Dann ergäbe die Mitnahme des Messers einen Sinn. Andererseits schien Badenhop auch diese Erklärung eher unwahrscheinlich. Wenn jemand Grindelsbacher hätte ermorden wollen, hätte er doch ganz andere Gelegenheiten dafür gehabt als eine gleichzeitig von mehreren Zeugen besuchte Kunstausstellung, oder?

Dennoch war es notwendig, das Umfeld des Getöteten, besonders seine Lebensgefährtin und deren Sohn, intensiv zu befragen, um festzustellen, ob es einen Anlass für den Mord gegeben haben konnte.

Badenhop und Groß erwogen während der Rückfahrt zum Präsidium alle diese Möglichkeiten, mussten sie jedoch als unrealistisch verwerfen. Ihnen fiel keine schlüssige Erklärung für den Tathergang ein.

## VIER

Schon am Nachmittag des Mordtages war deutlich geworden, dass die Bluttat in der Villa schneller und heftiger in der Presse und in den sozialen Medien kommentiert wurde, als es den Ermittlern und dem besonneneren Teil der Bevölkerung lieb sein konnte. Dass den meisten Besuchern und vielen Angestellten des Schlosses eine Frau mit Niqab aufgefallen war, sprach sich rasch herum und führte zu den üblichen Schlussfolgerungen im Netz und bei einem Teil der Presse.

Wohin das führen konnte, wusste jeder, der 2017 die Vorgänge in einer südpfälzischen Kleinstadt verfolgt hatte. In Kandel hatte ein als unbegleiteter minderjähriger Flüchtling eingereister Afghane seine fünfzehnjährige Ex-Freundin erstochen. Rechte Gruppierungen nutzten die Tat zu anhaltenden Protesten, Aufmärschen und rassistischer Fremdenhetze. Ein sogenanntes »Frauenbündnis Kandel« erweckte entgegen den Tatsachen den Eindruck, aus Kandeler Frauen zu bestehen, und proklamierte: »Es ist genug mit Gewalt gegen uns und unsere Kinder«, als ob pausenlos Einwanderer Gewalttaten verüben würden. Fremdenfeindliche Politiker riefen unter dem Motto »Kandel ist überall« zu Demonstrationen auf. Gegendemonstranten, darunter tatsächlich eine Kandeler Initiative, setzten ihre Vorstellungen von Demokratie und Zuwanderung dagegen. Die regionale Tageszeitung »Rheinpfalz« beklagte, dass im Internet der Hass bei Weitem die Trauer überwiege. Die Zeitung musste auf ihrer Facebook-Seite über achthundert Einträge löschen. Begründungen: »weil sie unerträglich hasserfüllt sind, weil sie zur Selbstjustiz oder zur Lynchjustiz aufrufen, weil ihnen jedes Bewusstsein für den Rechtsstaat fehlt, weil sie voller Verschwörungstheorien sind«.

Nachdem Badenhop und Groß die Personalien der Besucher und Angestellten aufgenommen, ihre Gespräche beendet, das Verlassen des Schlosses erlaubt hatten und zum Kommissariat zurückgekehrt waren, hatte es keine drei Stunden gedauert, bis der erwartbare Sturm in den neuen Medien losbrach. »Jetzt greifen sie schon unsere Museen an«, war noch eine der harmloseren Mutmaßungen, die aus der rechten Ecke zu lesen waren. Rasche Verbreitung fand die Theorie, eine neue Form des Kulturkampfes radikaler Muslime habe begonnen. Man sah Parallelen zur Zerstörung jahrtausendealter kultureller Schätze im Vorderen Orient durch den Islamischen Staat. Nun seien diese Terroristen, »begünstigt durch schrankenlose Zuwanderung und finanziert durch unser Sozialsystem«, schon mitten unter uns. Wo sie schon ihre eigenen Denkmäler und historischen Stätten zerstörten, hätten sie natürlich noch weniger Respekt vor der verhassten abendländischen Kultur.

Ein Bundestagsabgeordneter aus der fremdenfeindlichen Ecke stellte sofort eine Anfrage an das Innenministerium und wollte wissen, wie es sein könne, dass das Versammlungsgesetz zwar eine Vermummung unter freiem Himmel untersage, die Umtriebe vermummter muslimischer Gewalttäter in öffentlichen Gebäuden jedoch keinerlei Beschränkungen unterlägen, wie der Fall Edenkoben zeige.

Ein »Bündnis gegen gewalttätige Einwanderer« rief für den folgenden Samstag zu einem Protestmarsch mit Kundgebung an der Villa Ludwigshöhe auf. Dass die Edenkobener Tat von einer muslimischen Person im Niqab begangen wurde, schien für diesen Teil der Öffentlichkeit bereits festzustehen.

Politische Auseinandersetzungen im Umfeld der Villa waren in den nächsten Wochen absehbar, wenn sich die Vermutungen muslimischer Täterschaft bestätigten oder wenn es nicht in kurzer Zeit gelänge, den Fall zu lösen.

Im Kommissariat standen die Ereignisse ebenfalls im Mittelpunkt der Kommunikation. Alle beteiligten sich daran, einschließlich der Abteilungssekretärin, wie Badenhop feststellte, als er das Sekretariat betrat. Kevin Groß, der schon wieder in einem seiner Anzüge steckte, tauschte mit der Sekretärin

Vermutungen über den Hergang der Tat und die Folgen in der Öffentlichkeit aus.

Groß betrachtete Sabine Vogel als eine Art Vertraute, wenn es auf Menschenkenntnis und auf die Einschätzung von Situationen ankam. Er hielt große Stücke auf die zerbrechlich schlanke, quirlige Sekretärin mit den dunklen Augen und den schwarzen Locken, die sich nicht scheute, ihre Meinung zu sagen. Einmal hatte er erwogen, sich ihr mehr als nur kollegial zu nähern. Aber er war bereits vergeben und hielt sich schließlich doch zurück, auch wenn er immer einen gewissen Reiz zur Annäherung verspürte, wenn sie sich eine Weile im selben Raum befanden.

Ob Sabine Vogel an dem pausbäckigen, immer in einem Anzug steckenden jungen Mann interessiert gewesen wäre, stand auf einem anderen Blatt. Von ihr waren keine Äußerungen oder Handlungen bekannt, die auf ein mehr als freundschaftliches Interesse hindeuteten.

»Wenn ich mir überlege, welcher politische Zündstoff da drinsteckt, kann ich mir schon denken, wer hier gleich reinstöckelt und eine Pressekonferenz ankündigt« mutmaßte sie gerade.

»Nein, keine Stöckelschuhe. Ich bin's nur«, sagte Badenhop. »Aber Sie könnten recht haben, Frau Vogel. Unsere Staatsanwältin wird nicht lange auf sich warten lassen. In der Sache möchte ich Sie ausnahmsweise ausdrücklich darum bitten, regelmäßig das Internet zu konsultieren. Halten Sie mich bitte auf dem Laufenden – vor allem darüber, was dort für Aktivitäten im Zusammenhang mit dem Mord und dem Kunstraub angezettelt werden. Wir müssen das ziemlich sensibel verfolgen.«

Nach Badenhop war Bernd Hochdörffer eingetreten. Er griff Badenhops Anweisung auf. »Sensibel ist ein gutes Stichwort. Aber das hat uns wirklich gerade noch gefehlt. Was da in der Öffentlichkeit und in den Medien diskutiert wird, macht es euch ziemlich schwer, in Ruhe und unvoreingenommen eurer Arbeit nachzugehen.«

Groß schien plötzlich innerlich strammzustehen. Er hatte eine eigene Meinung, die wohl auch das Gespräch mit Sabine Vogel nicht erschüttert hatte. »Wir dürfen uns auf keinen Fall beeinflussen lassen von dem, was da jetzt auf allen Kanälen kommen wird, auch wenn noch so sehr gehetzt wird. Die Person mit dem Niqab ist ja nur eine Spur. Wir wissen nicht, ob sie es war, und wir wissen nicht, wer sich darunter verbirgt. Daneben ist da auch noch der komische Kerl, der mehrfach in den letzten zwei Wochen gekommen ist. Da könnte man vermuten, er hat die Situation ausgekundschaftet.« Leise Kritik meldete er sogar gegenüber seinem Chef an: »Ich weiß auch nicht, ob es so viel bringt, das Internet zu verfolgen. Da wird viel Quatsch geschrieben.«

Badenhop war anderer Ansicht. »Ich glaube, dass es uns auch bei Gesprächen mit Zeugen hilft, zu wissen, was publiziert und diskutiert wird, damit wir die Zeugen besser einschätzen können.«

»Schon, aber mich hat es ziemlich mitgenommen, wie der Streifenpolizist auf der Villa losgegangen ist, als er den Niqab gesehen hat – oder auch der Kerl aus Haßloch«, entgegnete Groß. »Mir reicht es gerade, wenn wir uns das jetzt von Zeugen jeden Tag anhören müssen. Da muss ich mir nicht noch den gleichen Brei aus dem Internet reinziehen.«

»Ich muss dem krawattentragenden Langstreckenläufer ausnahmsweise recht geben«, sagte Bernd Hochdörffer. »Aber so, wie das aussieht – mal ehrlich: Wie viele andere Möglichkeiten gibt es außer der Niqab-Person und diesem Dicken, der vielleicht auch die Tatwaffe und das Bild unter seinen Kleidern verstecken konnte? In der Villa ist weder das Gemälde noch die Mordwaffe geblieben. Wie soll beides herausgeschafft worden sein? Da sind der Niqab und die weiten Kleider natürlich eine gute Möglichkeit. Vorurteile sind eine Sache, Erfahrung ist eine andere. Und wenn ich mal so meinen Bereich Raub, Diebstahl, Drogen, Menschenhandel und so weiter betrachte … Ich bin bestimmt nicht fremdenfeindlich. Aber dass sich der Frust bei manchen Polizeirevieren in rechtsradikalen Äußerungen kanalisiert, hat auch damit zu tun, dass die Kollegen sich machtlos fühlen gegenüber ausländischen Gaunerbanden.«

»Auch du, mein Sohn Brutus?« Badenhop kannte Hochdörffer als guten Polizisten ohne Verdacht auf rechtsradikale Tendenzen. »Nicht alles, was man sozialpsychologisch erklären kann, muss man deshalb hinnehmen.«

»Du hast völlig recht. Aber das hilft den Kollegen vor Ort wenig, die sich von der Politik und den Richtern im Stich gelassen fühlen.«

Der geborene Hamburger Badenhop reagierte in vielen Situationen eher kühl und zurückhaltend, was manchen Pfälzer zu der Annahme verleiten konnte, ihm fehle Empathie und Wärme. Ganz falsch war es nicht. Vielleicht hatte er sich deshalb in seine Partnerin Katrin Mellen verliebt, denn sie war das genaue Gegenteil und faszinierte ihn mit einer menschlichen Wärme, die er bei sich tatsächlich manchmal nur recht tief in seinem Wesen verborgen vorfand. Doch in diesem Moment fühlte er sich emotional betroffen.

Für Badenhop war die demokratische Einbindung der Polizei eine Herzenssache. Er wollte seinen Freund nicht belehren, konnte sich jedoch mit einem kleinen Vortrag nicht zurückhalten, den Hochdörffer auch wegen Badenhops ungewohnt eindrücklicher Gestik sichtlich berührt zur Kenntnis nahm.

»Ich weiß, Bernd, ich sehe den Konflikt an der Front durchaus, weigere mich aber, Rassismus und rechtsradikale Tendenzen hinzunehmen. Polizisten müssen vorbildliche Demokraten sein, nicht zweifelhafte. Demokratie ist keine Schönwettersache. Unsere Gesellschaft funktioniert nur, wenn die Bürger und die Polizisten auch dann Demokraten bleiben, wenn die Umstände nicht zufriedenstellend sind.«

»Du hast natürlich recht, Jan, entschuldige«, stimmte Hochdörffer betreten zu. Die anderen schwiegen.

Badenhop nahm sich vor, bei Gelegenheit mit Hochdörffer ausführlicher darüber zu sprechen, aber nicht jetzt. »Kommen wir zurück zum Fall. Die Niqab-Person ist sicher eine Spur, die wir verfolgen werden, der unfreundliche Dicke eine zweite. Das Gebäude ist riesengroß. Die Spurensicherung konnte nicht jede Ecke durchsuchen. Vielleicht gibt es ein Versteck, das der Täter kannte – wenn nicht für ihn, dann zumindest für die Stichwaffe, das Gemälde und den Niqab. Er könnte die Sachen zu einem späteren Zeitpunkt herausschaffen. Eine andere Möglichkeit ist, dass der Täter Unterstützung durch einen Angestellten hatte, der ihm mit seinen Fingerabdrücken Türen nach draußen geöffnet hat. Dann könnte jeder Besucher, der vor dem Eintreffen der Polizisten das Haus verlassen hat, der Täter sein. Wir müssen auf jeden Fall überprüfen, ob einer der Angestellten in der Vergangenheit polizeilich aufgefallen ist. Und wir müssen die Leute finden, die an dem Morgen in der Ausstellung waren, aber das Gebäude verlassen hatten, als wir kamen. Da müssen wir einen Aufruf machen, Frau Vogel. Und wenn sich die Frau im Niqab oder der unfreundliche Dicke meldet, sind wir einen Schritt weiter, was dieses Thema angeht.«

Hochdörffer schränkte ein: »Wenn es einen Mittäter gibt, frage ich mich aber erst recht, was den Täter dazu bewogen hat, eine Stichwaffe mitzubringen und neben dem Diebstahl noch einen Raubmord zu begehen. Wenn er einen Helfer hatte, wäre doch wahrscheinlich der Diebstahl auch ohne Tötungsdelikt zu bewerkstelligen gewesen. Und dann stellt sich die Frage, ob der Mittäter wusste, dass möglicherweise nicht nur ein Diebstahl, sondern ein Raubmord in Kauf genommen wird.«

Während Hochdörffer gesprochen hatte, hatte das Telefon geklingelt.

»Jawohl«, sagte Sabine Vogel und blickte vieldeutig in die Runde. »Die sind alle da.« Dann legte sie auf, machte eine Handbewegung zur Tür, ging zur Kaffeemaschine und begann, an ihr zu hantieren. »Ich mache mal Kaffee. Frau Welsch bittet in den Besprechungsraum.«

Kaum drei Minuten später klackerte die gut aussehende und immer wie aus dem Ei gepellte Staatsanwältin mit den gewohnten High Heels in den Besprechungsraum. Sie trug ein erstaunlich dezentes beiges Kostüm und ein freizügig ausgeschnittenes seidenes T-Shirt. Darüber baumelte eine in Platin gefasste Perle.

Staatsanwältin Karin Welsch betrachtete ihre Position nur als Zwischenstufe auf dem Weg in die Politik. Badenhop hatte regelmäßig Auseinandersetzungen mit ihr, weil er bei vielen ihrer Entscheidungen den Eindruck hatte, Außenwirkung und persönliche Profilierung seien ihr wichtiger als saubere kriminalistische Arbeit. Das ganze Kommissariat sah dies ähnlich.

»Gut aussehend ja, aber unerträglich«, hatte Hochdörffer dies einmal in wenige Worte gefasst.

Das hinderte Kevin Groß nicht daran, schnell den korrekten Sitz seiner Krawatte zu überprüfen und aufzuspringen, als sie durch die Tür kam.

»Bleiben Sie sitzen, Herr Groß«, murmelte Karin Welsch in gelangweiltem Tonfall.

Einmal hatte sie den jungen Assistenten, dessen Unterwürfigkeit ihr ebenso auffiel wie seinen Kollegen, gegen Badenhop auf ihre Seite zu ziehen versucht. In der Sache jedoch war er standhaft und loyal zu seinem Chef geblieben. Seitdem ließ sie ihn spüren, wie sehr er in ihrer Gunst gesunken war.

Sein äußeres Verhalten ihr gegenüber hatte sich dadurch nicht verändert. Hochdörffer hielt sich die Hand vor die Augen und schüttelte den Kopf. Groß war durchaus beliebt und trotz seiner Jugend als Ermittler respektiert. Seine Neigung, »Großkopfeten«, wie Hochdörffer es nannte, allzu deutlich Unterordnung zu demonstrieren, führte jedoch immer wieder zu Hänseleien.

»Wenn es dir wenigstens um das Weib ginge und nicht um ihren Status, hätte ich ja noch Verständnis«, hatte Hochdörffer kürzlich geätzt, musste aber doch lachend Groß' Antwort akzeptieren: »Na ja, Weib … Da regt sich bei mir ganz bestimmt nichts.«

Das galt wohl auch umgekehrt, aber darüber redete man nicht im Kommissariat.

Nachdem Badenhop den augenblicklichen Stand der Ermittlungen dargelegt hatte, gab die Staatsanwältin keinen Kommentar zur Sache oder zum kriminalistischen Vorgehen ab. Sie ließ aber keinen Zweifel daran, dass es sofort, also noch am selben Tag, eine Pressekonferenz geben müsse und bis zur Aufklärung des Falles ausschließlich sie öffentliche Erklärungen abgeben werde »und absolut niemand sonst!«. Es sei ein in der angespannten politischen Situation hochsensibler Fall. Sie könnten sich keine Aussagen leisten, die Zweifel an der rein sachbezogenen Arbeit der Polizei hinterlassen könnten. Die Polizei dürfe besonders in diesem Fall keinen Anlass zum Vorwurf der Voreingenommenheit gegenüber Muslimen geben – weder Rechten noch Linken.

»Das ist, wenn Sie so wollen, die Arbeitsteilung. Sie leisten ohne Störungen und unbeeinflusst die Sacharbeit, ich interpretiere das nach draußen. Intern ermitteln wir in alle Richtungen. Da ist die Person im Niqab eine mögliche Spur, aber es gibt, wie Sie dargestellt haben, auch andere. Und noch etwas: Je schneller wir den Täter haben, desto eher enden auch die wilden Spekulationen in den sozialen Netzwerken. Also verlieren Sie keine Zeit.«

Ausnahmsweise hatte Badenhop an dieser Zielsetzung nichts auszusetzen. Er sah es genauso. Wie sich Karin Welsch in Detailfragen am Ende verhalten würde, stand auf einem anderen Blatt.

Bevor die Staatsanwältin ging, machte er nur noch eine Anmerkung: »Die Presse könnte uns sehr helfen mit dem Hinweis, dass die Besucher, die wir heute Morgen nicht mehr angetroffen haben, sich unbedingt bei uns melden sollten. Wir sind sicher alle sehr gespannt, ob sich auch eine muslimische Frau meldet und ein korpulenter Mann mit weiten Kleidern.«

## FÜNF

Betrachtete man es von der kulinarischen Seite, so war der Umzug nach Ludwigshafen durchaus ein Gewinn gewesen. Vor allem wenn man Mannheim einbezog, gab es auf kurzer Distanz zu Martin Peusts Büro erheblich mehr interessante Adressen als in der näheren Umgebung von Bad Bergzabern.

Dort hatte Peust bis vor Kurzem in der Außenstelle der Tageszeitung »Rheinpfalz« seinen Dienst als Lokalredakteur verrichtet. Zwar konnte der südlichste Teil der Weinstraße mit einigen guten Adressen aufwarten, das nahe Wissembourg ebenso. Peust war gern gesehener Gast gewesen in guten Restaurants und Weinstuben wie dem »Holzappel« in Oberhofen, dem »Schlössl« in Oberotterbach, »Jülg« in Schweigen oder dem »Belle Vue« in Wissembourg-Altenstadt. Aber jetzt verkehrte der mehr als füllige Genießer regelmäßig in den führenden Mannheimer Restaurants »Marly«, »Le Corange« oder »Emma Wolf«, ja sogar im »Roma« in Mutterstadt oder im Speyerer »AvantGarthe«. Und zur Weinstraße war es nicht weit.

Das »Roma« war ein gutes Beispiel für den lukullischen Gewinn durch die räumliche Veränderung. Es gab jetzt unweit seines Büros auch interessante ausländische Restaurants – in der Bergzaberner Provinz hatte er nur zwischen den üblichen Pizzabäckern und Kebab-Buden wählen können.

Ob das größere Angebot Peusts Gesundheitszustand zuträglich war, hatte keiner der Beteiligten bedacht. Als fest angestellter Redakteur alleinstehend und finanziell nur sich selbst verpflichtet, war sein Budget für Essen und Trinken beachtlich. Seine Kollegen zeigten sich mit Kommentaren und Witzen nicht zimperlich.

»Martin, wann fällt Dicken das Abnehmen am leichtesten? … Wenn das Telefon klingelt.«

»Martin, wenn du uns schon nicht sagen willst, wie viel du wiegst: Sag uns wenigstens die ersten beiden Zahlen.«

Peust ertrug das äußerlich mit stoischer Ruhe. Glücklich war er mit seinem Aussehen freilich nicht, hatte aber längst aufgegeben, daran zu arbeiten. Vor allem beim weiblichen Geschlecht war er erfolglos seit seiner Jugend. Schon damals hatte das Desinteresse der Mädchen an seinem Selbstwertgefühl als Mann Spuren hinterlassen. Bis heute war er extrem ungeübt darin, mit Frauen über seine persönlichen Befindlichkeiten zu sprechen. Sogar bei ganz unverfänglicher Thematik spürte er eine gewisse Unsicherheit. Selbst sein Image als »treue Seele«, bei der man sich ausweinen konnte, hatte sich mit zunehmendem Alter eher verflüchtigt. Bei seinen männlichen Freunden dagegen war Peust als witziger Kumpel geschätzt.

Was den Verlag dazu bewogen hatte, den eigenwilligen Redakteur mit einem nicht immer professionellen Hang zu Spekulationen und Indiskretionen nach Ludwigshafen zu beordern, war nicht bekannt. »Sparmaßnahmen und Schließung des Büros in Bergzabern« war eine Interpretation, das Bedürfnis, den selbst ernannten Investigativjournalisten besser unter Kontrolle zu haben, eine andere.

Peusts Freude über die Nähe guter Restaurants wurde getrübt durch die Tatsache, dass jetzt Kollegen nicht nur in seine journalistischen Aktivitäten, sondern auch in seine Ernährungsgewohnheiten während der Arbeitszeit eingriffen. In der Bergzaberner Außenstelle hatte er ungestört agieren können. Hier in Ludwigshafen war der von seinem Büro ausgehende und durch den angrenzenden Gang wabernde Duft – die Kollegen sagten: Gestank – nach Leberwurstbroten mit Gurke und Senf regelmäßig Anlass zu Stänkereien.

Sah man vom Essen ab, so hatte Peust zwei Hobbys, die er hin und wieder auch beruflich verwertete. Er war ein exzellenter Jazz-Kenner. Das Feuilleton griff darauf gern zurück, wenn für einen Artikel seine Kompetenz gefragt war. Weniger attraktiv war für die Kollegen sein Interesse an Kriminalfällen. Hier bestand keine Übereinstimmung zwischen Peusts Neigung und seiner Kompetenz. Seine Kollegen fanden, er sei geschädigt durch zu häufiges Krimilesen in Verbindung mit einem inneren Drang, hinter vielen Details eine Sensation zu vermuten.

»Mensch, Peust, deine Phantasie ist mal wieder mit dir durchgegangen. Dafür ist die Zeitung nicht da«, musste er sich wiederholt anhören.

Heute jedoch hatte er Glück. Die Redaktion war dünn besetzt. Für die Pressekonferenz zum »Mordfall Villa«, wie er in der Morgenbesprechung genannt wurde und der auf jeden Fall nicht nur lokal interessant war, stand kaum jemand außer ihm zur Verfügung.

Die Internetausgabe hatte den mörderischen Kunstraub schon gemeldet. Der Sturm in den sozialen Medien war Peust nicht verborgen geblieben. Was da geschrieben wurde, berührte ihn. Ausgrenzung kannte er aus persönlicher Erfahrung, aber auch vom historischen Hintergrund des Jazz her. Er hörte nicht nur die Musik. Er kannte die Geschichte der Anfänge des Jazz im Amerika der zwanziger, dreißiger Jahre bis zur offiziellen Aufhebung der Rassentrennung im Jahr 1964. Die Biografien schwarzer Musiker hatten ihn wütend gemacht, als er gelesen hatte, wie ihnen die Weißen in den Konzertsälen zujubelten, sie aber zwangen, beim Betreten und Verlassen der Clubs den Hintereingang zu benutzen.

So sehr Peust in manchen Dingen zu Spekulationen und gewagten Schlussfolgerungen neigte – was die Ereignisse in der Villa anging, fand er die Spekulationen und Kommentare abstoßend.

Je bunter die musikalischen Traditionen sich mischten, desto kreativer war die entstehende Musik. Diese Überzeugung hatte er auf die Gesellschaft übertragen, wie er sie sich wünschte. Je bunter, desto besser.

Er würde diesen Fall verfolgen.

Der Pfälzer Säulenheilige Max Slevogt. Die abgesicherte Villa. Eine Frau im Niqab soll so scharf auf einen Slevogt sein, dass sie einen Mord begeht? Einen Mord, sozusagen vor aller Augen? Eine muslimische Frau geht unbegleitet in die Villa, ermordet einen Wärter und stiehlt ein Gemälde?

Das passte alles nicht zusammen. Da musste etwas Größeres dahinterstecken. Martin Peust war bereit.

Die Pressekonferenz dieser verdammt gut aussehenden und ebenso hochnäsigen Staatsanwältin brachte ihm wenig Neues. So war es immer, wenn zu Kriminalfällen Pressekonferenzen abgehalten wurden. Vermutungen wollte die Polizei natürlich nicht äußern. Ihre Recherchefortschritte wollte sie im Interesse der Aufklärung nicht preisgeben. Warum dann die riesige Veranstaltung, zu der Presseleute aus ganz Deutschland kamen? Dabei war der zuständige Kommissar nicht einmal dabei.

»Für alle Fragen stehe *ich* zur Verfügung«, betonte die aalglatte Karin Welsch, die, wie er wusste, schon seit Längerem für diesen oder jenen Posten in Mainz im Gespräch war. Von der konnte er bestimmt nicht viel mehr erfahren. Immerhin hatte sie betont, dass Vorverurteilungen für die Person im Niqab, wie sie in den sozialen Medien zu lesen waren, zum derzeitigen Stand der Ermittlungen jeglicher Grundlage entbehrten und auch einige andere Spuren verfolgt wurden.

Reden wollte Peust mit dieser Staatsanwältin nicht. Er konnte sich vorstellen, wie eine derart auf Äußerliches bedachte Aufsteigerin auf ihn reagieren würde. Er kannte sich gut genug, um zu wissen, dass sie gerade nicht der Typ Persönlichkeit war, auf die er einnehmend wirken und Hintergründe erfahren konnte. Er musste sich etwas anderes ausdenken.

Ein Ansatzpunkt waren die Angestellten der Villa. Er musste mit ihnen sprechen und herausbekommen, was die Polizei der Öffentlichkeit bisher verschwieg. Sicher gab es noch eine andere Spur, obwohl jeder nur über die Frau im Niqab redete. Mit Sicherheit sogar – eine muslimische Frau allein ermordet keinen Museumswärter, um einen Slevogt zu stehlen. Es sei denn, es ginge darum, mit einem Paukenschlag Aufmerksamkeit zu erregen. Das wäre in der Tat ein terroristischer Hintergrund. Aber solange keine Organisation dafür die Verantwortung übernahm und sich damit brüstete, konnte er davon ausgehen, dass es darum nicht ging. Wem also war ein Selbstbildnis Slevogts so wichtig, dass er einen Mord in Kauf nahm?

Sollte er gleich nach Edenkoben fahren und sich dort bei den Angestellten umhören? Oder doch erst zur Polizei? Er würde gezielter vorgehen können, wenn er wüsste, was die Polizei wusste. Die standen doch unter Zeitdruck. Sie mussten rasch Ergebnisse liefern, um die Ungewissheiten abzustellen, die den rechtsradikalen Fremdenfeinden Spekulationen und Behauptungen ermöglichten. Die Polizei musste ein Interesse daran haben, dass man sie unterstützte.

Mit der Abteilung Schwerverbrechen in Neustadt hatte Peust einmal zu tun gehabt, als er noch in Bergzabern die Außenstelle betreut hatte. Nicht direkt, getroffen hatte er bisher keinen der Kommissare. Sie hatten eher »parallel ermittelt«, wie er das auszudrücken pflegte. Wichtige Tatsachen hatte er fast zeitgleich mit dem Kommissariat herausgefunden und veröffentlicht. Ganz sicher sein Chef und womöglich auch die Polizei hatten seine Veröffentlichungen nicht zu würdigen gewusst. Es hatte Ärger gegeben. Aber mit Sicherheit erinnerten sich die Ermittler an ihn. Er wollte sich diesmal direkt an sie wenden, um ihre Kräfte in dieser Sache zu vereinigen. Sie könnten absprechen, welche Strategie eingeschlagen werden müsste. Die Reibungen des letzten Falles könnten damit vermieden werden. Daran müssten die Ermittler doch ein Interesse haben. Ja, das war es.

Zeit verlieren wollte Badenhop nicht, aber der Gang durch die einzigartige Theresienstraße in Rhodt mit ihren markanten Torbögen aus Sandstein und ihrer Kastanienallee war nur ein kleiner Umweg zum Haus Grindelsbachers, das sich in einer Nebenstraße befand. Badenhop war schon mehrfach in Rhodt gewesen, aber immer wieder entdeckte er neue historische Details an den Häusern, den Torbögen oder in dem einen oder anderen Winkel oder gerade geöffneten Hof.

Mit verweinten Augen empfing ihn Grindelsbachers Lebensgefährtin Erika Schreiner. Sie berichtete von einem »ganz normalen Leben« seit mehr als zehn Jahren, seit sie nach Rhodt gezogen waren.

»Wir haben uns vor zwölf Jahren kennengelernt. Karl hat damals noch bei Ludwigshafen gewohnt und hatte ein oder zwei Jahre davor seine erste Frau verloren. Sie ist ganz jung an Krebs gestorben. Wir haben hier ziemlich zurückgezogen gelebt. Vor seiner Krankheit hat Karl auf der Verwaltung gearbeitet und danach in der Villa.«

»Frau Schreiner, können Sie sich vorstellen, dass jemand Ihren Partner ermorden wollte?«

»Sie meinen, ihn persönlich? Aber er war doch nur zufällig in dem Raum.«

»Wir müssen allen Möglichkeiten nachgehen, auch der, dass der Täter es nicht auf das Bild, sondern auf ihn abgesehen hatte. Hatte Herr Grindelsbacher Feinde?«

Erika Schreiner musste nicht lange überlegen. »Überhaupt nicht. Wir haben ein paar Freunde hier im Ort, mit denen wir ab und zu etwas unternehmen. Da gab es noch nie Streit. Mir war der Karl manchmal sogar ein bisschen zu gutmütig, wenn ich das so sagen darf. Er ist jedem Streit aus dem Weg gegangen. Ich ärgere mich zum Beispiel seit Jahren darüber, dass unsere Nachbarn ihre Bäume und Büsche so nahe und so hoch an der Grundstücksgrenze wachsen lassen, dass dort unser Gemüse nicht mehr richtig wächst. Er hat das ein paarmal zu denen gesagt. Sagen hat nichts geholfen. Mal richtig auf den Tisch hauen hätte er sollen, konnte er aber nicht. Das war auch bei seiner früheren Arbeit so und auch jetzt in der Villa. Er hat in Edenkoben bei der Verwaltung gearbeitet. Wenn es irgendwo Streit gegeben hätte, hätte er es erzählt.«

»Bei Bausachen gibt es durchaus manchmal sehr strittige Entscheidungen, bei denen es um viel Geld geht.«

»Aber Karl war nicht im Bauamt. Er war im Wertstoffhof beschäftigt. Dass es da mal wirklich Ärger wegen etwas Wichtigem gegeben hätte – ich glaube nicht. Ob einer für seinen Schutt etwas bezahlen muss oder nicht, deswegen bringt man niemanden um, schon gar nicht ein Jahr später.«

»Sie haben auch Weinberge. Gab es beim Verkauf der Trauben oder mit Kollegen Auseinandersetzungen?«

»Karl hat sich manchmal geärgert, dass die Genossenschaft so wenig für die Trauben bezahlt. Aber wirklich unternommen hat er nichts, hätte ja auch nichts gebracht. Die zahlen das aus, was sie über den Verkauf reinbekommen. Was sollen sie sonst machen? Ansonsten hat er die Weinbergarbeit immer gern gemacht, in letzter Zeit zusammen mit meinem Sohn. Ärger mit Kollegen? Nein. Und mit meinem Sohn hat er sich auch gut verstanden. Gestern Abend wollten sie sich unterhalten, ob wir einen eigenen Keller einrichten. Mein Sohn will Flaschenwein verkaufen, damit sich der Weinanbau lohnt. Aber zu dem Gespräch kam es ja nicht mehr.«

Sie gab Badenhop einige Telefonnummern von Freunden und Kollegen, die er anrief und von denen er überall das Gleiche hörte: Mit Grindelsbacher hatte sich niemand gestritten. Feinde schien er nicht gehabt zu haben.

Diese einhellig geäußerten Angaben passten zu der Tatsache, dass man Grindelsbacher erheblich risikoloser auf dem täglichen Fußweg zur Villa hätte ermorden können, wenn es wirklich um ihn gegangen wäre. Badenhop musste also davon ausgehen, dass nicht der Museumswärter Ziel des Täters gewesen sein konnte.

Aus einem entfernten Gemurmel, das er im Flur vernommen hatte, entwickelte sich unversehens ein Geschrei. »Nein, das glaube ich ganz und gar nicht!«, hörte er die Sekretärin aufgeregt und mit einer für die zierliche Person erstaunlich lauten Stimme kundtun. »Sie haben hier nichts verloren! Fragen der Presse beantwortet ausschließlich die Staatsanwaltschaft. Und Ihren Schwartenmagen nehmen Sie bitte wieder mit!«

»Davon verstehen Sie nichts, Frau – wie war doch der Name? – Vogel«, antwortete ein kraftvoller Bariton. »Es geht hier um Aufklärung und Hilfe. Das können Sie doch nicht ablehnen.«

»Für Aufklärung und Hilfe ist die Polizei zuständig, nicht

Sie. Es sei denn, Sie haben eine Zeugenaussage zur Sache zu machen.«

Badenhop hörte, wie mehrere Türen gingen. Auch er ging zur Tür und schaute in Richtung Sekretariat. Dort stand ein gewaltiger Mensch, der fast den gesamten Flur einzunehmen schien. An seinem rundlichen Kopf glänzten rötliche Backen wie Weihnachtskugeln. Die schmale Nickelbrille darüber passte so gar nicht zu dem ungeschlacht wirkenden Kerl mit halblangen, leicht fettigen Haaren. Seine Beine steckten in einer riesigen Jeanshose, die mit breiten Hosenträgern daran gehindert wurde, der Schwerkraft nach- und den Bauch freizugeben. In einer Hand hielt er eine Plastiktüte, in der anderen eine altmodische Ledertasche. Ein unfreundlicher Dicker?

Badenhop erinnerte sich nicht, dass er diesen Mann bei der raschen Durchsicht der Aufnahmen in der Villa gesehen hatte. Das war nicht das Gesicht des »Unfreundlichen«.

Hochdörffer, der hinter dem breiten Hünen aus seinem Zimmer getreten war, wurde fast völlig von ihm verdeckt. Sabine Vogel befand sich wohl in ihrem Büro und konnte es nicht verlassen, ohne sich dicht an dem Mann vorbeizudrängeln. Das würde sie mit Sicherheit vermeiden.

Als Badenhop und Groß aus ihren Zimmern traten, sah der Mann in ihre Richtung, schwenkte auf eine Art begrüßend die Plastiktüte und rief: »Einen schönen Tag wünsche ich! Wer von Ihnen ist Herr Badenhop?«

Aus dem Sekretariat hörte man wieder Sabine Vogel, mittlerweile nicht nur laut, sondern leicht hysterisch: »Ich habe Ihnen gesagt, dass Sie hier nichts zu suchen haben. Gehen Sie endlich!«

Das schien den Mann zu amüsieren. »Holen Sie sonst die Polizei?«

»Ich habe keine Zeit für Witze!«

Badenhop hatte den Eindruck, er müsse hier eingreifen, und stellte sich vor. »Guten Tag. Ich bin Jan Badenhop. Kommen Sie mal her und bringen Sie unsere Frau Vogel nicht völlig durcheinander.«

»Sehen Sie«, brummte der Hüne ins Sekretariat, »es geht doch«, und machte sich auf den Weg in Badenhops Büro.

»Nein, es geht nicht«, erklärte Badenhop noch auf dem Weg zu ihren Sitzplätzen. »Ich will nur keine unnötige Aufregung. Setzen Sie sich einen Moment und sagen Sie mir bitte, wer Sie sind und was Sie wollen.«

»Martin Peust von der ›Rheinpfalz‹.«

»Bitte wer?«

»Martin Peust von der ›Rheinpfalz‹.«

»Im Ernst? Sie sind der Journalist, der uns damals in Schweigen ständig mit den unmöglichsten Behauptungen und Indiskretionen dazwischengefunkt hat? Was haben Sie hier zu suchen? Haben Sie sich verirrt? Falls Sie die Pressekonferenz suchen – die ist nicht hier, und sie ist auch schon vorbei.«

»Ich weiß, Herr Kommissar, die Sache ist damals etwas unglücklich gelaufen. Es gab keine Koordination der Ermittlungen. Aber deshalb bin ich auch hier. Ich möchte das diesmal – also, ich meine, bei dem Kunstraub in der Villa – vermeiden. Sehen Sie, wir können einfach noch mal auf null zurückgehen. Ich bin ein Journalist, der Ihnen helfen möchte. Und zur Begrüßung habe ich Ihnen ein paar Pfälzer Spezialitäten mitgebracht. Schwartenmagen vom Metzger Hambel in Wachenheim, Brot von Liebenstein und Goetzen-Senf aus Burrweiler. Eine Flasche Bassermann-Riesling ist auch dabei. Als eine Art Wiedergutmachung und Begrüßung in der Pfalz. Nachträglich sozusagen. Sie sind ja aus Hamburg, wenn ich mich erinnere. Aber für Ihre Kollegen reicht es auch.« Peust sah Badenhop treuherzig an, grinste und fuhr mit der Handfläche nach oben an den Mitbringseln vorbei, die er während seiner Rede auf Badenhops Schreibtisch abgelegt hatte.

Badenhop fand die Situation skurril, aber reizvoll genug, um zumindest nicht aus der Haut zu fahren.

»Herr Peust, ich weiß Ihre Freundlichkeit zu schätzen. Ich habe sogar in den paar Jahren meiner Anwesenheit gelernt, woher besonders gute regionale Produkte kommen, und sehe, dass Sie offenbar guten Geschmack haben. Die Abteilung bedankt sich für Ihre mitgebrachte Verpflegung. Wir werden ihr alle Ehre zukommen lassen in der nächsten Frühstückspause. Wenn Sie freilich erwarten, dass Sie von uns zusätzliche Informationen über den aktuellen Fall erhalten, die über das hinausgehen, was die Staatsanwaltschaft in der Pressekonferenz mitgeteilt hat, muss ich Sie enttäuschen. Wir haben ausdrückliche Anweisung, dass die Presse ausschließlich über die Staatsanwaltschaft informiert wird.«

»Das trifft sich gut«, insistierte Peust mit wichtiger Miene. »Es geht mir nicht um Informationen, sondern um Zusammenarbeit, damit der Fall, wie die Staatsanwältin bei der Pressekonferenz betont hat, so schnell wie möglich aus den Schlagzeilen kommt. Es ist ja ganz schrecklich, was da schon aus der rechten Ecke in Facebook zu lesen ist. Oder wollen Sie ein zweites Kandel?«

»Wir wollen natürlich kein zweites Kandel, konnten aber leider auch nicht verhindern, dass die Existenz der Frau im Niqab sich so schnell herumgesprochen hat. Wie Sie wissen, ist das eine von mehreren Spuren. Ich wiederhole: Wenn Sie mehr wissen wollen, kann ich Ihnen nur anbieten, es bei der Staatsanwältin zu versuchen.«

»Die ist nicht so mein Fall. Aber ich verstehe, dass Sie da unter der Fuchtel stehen.«

Badenhop starrte ihn ungläubig an, was Peust bemerkte und anfügte: »Das ist ja vielleicht auch eine sehr egozentrische Person. Wissen Sie was, ich rufe Sie einfach an, wenn ich etwas erfahre. Vielleicht sehen Sie dann, dass eine Zusammenarbeit hilfreich sein könnte.«

Badenhop atmete hörbar schwer aus. »Das können Sie gern machen. Aber Folgendes sollten sie beachten. Erstens bitte ich Sie, auf Spekulationen und Indiskretionen in der Zeitung unbedingt zu verzichten. Das hilft niemandem. Zweitens werde ich Sie belangen, falls Sie auf die Idee kommen zu behaupten, es gäbe zwischen uns irgendeine Vereinbarung zur Zusammenarbeit. Und drittens weise ich Sie darauf hin, dass das Kommissariat unter keiner ›Fuchtel‹ steht, wie Sie sich da ausgedrückt haben. Wir sind nur wie jede Kriminalpolizei weisungsgebunden. Das ist etwas anderes. Ansonsten, Herr Peust, freue ich mich, wenn Sie sachlich berichten und uns im Rahmen Ihrer Aufgaben helfen, den oder die Täter zu finden. Ach, aber eine Frage hätte ich noch. Wann waren Sie zuletzt in der Villa Ludwigshöhe?«

Peust sah ihn ungläubig an. Dann lachte er lauthals. »Meinen Sie, ich wär's gewesen? Dass ich nicht dort war, sehen Sie bestimmt auf den Bändern der Überwachungskameras.« Er sah an sich hinunter und patschte mit seinen riesigen Händen auf Bauch und Oberschenkel. »Ihre Sekretärin könnte sich vielleicht an den Kameras vorbeischmuggeln, ohne gesehen zu werden. Ich bestimmt nicht.«

Als Badenhop an diesem Tag nach Hause kam, stellte er fest, dass die Geschehnisse des Tages bereits sein privates Umfeld beschäftigten. Sein Sohn Jens musste ihn gehört haben, als er das Haus betrat. Sofort stürmte er aus seinem Zimmer.

»Hi, Papa. Krass, was da in Edenkoben passiert ist. Eine Frau im Niqab? Das gibt Ärger, ey. Hat sofort danach angefangen auf Facebook. Selbst aus meiner Klasse haben sich ein paar ausgekotzt. Wisst ihr schon etwas Genaues?«

Wirklich überrascht war Badenhop nicht, dass sein Sohn, der kurz vor dem Abitur stand, sich für den Fall besonders interessierte. »Nein, aber vor allem: Die Niqab-Frau ist nach dem, was wir bisher wissen, nur eine auffällige Besucherin gewesen, mehr nicht. Es wäre schön, wenn die Leute das begreifen könnten. – Ist Katrin nicht da?«

»Nein, sie hat vorhin angerufen und gesagt, dass sie etwas später kommt. Sie wollte noch einkaufen gehen.«

Badenhops Frau Ingrid, eine Hamburgerin, die das Großstadtleben in der Pfalz vermisste, lebte seit einiger Zeit wieder in ihrer alten Heimat, zusammen mit Hendrik, dem zweiten Sohn des Paares. Das Leben in der Provinz hatte nicht wirklich den Ausschlag für die Trennung gegeben. Auch die Ehe nicht, die sie führten. Im Gegenteil. Sie hatten einander geliebt, wie sie sich bis zuletzt versichert hatten. Doch dann hatte sich Jan Badenhop unsterblich in eine andere Frau verliebt und war unfähig gewesen, sich zu entscheiden.

Im Beruf fielen ihm Entscheidungen leicht, auch solche unter Unsicherheit. Das gehörte zu seinem Tätigkeitsfeld. Oft ging es dabei darum, aus langjähriger Erfahrung Wahrscheinlichkeiten abzuschätzen. In der dramatischen privaten Situation, als – verkörpert durch zwei Frauen – Zuneigung, Vertrautheit sowie Verantwortungsbewusstsein eine Art der Liebe formten und emotionale Wärme, Verliebtheit und soziale Intelligenz eine andere, war er überfordert gewesen. Hier die sehr gebildete Ingrid, die bei gesellschaftlichen Anlässen ihre Umgebung mit kultivierter Eloquenz beeindrucken konnte und privat trotz manchmal damenhafter Strenge eine zugewandte, ihre Familie umsorgende Ehefrau und Mutter war. Dort die ungemein weibliche, emotionale und witzige Pfälzerin, die mit offenem Visier und scheinbar lässig durchs Leben ging. Er hatte sich hilflos gefühlt, unfähig zu einer Entscheidung.

Badenhop war auch im Rückblick nicht sehr stolz auf sein zögerliches Verhalten. Ingrid hatte nach langen, aufreibenden Wochen die Reißleine gezogen und war nach Hamburg zurückgekehrt, wo sie inzwischen lebte. Jens, der ältere der beiden Söhne, war – nicht zuletzt, weil er eine feste Freundin in Neustadt hatte – bei seinem Vater geblieben. Die regelmäßigen Kontakte zwischen Hamburg und Neustadt verliefen aggressionsfrei, aber angespannt. Durch die Aufteilung der Kinder hatte immerhin keiner der beiden Erwachsenen das Gefühl, er sei von seiner Familie ganz abgeschnitten.

Katrins einnehmendes Wesen hatte es Jens leichter gemacht, den Groll auf »die andere« und auf den Vater, der eindeutig die Trennung verschuldet hatte, in Grenzen zu halten. Es dauerte fast drei Monate, bis er überhaupt bereit gewesen war, »diese Frau« zu treffen. Badenhop und Katrin Mellen hatten das erste Zusammentreffen sorgsam vorbereitet und es von vornherein auf eine kurze Zeit beschränkt. Man traf sich zum

Nachmittagskaffee in der Stadt. Katrin hatte die Idee gehabt, es so einzurichten, dass wie zufällig auch Jens' Freundin dabei war. Tatsächlich hatte dies die Situation spürbar entkrampft. Nach und nach war es zu längeren Begegnungen gekommen, schließlich auch zu einem überraschend entspannten gemeinsamen Abendessen. Mittlerweile war bei Jens sogar ein kleines Pflänzchen Sympathie gewachsen.

Katrin hatte ihre Wohnung in Forst behalten, hielt sich aber erheblich mehr bei Badenhop auf. Sie plante, ihre Anstellung in Bad Dürkheim aufzugeben und eine eigene Praxis für Physiotherapie in Neustadt zu eröffnen. Als das Gespräch darauf gekommen war, die Forster Wohnung aufzugeben, und Badenhop vorsichtig bei Jens angefragt hatte, schien dieser gar nicht abgeneigt gewesen zu sein, die neue Situation und damit den endgültigen Schritt aus der Ehe seiner Eltern zu akzeptieren.

»Ich kann dir ja nicht verbieten, dich in eine Frau zu verlieben«, hatte er erstaunlich lebensklug geantwortet. »Ich glaube schon, dass wir miteinander auskommen werden. Katrin ist wirklich in Ordnung. Mama würde sowieso nicht mehr zurückwollen. Ich werde nächstes Jahr studieren und kaum noch hier sein. Ich kann ja nicht verlangen, dass du hier allein hausen musst. Scheiße find ich es trotzdem, dass alles so gekommen ist.«

Katrin, die kurz nach Badenhop mit Einkaufstaschen beladen die Wohnung betrat, schnitt schon bei der Begrüßung eine Grimasse und stöhnte: »Puh, ich habe es schon gehört. Da kann ich mich ja darauf einstellen, dass du noch mehr zu tun hast, bis die Sache aufgeklärt ist. Ich werde mich in mein Schneckenhaus in Forst zurückziehen und abends Bücher lesen, damit du deine Ruhe hast.«

Badenhop nahm sie in die Arme. »Ich werde mich über deine Anwesenheit umso mehr freuen, wenn ich genervt nach Hause komme. Und den Umzugstermin will ich auch nicht verschieben.« Und mit einem Augenzwinkern fügte er an: »Ich kann es kaum erwarten, dass du nicht mehr flüchten kannst, wenn ich dir mal auf die Nerven gehe.«

»Keine Intimitäten vor Publikum, bitte«, nölte Jens, der aus der Küche lugte, aber sofort die viel wichtigere Frage nachschob: »Was gibt's zu essen?«

***

Am nächsten Tag durchleuchteten die Ermittler alle Angestellten der Villa Ludwigshöhe. Hinweise auf eine mögliche Verstrickung mit dem Raubmord gab es nicht. Keiner der am betreffenden Tag anwesenden Mitarbeiter des Schlosses war polizeilich nennenswert aufgefallen.

Versuche, sich in der Kunstszene umzuhören, brachten keine neuen Erkenntnisse. Die befragten Experten zeigten sich ebenso erstaunt wie die Ermittler, dass ein Kunstraub in dieser Form durchgeführt worden war. Ein vergleichbarer Fall war nicht bekannt. Kunsträuber ließen sich alle erdenklichen, auch technisch ausgefallenen Tricks einfallen, um Kunstwerke zu rauben. Mit einer Stichwaffe in die geöffnete Ausstellung zu spazieren gehörte nicht dazu.

Natürlich würde der geraubte Slevogt nicht am Schwarzmarkt auftauchen.

»Da steckt jemand dahinter, der das Bild für sich haben will. Nach diesem spektakulären Raubmord kann er es ja nicht einmal zu Hause aufhängen, wo es Gäste sehen«, vermutete Hochdörffer. »Zumindest nicht in absehbarer Zeit.«

***

Martin Peust schien sich Badenhops Worte zu Herzen genommen zu haben. Sein Artikel über den Fall enthielt kaum mehr als das, was Karin Welsch in der Pressekonferenz gesagt hatte. Er betonte etwas stärker als die Staatsanwältin, dass ein muslimischer Hintergrund zum gegenwärtigen Zeitpunkt nicht nachweisbar und dadurch reine Spekulation sei, aber dagegen hatte Badenhop nichts einzuwenden. Peust hatte auch nicht versäumt, darauf hinzuweisen, dass sich alle noch nicht befragten Besucher der Ausstellung für eine Zeugenaussage bei der Polizei melden sollten. Dass insbesondere ein Mann gesucht wurde, der die Slevogt-Ausstellung in den vergangenen zwei Wochen mehrfach besucht hatte, betonte Peust ausdrücklich.

Der Aufruf führte dazu, dass sich von den acht Personen, die am Mordtag in der Ausstellung gewesen waren, das Schloss aber verlassen hatten, vier meldeten. Die Frau im Niqab war nicht dabei, auch der unfreundliche Dicke nicht.

»Das ist unerfreulich und befeuert die Gerüchte in den sozialen Medien. Es kann natürlich verschiedene Gründe haben – nicht nur, dass die Frau sich verdächtig macht«, erklärte Badenhop in einer der täglichen Besprechungen mit der Staatsanwältin. »Die deutsche Öffentlichkeit, in der wir den Aufruf verbreitet haben, wird von Zuwanderern nicht unbedingt wahrgenommen. Es kann also sein, dass sie es nicht erfahren hat, obwohl wir auch die arabischen Medien informiert haben. Es kann auch sein, dass sie sich fürchtet, belästigt zu werden, wenn bekannt wird, welche Frau im Niqab in der Ausstellung war. Es haben sich ja drei weitere Personen auch nicht gemeldet, darunter der korpulente Mann, der möglicherweise mehrfach kam, um die Situation auszukundschaften. Mehr noch: Der Täter könnte einer der vier Besucher sein, die sich gemeldet haben. Er könnte denken, damit macht er sich unverdächtig.«

Karin Welsch wurde unruhig. »Und was haben Sie wirklich?«

»Eine Überprüfung der bisher identifizierten Personen hat uns nicht weitergebracht. Keine polizeiliche Vorgeschichte außer Kleinigkeiten. Immerhin haben wir alle, die an dem Morgen in der Ausstellung waren, auf den Aufnahmen der Überwachungskameras gefunden. Dadurch konnten wir die vier Personen herausziehen, die sich nicht gemeldet haben. Ich habe Ausdrucke machen lassen. Sie sind nicht sehr scharf.

Trotzdem können wir versuchen, die Leute anhand der Fotos zu identifizieren. Ansonsten sind wir nicht weitergekommen.«

»Bedauerlich.« Karin Welsch stand auf und verließ die Besprechung.

## SECHS

»Volker, jemand hat Feuer neben deinem Weinberg in Ranschbach gemacht.«

Der angesehene Birkweilerer Weingutsbesitzer Volker Gies wollte nicht glauben, was ihm der Kollege aus dem Nachbarort gerade erzählte.

Gies hatte vor einiger Zeit auf der Ranschbacher Seite einen alten Weinberg gekauft. Kurz darauf waren ihm dort in der Nacht vierzig Reben abgeschnitten worden. Eine reine Böswilligkeit mit dem einzigen Zweck, ihm zu schaden. Der Verdacht lag nahe, dass man ihm zeigen wollte, wie wenig man davon hielt, wenn Birkweilerer sich Grundstücke in Ranschbach unter den Nagel rissen. Anscheinend betrachteten manche Dörfler die Gemarkung als unveräußerliches Eigentum der Dorfbewohner.

Dabei hatten die Ranschbacher einfach noch gar nicht realisiert, wie gut die Rotschieferböden am Südhang westlich des Dorfes sich für hochwertige Weine eigneten. Die Lage Seligmacher zog sich hier von Arzheim aus weit in den Westen bis in die Nähe des Waldes, wo sie etwas unterhalb des kühlen Teils der Renommierlage Kastanienbusch mit vergleichbarer Boden- und Lagenqualität endete. Allerdings hatte niemand im Dorf jemals einen Wein aus diesem Teil des Seligmachers gefüllt, der es mit den besten Birkweilerern aufnehmen konnte.

Möglich wäre es schon, hatte sich Gies gedacht, als er den Weinberg gekauft hatte. Die Ecke war zwar etwas kühler als der zentrale Teil des Kastanienbuschs, aber in Zeiten des Klimawandels konnte sich das bald zum Vorteil wenden.

»Danke für den Anruf. Ich fahr sofort rüber«, sagte Gies.

Er rannte aus dem Haus, sprang in seinen Geländewagen und stand fünf Minuten später vor dem rauchenden Aschefleck, der von den abgeschnittenen Reben übrig geblieben war.

Dazwischen lagen noch ein paar verkohlte Brocken. Oder waren es Erdklumpen?

Der Westwind hatte die Hitze in Richtung der neu gepflanzten Rebzeilen geweht. Gies hatte die vier Zeilen, in denen Reben abgeschnitten worden waren, komplett gerodet und mit Riesling neu angelegt. Das waren alles in allem etwa dreihundert Rebstöcke gewesen, die er erneuert und die alten auf einen Haufen neben der Neuanlage geworfen hatte. Leider war er in den vergangenen Wochen noch nicht dazu gekommen, sie wegzuschaffen. Einige der jungen Reben, die in der Nähe des Feuers standen, waren verbrannt, ebenso einer der neuen Befestigungspfosten.

Gies betrachtete die Bescherung. Etwa zehn Reben und der Pfosten waren kein riesiger Schaden. Aber schon wieder so eine blödsinnige, aggressive Sabotageaktion. Jemand wollte ihn verjagen. Er konnte das nicht einfach hinnehmen. Die Polizei sollte sich das angucken. Die Presse würde er auch benachrichtigen.

Er zog sein Handy aus der Tasche und begann zu telefonieren.

»Ein Feuer in Ranschbach? ... Im Weinberg? ... Was soll das sein, Sabotage? Na gut, wir kommen vorbei. Warten Sie bitte auf uns.«

Der diensthabende Schutzpolizist machte auf Gies eher einen unwilligen Eindruck. Lust auf einen Abstecher nach Ranschbach schien er nicht gerade zu haben. Klar, was sollte da schon viel passiert sein, bei einem Feuer im Weinberg? Im Grunde sah das auch Gies so. Dem »Häcker« – wie die Ranschbacher von ihren Nachbarn genannt wurden –, der wahrscheinlich dahintersteckte, wollte er das trotzdem nicht durchgehen lassen.

Eine halbe Stunde später traf der Streifenwagen ein. Die beiden Beamten sahen sich die Feuerstelle und den Schaden am Weinberg an, stellten die üblichen Fragen, wiesen darauf hin, dass da kaum jemand dingfest zu machen sei, und füllten auf der Kühlerhaube ihrer Autos ein paar Formulare aus.

»Wie heißt das hier genau?«, fragte der jüngere Polizist.

»Schreib ›nordwestlich von Ranschbach‹«, antwortete sein Kollege.

»Seligmacher heißt die Weinlage, in der dieser Weinberg liegt«, sagte Volker Gies fast gleichzeitig.

»Wie bitte? Seligmacher? Was ist das für ein Name?« Der junge Beamte lachte. »Wenn man den Wein von hier trinkt, wird man selig? Toll!«

»Was willst du, passt doch gut zu Wein«, erwiderte der andere.

»Man weiß nicht genau, wo der Name herkommt«, erklärte Gies. »Im Rheingau gibt es auch einen Seligmacher. Dort führt man den Namen auf Salweiden zurück. Es könnte aber auch mal ein gestifteter Weinberg gewesen sein, für den die Kirche dem Stifter sein Seelenheil versprochen hat. Es ist ja auch eine sehr lang gezogene Lage von Arzheim bis hierher. Erstaunlich, dass dieses lange Stück den gleichen Namen hat. Jedenfalls heißt das mindestens seit Mitte des neunzehnten Jahrhunderts so.«

Die Polizisten schienen sich für die Erklärung nicht zu interessieren. Sie packten ihre Unterlagen zusammen und wollten gerade gehen, als der ältere der beiden sagte: »Lass uns mal noch kurz die Umgebung angucken. Vieleicht findet sich ein Hinweis.«

»Was soll da noch sein?«, fragte sein Kollege etwas ungeduldig.

Der Beamte gab keine Antwort, lief am Weg entlang, erst rechts, dann links, sah nach oben und nach unten an den Wingertszeilen vorbei. Da die Reben erst mit dem Austrieb begonnen hatten, konnte man bis ans Ende der Zeilen sehen.

Plötzlich blieb er kurz stehen und ging schließlich durch den Weinberg nach unten in Richtung des Dorfes. Dort wuchs eines der üblichen Gebüsche, die aus Naturschutzgründen nicht entfernt werden durften, den Winzern jedoch in der Regel nicht gefielen. Am Ende der Weinbergszeile, kurz vor dem Gebüsch, lag etwas, das nicht hierhingehörte.

Was war das? Ein Stoffballen? Ein weggeworfenes oder verlorenes Kleidungsstück, das an einer Rebe hing? Oder ein Mensch?

Der Polizist ging zurück und wies seinen jungen Kollegen an, sich parallel zu ihm in der nächsten Zeile auf das Objekt zuzubewegen, um ihm möglichst nahe zu kommen, bevor sie sich bemerkbar machten. Es könnte ja auch der Täter sein, der sich verstecken wollte, raunte er dem Kollegen zu.

Als die Beamten näher kamen, waren sie sicher, dass tatsächlich ein Mensch an den Betonpfosten des Zeilenendes gelehnt saß, die Beine nach vorn ausgestreckt. Man sah ihn nur von hinten. Es schien, als ob der Kopf auf die Brust gesunken war, als ob er schliefe. Hatte ein Betrunkener das Feuer entfacht und war dann im Weinberg eingeschlafen?

Die Beamten verlangsamten ihre Schritte und zogen ihre Dienstwaffen.

»Hallo, Sie da, Polizei!«, rief der ältere. »Bleiben Sie, wo Sie sind, und nehmen Sie die Hände hoch.«

Der Mann reagierte nicht. Wie auch? Er war tot. Ein blutiger Schnitt am Hals ließ darauf schließen, dass er keines natürlichen Todes gestorben war.

»So hatte ich Seligmacher noch gar nicht verstanden«, witzelte der jüngere der beiden Polizisten nach dem ersten Schock. Dann riefen sie in ihrer Zentrale an.

✳✳✳

»Der zweite Mord innerhalb von zwei Tagen? Was ist mit der schönen Pfalz los?«, kommentierte Bernd Hochdörffer den Bericht seines Kollegen.

Die Identität des Toten war leicht festzustellen gewesen, da er seine Papiere bei sich getragen hatte. Es handelte sich um den in Freinsheim lebenden, zweiundfünfzigjährigen Johannes Konietzka. Der Mann war, wie Kevin Groß nach kurzer Zeit herausgefunden hatte, alleinstehend, in der Weinbranche als Importeur tätig und hatte sein Büro an der Adresse seines

Wohnsitzes. Die Firma bestand nur aus zwei Personen, Konietzka und einer halbtags angestellten Sekretärin, die sich gewundert hatte, weil ihr Chef am Morgen nicht im Büro erschienen und auch nicht am Telefon erreichbar gewesen war.

Gestorben war Konietzka vermutlich dort, wo er auch gefunden wurde, und zwar am Abend zuvor, etwa zwischen neun und elf Uhr. Es gab keinerlei Hinweis darauf, warum der Mord mitten im Weinbergsgelände geschehen war.

Der Winzer Volker Gies hatte ein Alibi. Er war erst am Morgen von einer Reise nach Köln zurückgekommen, wo er am Abend zuvor in einem Restaurant eine kulinarische Weinprobe moderiert und anschließend in einem Hotel übernachtet hatte. Es gab auch sonst keinen Grund zu der Annahme, dass er etwas mit dem Mord zu schaffen hatte. Ob das Feuer am Weinberg und der Mord zusammenhingen, blieb unklar.

Badenhop stand vor einem Rätsel, was ihn zu Beginn eines Falles nicht sonderlich überraschte. Er war es gewohnt, dass am Anfang die vorliegenden Informationen kein eindeutiges Bild ergaben. Sein klarer Verstand – zweifellos seine Stärke – sagte ihm, dass es darauf ankam, möglichst viele Informationen zu sammeln und an den »gedanklichen Knotenpunkten«, wie er es einmal genannt hatte, die nötige Intuition aufzubringen. Bei diesen beiden Morden, die an zwei aufeinanderfolgenden Tagen geschehen waren, halfen ihm bisher weder die Tatsachen weiter, noch gab ihm seine Intuition einen Hinweis. Er kam ins Grübeln.

Warum hatte sich der Mann spätabends in einem Weinberg bei Ranschbach aufgehalten? Hatte er sich dort mit seinem Mörder getroffen? Hatte der Mörder ihn noch lebend hingebracht, um ihn an dieser Stelle zu töten? Welcher Zusammenhang bestand also zwischen dem Tatort und dem Mord?

Eine merkwürdige Verbindung gab es zu der Bluttat in der Villa. In den Taschen des Mannes fanden die Ermittler kein Handy, aber neben Autoschlüsseln, einer Reihe von Notizzetteln und Quittungen einen zusammengefalteten Ausdruck eines Bildes: Slevogts »Selbstbildnis mit Strohhut«. Das in der Villa geraubte Bild. Was hatte das zu bedeuten?

Es konnte sein, dass die beiden Morde zusammenhingen, wenn etwa der Weinimporteur auch mit gestohlener Kunst gehandelt hatte und im Zuge eines Streits mit Kumpanen ermordet worden war. Vielleicht war er an dem Raub beteiligt gewesen und anschließend aus dem Weg geräumt worden. In der Villa war Konietzka vorgestern vermutlich nicht gewesen, zumindest hatte Kevin Groß auf den Bändern niemand gesehen, der mit Sicherheit der Tote war.

Natürlich konnte es sich auch um einen Zufall handeln. Vielleicht hatte der Mann etwas über den Mord gelesen und sich aus Neugierde ein Foto des geraubten Bildes ausgedruckt.

Badenhop wies Groß an, das Umfeld des Ermordeten zu untersuchen. Freunde, Bekannte, Interessen, Leumund, mögliche Verbindungen zum Kunstbetrieb.


Wenig später fuhr Groß nach Freinsheim und sprach mit der völlig aufgelösten Sekretärin, einer dunkelhaarigen jungen Frau, deren kräftige Figur durch enge Leggins eher unvorteilhaft betont wurde. Das kleine, altmodisch wirkende Büro, das direkt neben der Wohnung des Ermordeten lag, machte einen unaufgeräumten und wenig gepflegten Eindruck, ebenso wie die Frau, die sich als Janine Siener vorstellte.

Groß hatte den Eindruck, sein Charme könne hier vielleicht die Gesprächsbereitschaft fördern, schob ein paar Unterlagen beiseite und setzte sich lässig auf den Schreibtisch direkt vor die junge Frau, die mit rot geweinten Augen zu ihm aufsah.

»Ich kann mir denken, dass das jetzt für Sie eine ganz schwierige Situation ist, allein, ohne Herrn Konietzka. Ich finde es sehr nett von Ihnen, dass Sie sich trotzdem die Zeit nehmen, mit mir zu sprechen.«

»Ja natürlich. Es ist ganz furchtbar. Ich weiß gar nicht, was ich machen soll.« Janine Siener fing an zu weinen und sagte schluchzend: »Aber ich will ja, dass der Täter so schnell wie möglich gefasst wird.«

Groß legte ihr beruhigend die Hand auf den Arm. »Erzählen Sie mir bitte einfach von ihm. Was für eine Art Weinimport ist das? Und was für ein Mensch war Ihr Chef? Mit den Chefs ist es ja immer so eine Sache«, sagte er leutselig und fabulierte im Wissen, dass Badenhop ihm die Andeutung nicht übel nehmen würde: »Ich kann davon ein Liedchen singen.«

»Ach, er war ein bisschen chaotisch manchmal, aber sonst ganz angenehm als Chef. Wir kannten uns ja auch schon, bevor ich hier angefangen habe. Er ist ein Cousin meiner Mutter. Und ich bin meistens allein hier, weil er viel verreist war.«

Mit welchen Weinen genau Konietzka gehandelt habe, sollte sie ihm erklären, und ob es irgendwo ein Lager für die importierten Weine gebe.

Nein, es gebe nur dieses Büro. Konietzka habe mit Fasswein gehandelt, nicht mit Flaschenwein. Er habe im Ausland Fassweine für Kellereien besorgt. Sie wisse nicht, wo ihr Chef am Tag zuvor verabredet gewesen sei. »Ich weiß, dass er abends einen Termin hatte, aber ich weiß nicht, wo. Er hat mir nur gesagt, dass er vielleicht morgens etwas später ins Büro käme.«

Auf die Frage, ob sie sich vorstellen könne, was Konietzka in Ranschbach gewollt hatte, antwortete sie: »Keine Ahnung.«

»Wofür hat sich Herr Konietzka denn interessiert, wenn er nicht gearbeitet hat? Verheiratet ist er ja nicht. Gibt es eine Partnerin?«

»Ach, er hat immer mal wieder Beziehungen gehabt, aber nichts Festes. Ich weiß davon nicht so viel. Wir hatten privat nur selten miteinander zu tun, nur wenn größere Familienfeiern waren.«

»Womit hat er dann seine Freizeit verbracht?«

»Ich glaube, er hat schon ein paar Kumpels gehabt. Von Fußball hat er manchmal geredet, aber davon verstehe ich nichts.«

»Wie ist es mit Musik? Oder Kunst? Ist er in Museen gegangen?«

»Ja, richtig. Für Kunst, ich glaube, dafür hat er sich interessiert. Einmal ist er morgens gekommen und hat mir ein Bild gezeigt, das er sich gekauft hat.«

»Sie haben doch bestimmt von dem Mord in der Villa Ludwigshöhe gehört oder gelesen. Da wurde ja ein Bild gestohlen.«

»Ja, schrecklich, nicht? Noch ein Mord in so kurzer Zeit.«

»Hat Herr Konietzka davon etwas gesagt? Ich meine, haben Sie mit ihm darüber geredet?«

»Ja, wir haben kurz darüber gesprochen – wie man halt so über die Sachen spricht, die in der Zeitung stehen oder in der Nähe passieren.«

»Hat Herr Konietzka das Bild erwähnt, das gestohlen wurde?«

»Kann sein, das weiß ich nicht mehr. Wir haben nur kurz über diese Sache gesprochen.«

»Sie wissen auch nicht, ob er das Bild im Internet gesucht und ausgedruckt hat?«

»Nein, keine Ahnung. Kann aber sein. Er hat sich ab und zu irgendwelche Sachen ausgedruckt, die er sich merken wollte, auch Mails oder so, obwohl er ja jederzeit die Mails auf dem Handy lesen konnte. Aber das Bild? Keine Ahnung, nicht, als ich hier war.«

»Haben Sie einen Schlüssel für seine Wohnung?«

»Nein.«

»Er hat Schlüssel bei sich gehabt. Ich nehme an, da ist auch sein Wohnungsschlüssel dabei. Ich möchte mich dort ein wenig umsehen und dann noch mal zu Ihnen kommen.«

»Gern.« Sie strahlte ihn an. »Ich mache Ihnen derweil einen Kaffee, wenn Sie möchten.«

»Wunderbar, vielen Dank, Frau Siener. Bitte mit Milch und ein klein wenig Zucker. Und wenn Sie ein Foto von Herrn Konietzka haben, muss ich es mitnehmen.«

Überrascht stellte Groß fest, dass die Wohnung besser aufgeräumt war als das Büro. Einen gewissen Geschmack bei der Einrichtung konnte man Konietzka nicht absprechen. Erhellendes fand er nicht, wohl aber die Bestätigung für ein Interesse des Toten an Malerei und Grafik. Eine regelrechte

Kunstsammlung beherbergten die drei Räume nicht, aber im Wohnzimmer und im Schlafzimmer hingen zwei kleinere Ölgemälde, drei Aquarelle und einige Radierungen. In der Küche und im Flur hatte es Konietzka mit gerahmten Kunstdrucken ein wenig preiswerter angehen lassen. Nichts deutete allerdings darauf hin, dass der Weinimporteur ein besonderes Faible für den Impressionisten Max Slevogt gehabt hätte.

Groß, der nicht versäumte, den hervorragenden Kaffee zu loben, bat Janine Siener noch um Konietzkas Autokennzeichen, seine Handynummer sowie um eine Liste der fünfzehn oder zwanzig wichtigsten Kunden und Lieferanten.

»Das mit den Kunden ist kein Problem«, antwortete sie. »Wir haben für recht wenige Kunden gearbeitet. Es sind kaum mehr als zehn. Es gibt ja auch nicht so viele Kellereien, die Fassweine aus dem Ausland beziehen und abfüllen. Lieferanten sind es mehr.«

»Ach, dann könnte ich die Liste der Kunden ja schon heute bekommen, bitte.«

»Natürlich, wenn Sie in Neustadt ankommen, haben Sie sie. Und hier ist ein Foto. Rechts, das ist Johannes. Das andere ist ein Lieferant aus Italien.«

Man sah zwei gut gelaunte Männer nebeneinanderstehen, jeder mit einem Glas Wein in der Hand. Der schlanke, durchaus sportlich wirkende Konietzka war fast einen Kopf größer als der dunkelhaarige Italiener. Ganz sicher war Konietzka am Tag der Tat nicht unter den Besuchern der Villa gewesen.

Als Groß ins Kommissariat kam, hatte Sabine Vogel die Liste der Kunden bereits ausgedruckt.

»Guck mal, wer da draufsteht. So klein ist die Welt«, flötete sie und zeigte auf eine der Adressen.

Groß machte große Augen. »Boah! Dorschd in Ranschbach. Ich glaub's nicht, dieser gerissene Kerl. Treibt der immer noch sein Unwesen? Dann wissen wir ja, wo der Konietzka gestern vermutlich gewesen ist.«

Die Kellerei Dorschd war ihm noch gut in Erinnerung,

weil sie in einen anderen Fall verwickelt gewesen war. Dem Besitzer Fred Dorschd konnte damals zwar nichts nachgewiesen werden. Doch Badenhop und Groß waren sicher, dass er Wein gefälscht und einen Schläger angeheuert hatte, um eine Zeugin zum Schweigen zu bringen. Auch Weinkontrolleur Stefan Schwörer hatte noch eine Rechnung mit dem Kellereibesitzer offen, weil er sich erfolglos bemüht hatte, Dorschd die Weinfälschung nachzuweisen, von der er felsenfest überzeugt gewesen war.

Merkwürdig, dachte Groß. Er hatte Konietzkas Sekretärin gesagt, dass der Tote in Ranschbach gefunden wurde. Bei so wenigen Kunden musste sie doch sofort auf die Idee gekommen sein, dass ihr Chef vermutlich bei Dorschd gewesen war.

Er nahm sich vor, der Frau nochmals auf den Zahn zu fühlen.

Kurz darauf klingelte das Telefon. Groß hatte noch auf der Fahrt von Freinsheim nach Neustadt die Dienststelle in Landau darauf hingewiesen, dass vermutlich in Ranschbach der Wagen des Ermordeten zu finden war. Es war für eine Streife nicht schwer gewesen, in dem kleinen Dorf das Auto mit dem angegebenen Kennzeichen zu finden. Es stand am Wegrand in der Nähe der Kellerei Dorschd.

Badenhop war ebenso überrascht wie Groß über die erneute Begegnung mit dem windigen Ranschbacher Unternehmen. Er wollte selbst mit Fred Dorschd reden, sich jedoch vorher noch ein wenig kundig machen über die Geschäftstätigkeit des Ermordeten und seine mögliche Beziehung zu Dorschd. Stefan Schwörer kannte vermutlich beide. Ein Anruf würde erst mal genügen.

»Der Konietzka ist ermordet worden? In Ranschbach in der Nähe von Dorschd?«, krähte der fidele Pfälzer ins Telefon. »Jesses, also da muss ich mich setzen. Dem Dorschd trau ich ja vieles zu. Aber einen Mord – also das hätte ich nicht erwartet.«

»Moment mal, Stefan, nicht so schnell. Wir haben keinen Kontakt zu Dorschd aufgenommen und wissen nicht mal genau, ob Konietzka ihn wirklich getroffen hat. Dorschd ist im Moment nicht mehr als ein Zeuge. Ich wollte nur ein paar Hintergrundinformationen zu den beiden, bevor ich mit Dorschd rede. Ihn kenne ich ja von dem Mordfall im Kastanienbusch. Aber was hast du von Konietzka gehalten? Und kannst du die Verbindung zwischen den beiden einschätzen?«

»Aber ja, mein lieber Freund! Dem hochgeschätzten Kommissariat für Schwerverbrechen helfe ich natürlich gern mit meinen wertvollen Kenntnissen der Pfälzer Weinscene«, deklamierte Schwörer nicht ganz ernst und fügte mit einem Kichern, das sich durch das Telefon wie Grunzen anhörte, hinzu: »Auf gut Pfälzisch heißt das, ›die bassen wie enn Arsch uffn Äämer‹. Damit meine ich, geschäftliche Beziehungen zwischen den beiden halte ich für gut möglich. Der Konietzka ist – also war, muss ich ja jetzt sagen – ein freundlicher Mann und konnte mit jedem reden. Er hat sich darin gefallen, den gebildeten, feinen Herrn zu geben, der sich auch mit guten Weinen und gutem Essen und sogar mit Kunst auskennt. Parlieren und Eindruck machen konnte er. Er hat sich auch öfter mal ein bisschen extravagant angezogen.«

»Halt mal!« Badenhop hatte eine Idee. Er hatte das Foto der Leiche von Konietzka nicht gesehen. Konnte dieser Konietzka … »Extravagant angezogen? War Konietzka korpulent?«

»Wieso? Nein.«

»Schade, weil du von extravaganter Kleidung sprichst. Wir verfolgen da eine Spur bei dem Mord in der Villa Ludwigshöhe. Ich habe eben gedacht, es gäbe vielleicht eine Verbindung. Da taucht ein recht schwergewichtiger Mann mit etwas außergewöhnlicher Kleidung auf. Aber das war ja dann nicht Konietzka. Entschuldige, ich habe dich unterbrochen.«

»Macht nichts. Also Konietzka hat sich immer ein bisschen nobler dargestellt, als er war. Aber ein primitiver Gauner wie dieser Dorschd – entschuldige die deutlichen Worte, wir sind ja unter uns – war er nicht. Trotzdem hatten die Geschäfte, die er gemacht hat, wenig mit dem hochwertigen Kulturgut

Wein zu tun, das wir uns beispielsweise in ein paar Tagen in Form exzellenter Pinot Noirs einverleiben werden, gell? Das wird eine wunderbare Probe, ein Erlebnis! Ich habe sogar einen Musigny von Comte Vogüe dabei! Ich stelle übrigens meinen dagegen, mal sehen, das wird spannend! Wo war ich? Also der Konietzka hatte beruflich mit so etwas nichts zu tun. Er war eher darauf spezialisiert, die billigste Brühe aus Italien zu beschaffen, damit seine Kunden den Supermärkten Weine anbieten können, die dann für einen Euro neunundneunzig oder zwei Euro achtundvierzig im Regal stehen.« Er machte eine Pause und ließ wieder sein grunzendes Kichern hören. »Ob da viel Wein drin war, bei dem Zeug, das er manchmal besorgt hat, möchte ich bezweifeln. In Italien laufen ja allerlei Experimente, wie man lesen kann.«

Schwörer spielte offenbar auf einen Skandal an, bei dem italienische Pfuscher aus Wasser und chemischen Zutaten »Wein« erzeugt und verkauft hatten. Badenhop kannte den Fall nicht, hatte aber schon genug erfahren und fragte nur noch: »Habt ihr ihm mal etwas in der Art nachgewiesen?«

»Nein, der Konietzka hat immer korrekte Papiere gehabt. Das soll nicht heißen, dass er selbst geglaubt hat, was drinstand. Und häufig arbeiten diese Fassweinleute auf Provisionsbasis. Das Geschäft läuft zwischen dem Lieferanten und der Kellerei. Korrekt ist: Drangekriegt haben wir ihn nie. Es sind aber hin und wieder Partien aufgefallen, die von ihm vermittelt wurden und nicht in Ordnung waren. Weil er nur der Vermittler war, konnte man ihm nichts anhängen. Richtig schlimme Sachen waren es nicht.«

## SIEBEN

Badenhop zog es vor, Dorschd nicht vorzuwarnen und ihm
ins Gesicht zu sehen, wenn er mit ihm sprach. Sie würden auch
Konietzkas Wagen untersuchen und gegebenenfalls mitnehmen müssen. Gerade war er mit Groß und mit einem Spuren-
sicherer auf dem Weg ins südpfälzische Ranschbach.

Immer wenn Badenhop Neustadt in Richtung Süden verließ, genoss er die Landschaft. Die Natur stand in voller Blüte,
weiß blühende Bäume zwischen den Reben, eine bunte Pracht
in den Gärten, angestrahlt von einer wärmenden Frühlings-
sonne. Von Westen her lugten ein paar weiße Wölkchen über
die Berge und erweckten keinesfalls den Eindruck, als könne
das trocken-warme Wetter an diesem Tag noch umschlagen.

Richtung Süden kam ihm die Region offener vor als nördlich der Stadt Neustadt, wo sich berühmte und gut gepflegte
Weindörfer aneinanderreihten, die aber viel enger an die Berge
geschmiegt waren als einige Weinorte im Süden. Vielleicht
hatte dieser Eindruck auch damit zu tun, dass sich das Re-
benband weiter in die Ebene zog. Oder lag es daran, dass die
schönen Weinorte im nördlichen Teil der Weinstraße nur näher
an den Bergen zu finden waren? Plötzlich war er sich nicht
mehr sicher.

Heute hatten sie es eilig und fuhren auf der Autobahn, was
Badenhop bedauerte, denn er mochte die kurvenreiche Fahrt
entlang der Weinstraße. Er nahm sich vor, bei Gelegenheit mit
Katrin einen Ausflug in Richtung Hainfeld, Rhodt oder Burrweiler zu machen. Gleich fielen ihm Einkehrmöglichkeiten
ein, etwa der Garten des Weinguts Koch in Hainfeld, wo die
ausgezeichneten hauseigenen Weine und handfeste Kost bei
schönem Wetter im Freien genossen werden konnten. Oder
in Burrweiler der Ritterhof, wo sich anspruchsvolles Essen,
eine hervorragende Weinkarte und ein wunderschöner Blick
über die Rheinebene an den Fensterplätzen ergänzten.

»Kennen Sie den Gutsausschank Koch in Hainfeld?«, fragte er, um ein wenig Konversation mit Groß zu machen.

»Wann's Lichd brennt, isch uff! Das steht draußen auf einem Schild. Wer kennt das nicht? Na ja, es hat sich so sehr herumgesprochen, dass man an den Wochenenden kaum noch Platz bekommt. Aber das Weingut hat ja, wie man hört, in den letzten Jahren mit seinen Weinen ganz schön Furore gemacht, genau wie sein Nachbar, der Borell-Diehl.«

»Kennen Sie die Weingüter genauer?«

»Nein, ich bin ja, wie Sie wissen, nur ein Weintrinker und Pfälzer, der ab und zu etwas hört. Nicht wie Sie. Sie nehmen das ja mittlerweile richtig ernst, habe ich den Eindruck, wenn ich das sagen darf.«

»Bei mir dürfen Sie ziemlich viel sagen, Herr Groß. Aber Sie haben recht. Es gibt so manches an der Pfalz, das mir gefällt. Und mit dem Wein habe ich mich tatsächlich angefreundet.«

Groß bewunderte insgeheim den Eifer, mit dem Badenhop sich Weinkenntnisse verschaffte. Aber der Kommissar hatte sich ja beileibe nicht nur mit Wein angefreundet. Dem jungen Assistenten lag es auf der Zunge, darauf hinzuweisen, dass zu Badenhops Pfälzer Errungenschaften ja mittlerweile auch ein Pfälzer Mädel gehörte. Aber so nahe wollte er seinem Chef dann doch nicht treten. Da er bei dem Gedanken trotzdem grinsen musste, sah er rechts aus dem Fenster. Laut sagte er rasch: »Das freut mich als Pfälzer natürlich ganz besonders.«

*∗*

Der bullige Kellereibesitzer Fred Dorschd zeigte sich überrascht, war aber die Freundlichkeit selbst. »Ich grüße Sie, Herr Badenhop und Herr Groß. Den bärbeißigen Schwörer haben Sie nicht dabei. Das ist ja schon mal eine gute Voraussetzung für ein angenehmes Gespräch. Womit kann ich denn dienen?«

Dorschd, dem Badenhop einige schauspielerische Begabung zutraute, schien sehr betroffen, als er von der Ermordung

Konietzkas hörte. »Was? Der Konietzka? Ja, er war gestern Abend hier. Oben im Seligmacher? Was hatte er da zu suchen? Ich habe ihm davon erzählt, dass dort ausgezeichnete Weine wachsen können, aber es war doch schon dunkel. Wir hatten uns verabredet wegen einer Lieferung Primitivo, die er uns besorgen sollte. Aber er ist gegen acht Uhr gegangen. Ich wollte ihn eigentlich zum Essen einladen in Birkweiler im Laurentiushof. Er sagte, er hat noch etwas vor.«

»Primitivo? Ist das eine Bezeichnung für einen besonders primitiven Wein, den Sie demnächst unter die Leute bringen wollen?«, witzelte Groß wider besseres Wissen.

Dorschd sah ihn mitleidig an. »Herr Groß, versuchen Sie nicht, mit Ihren Anspielungen Herrn Schwörer zu ersetzen. Sie wissen, dass es der Name einer italienischen Rebsorte ist. Unter uns: Wir haben natürlich längst Primitivo im Programm und brauchen mehr. Wir müssen das haben. Im Handel laufen diese Weine wie geschnitten Brot. Kräftig rot, gut zehn Gramm Restsüße und wenig Gerbstoffe. Das mögen die Leute.«

»Bleiben wir beim gestrigen Abend«, sagte Badenhop. »Wie ist Ihr Gespräch verlaufen? Haben Sie den Wein bekommen, den Sie wollten?«

»Wir haben über mehrere Partien gesprochen, die geliefert werden sollten. Es ging um Mengen und Preise, wie das bei solchen Geschäften üblich ist. Nichts Ungewöhnliches. Letztes Jahr hat es in Süditalien eine kleine Ernte gegeben. Da ist es nicht so leicht, Primitivo in genügender Menge zu beschaffen. Wir haben darüber geredet, unter welchen Konditionen wir genügend Wein bekommen können.« Dorschd grinste. »Wir hatten keine ernsthafte Auseinandersetzung, wenn Sie das meinen.«

Badenhop nahm sich vor, bei der nächsten Gelegenheit Stefan Schwörer ein wenig über Primitivo und Süditalien auszufragen. »Um acht Uhr hat Herr Konietzka Sie verlassen? Wissen Sie die Uhrzeit genau?«

»Ziemlich genau. Ich hatte ja im Restaurant reserviert, und viel später kann man da nicht hinkommen.«

»Was haben Sie gemacht, nachdem Konietzka gegangen ist?«

»Ich habe meine Frau angerufen. Wir beide sind dann in den Laurentiushof gegangen. Ich hatte einen Tisch für zwei Personen bestellt. Danach sind wir nach Hause.«

Dorschd konnte Konietzka unter einem Vorwand in sein Auto geladen und in den Seligmacher gebracht haben, um ihn dort zu töten. Länger als eine halbe Stunde hätte er dafür sicher nicht gebraucht.

»Sie wissen schon, dass Sie – außer seinem Mörder – der Letzte waren, der Herrn Konietzka lebend gesehen hat? Wir werden Ihre Angaben überprüfen. Ein anderes Thema: Wir haben gehört, dass Herr Konietzka sich nicht nur für Wein interessierte, sondern auch für Kunst. Wie steht es damit bei Ihnen, Herr Dorschd?«

Der Unternehmer zeigte auf ein recht buntes abstraktes Gemälde an der Wand. »Ich weiß zwar nicht, warum Sie das fragen, aber wir haben das eine oder andere Bild in der Kellerei hängen, auch das eine oder andere zu Hause. Ehrlich gesagt bin ich nicht derjenige in der Familie, der sich in diesem Bereich engagiert, sondern meine Frau. Ich gehe lieber auf die Jagd. Der Konietzka, ja, der hat sich immer wieder in der Szene und auf Ausstellungen herumgetrieben. Wie intensiv und ob er damit Geschäfte gemacht hat, wüsste ich nicht, wenn das Ihre Frage war.«

»Hat er zufällig Ihnen gegenüber den Kunstraub und den Mord in der Villa Ludwigshöhe erwähnt?«

»Nein, warum sollte er?«

»Na, man redet ja in der Pfalz selten ausschließlich über das Geschäft, habe ich mittlerweile gelernt, sondern plaudert ein bisschen.«

»Stimmt, ausschließlich über den Primitivo haben wir nicht geredet. Allerdings auch nicht über diese Geschichte da in der Villa. Halt, doch: Irgendwann im Gespräch hat er etwas erwähnt, wieso einer vor allen Leuten einen Mord begeht, um ein Bild von Slevogt zu klauen. Aber wir sind nicht näher darauf eingegangen. Sehen Sie eine Verbindung zwischen den beiden Morden?«

Badenhop betrachtete Konietzkas Interesse für Kunst eher als einen Zufall, wenngleich man die Tatsache im Auge behalten sollte, dass er einen Ausdruck des gestohlenen Bildes in der Tasche hatte. Mit Dorschd darüber reden wollte er nicht. »Sehr unwahrscheinlich«, antwortete er nur.

Draußen rief er erneut Stefan Schwörer an. »Darf ich dich ein wenig über Primitivo ausfragen? … Nicht jetzt … Ja, das passt gut. Komm einfach zu mir ins Büro.«

Im Wagen Konietzkas fanden die Ermittler nichts, was sie wesentlich weiterbrachte. Das Handy des Weinimporteurs lag in der Ablage. Die Anrufe der vergangenen paar Tage betrafen Kellereien in Italien, sein eigenes Büro, zwei private Freunde, deren Überprüfung keinerlei Erkenntnisse brachte. Sie zeigten sich entsetzt über den Mord und betonten, dass sie nichts von Unregelmäßigkeiten in Konietzkas Leben gewusst hätten. Dass er sich besonders für Max Slevogt interessiert hatte, schien ihnen eher unwahrscheinlich.

»An den Ausstellungen, die er besucht hat, haben ihn mehr die gut aussehenden jungen Frauen interessiert als alte Ölgemälde«, behauptete einer der beiden.

»Ich weiß nicht, ob ich den Mann für total langweilig halten soll oder für besonders gerissen«, maulte Groß. »Viel Privatleben hatte er anscheinend nicht, zumindest sagt sein Handy nichts darüber aus.«

»Eine Sache beschäftigt mich«, bemerkte Badenhop nachdenklich, als sie zurück nach Neustadt fuhren. »Wieso lässt ein Unternehmer wie Konietzka sein Handy im Wagen liegen? Ein Weinimporteur, der ständig mit Leuten im In- und Ausland korrespondiert? Gut, er wollte vielleicht bei dem Gespräch mit Dorschd nicht gestört werden. Aber als er herauskam, hätte er es doch vermutlich an sich genommen, wenn er noch einen Spaziergang zum Seligmacher machen wollte. Hat er es vergessen, oder wurde er daran gehindert? Und was hatte er noch vor an dem Abend, wenn er nicht mit Dorschd essen gehen wollte? Es kann natürlich eine Ausrede gewesen sein, um wegzukommen. Oder war er in Ranschbach verabredet? Mit wem? Wenn er nicht hier verabredet war, steht sein Auto nur deshalb noch neben der Kellerei, weil er seinen Mörder getroffen hat, bevor er es wegfahren konnte.«

»Ah, der Mann, der sich für Primitivo interessiert!«, rief Stefan Schwörer, als er in Badenhops Büro stürzte, mit einer Flasche Wein in der einen Hand wedelte und die andere dem Kommissar entgegenstreckte. »Hier, ich hab dir einen mitgebracht, mein Lieber. Gerade eben im Supermarkt für dich gekauft. Den haben wir übrigens noch nicht untersucht. Könnte ich nachher noch machen, so als Stichprobe. Es sei denn, wir haben Lust, die ganze Flasche leer zu trinken.« Er kicherte. »Würde mich ja wundern. Du weißt ja: Bei manchen Weinen ist es das Beste, wenn sie einen Korkschmecker haben, weil sie dann gleich im Abfluss landen, damit die Ratten in der Kanalisation Party machen können. Also bitte, hier – Abfüller: Kellerei Dorschd.« Knallte die Flasche auf Badenhops Schreibtisch und sagte grinsend: »Zum Wohl! Hoffentlich schmeckt sie dir. Hast du ein Glas?«

Badenhop hob abwehrend die Hände. »Langsam. Zum Verkosten habe ich dich eigentlich nicht hergebeten.« Er nahm die Flasche in die Hand und las angestrengt auch das Kleingedruckte auf dem Rückenetikett. »So? Primitivo von Dorschd?«

Schwörer ließ sich auf den Besucherstuhl plumpsen. »Brauchst nicht nachzusehen – Dorschd steht nicht drauf. Nur eine Abfüllernummer. Das ist moderner Verbraucherschutz. Die Kellereien haben das vor Jahren durchgesetzt, dass sie nur als Nummer erscheinen müssen. So kann der lästige Verbraucher nicht feststellen, wer die Brühe verbrochen hat. Ich frage mich, seit es diese Regelung gibt, welchen Sinn das haben soll. Der Hersteller einer Ware ist ein Geheimnis, weil kein Mensch die Abfüllernummern zuordnen kann. Ich schon. Ich habe das Verzeichnis. Und die von Dorschd habe ich im

Kopf. Es ist genau die hier.« Er griff sich die Flasche und zeigte auf eine Stelle am Rückenetikett. Dann lehnte er sich zurück und sah sich suchend um. »Also zwei Gläser wären schon ein guter Einstieg für eine kleine Einführung in die italienische Rebsortenkunde. Wenn du etwas über Primitivo wissen willst, musst du auch wissen, wie das Zeug üblicherweise schmeckt. Ich hole mal zwei.«

Sprach's, verschwand in Richtung Sabine Vogels Sekretariat und lief eine halbe Minute später mit klirrenden Gläsern über den Flur.

»So!«, rief er grinsend. »Dann wollen wir das gute Stöffchen mal verkosten. Zwei Komma neunundvierzig Euronen hat er mich gekostet. Damit wir die erste Frage gleich mal weghaben: Primitivo kommt nicht daher, dass es in den deutschen Supermärkten nur primitive Weine von dieser Sorte gibt. Der Name ›Primitivo‹ leitet sich nicht von ›primitiv‹ ab, sondern vermutlich von dem lateinischen ›primativus‹ oder von dem italienischen ›prima‹. Beides deutet auf ein besonderes Wesensmerkmal der Rebsorte hin: Die Trauben des Primitivo reifen früh im Jahr. Er ist übrigens identisch mit dem kalifornischen Zinfandel, der in Nordamerika sehr populär ist. Als es sich herumgesprochen hat, dass es sich um die gleiche Sorte handelt, hat man sich plötzlich um die Weine in Süditalien gerissen, für die sich vorher kein Mensch interessiert hat. In Wirklichkeit stammt er ursprünglich aus Kroatien, wo er Tribidrag heißt.«

»Mein Gott«, unterbrach ihn Badenhop. »Du bist ein wandelndes Weinlexikon. Was mich interessiert, ist, ob der Import von Primitivo etwas mit unserem toten Konietzka zu tun haben könnte.«

»Eins nach dem anderen, mein Herr.« Schwörer kramte in seiner Jackentasche und zog gleich darauf ein Kellnermesser heraus, hob es hoch und formte mit Zeigefinger und Daumen der anderen Hand ein »o«, während die drei übrigen Finger nach oben abstanden. »Laguiole. Immer noch die besten. Immer zur Hand. Also, Primitivo. Es ist eigentlich keine schlechte Sorte«, dozierte er weiter, während er achtlos die Plastikkapsel von der Flasche riss und den Korkenzieher ansetzte. »Es gibt ein paar ziemlich gute Beispiele in Süditalien von Cannito oder in Kalifornien von Ridge. Aber die Sorte kann sehr produktiv sein, wenn sie auf fetten Böden steht. Dann bringt sie dünne, gerbstoffarme Weinchen, an denen im Keller herumgefummelt wird, bis sie so schmecken, wie sie sich im Supermarkt leicht verkaufen. Heute ist der Primitivo für den typischen Supermarkttrinker so eine Art Ersatz für den Dornfelder geworden, der nicht mehr in Mode ist. Typischerweise füllt man ihn oft halbsüß ab, mit fünfzehn Gramm Restzucker oder sogar mehr. Bäh.« Angewidert verzog er das Gesicht.

Badenhop kam in den Sinn, dass sich Schwörer als Weinkontrolleur ähnlich wie der Importeur Konietzka, nur vermutlich noch extremer, privat ständig mit hochwertigen Weinen beschäftigte und sich dafür begeistern konnte. Beruflich jedoch waren beide Tag für Tag mit den einfachsten Billigweinen konfrontiert. Schwörer allerdings musste eher unwillig die Spreu vom Weizen trennen, während Konietzka mit der Billigware Geschäfte gemacht hatte.

»Weißt du, was das Schlimme ist?«, fuhr Schwörer fort, während er Wein in die beiden Gläser schüttete. »Die Leute *wollen* das so trinken. Eine ganze Reihe von Weinherkünften, seriöse Gebiete wie Rioja oder Bordeaux, verlieren Marktanteile an die süßliche Billigbrühe. Es ist zum Verzweifeln.«

»Hm, unerfreulich. Aber worin besteht der mögliche kriminalistische Aspekt?«, wollte Badenhop jetzt doch endlich wissen. »Schlechter Geschmack ist ja nicht verboten.«

»Ha«, schrie Schwörer fast, »müsste aber verboten werden, mein Lieber!« Dann stockte er, zuckte resignierend mit den Schultern und korrigierte sich. »Nein, natürlich nicht. Jeder soll saufen, was er will, aber manchmal ist es zum Haareraufen. Tony Marschall hören viele Leute ja auch lieber als Brahms. Ist alles erlaubt. Also der kriminalistische Aspekt: Weil Primitivo so großen Erfolg hat, wird viel mehr Primitivo verkauft, als in Italien wächst. Es hat sogar – am Telefon habe ich es erwähnt – einen Fall gegeben, wo süditalienische Mafiosi aus allen möglichen Zutaten, nur keinen Trauben, einen ›Wein‹ zurechtgemischt haben. So weit geht das. Also, jetzt probieren wir mal, was der Herr Dorschd uns da verkauft hat.« Schwörer schwenkte das Glas, schnupperte daran und ließ dann ein »Jesses nää« hören, bevor er über den Glasrand starrte und grinsend Badenhop aufforderte: »Na, Lehrling, zeig mal, was du gelernt hast.«

Badenhop war ein wenig genervt, schnupperte aber ebenfalls an seinem Glas. »Können wir die Übungen ein andermal machen? Also er riecht ein bisschen nach Marmelade. Schlimm finde ich es nicht.«

»Süßliche Marmelade ist nicht ganz falsch. Wie Wein aus überreifen Trauben mit Süßreserve aufgemotzt. Aber nicht verboten. Und jetzt trinken.« Schwörer hob das Glas vorsichtig an den Mund und machte dabei ein Gesicht, als ob ihm bittere Medizin verabreicht würde. Dann nahm er einen kleinen Schluck, zog eine Grimasse, schluckte schnell und rief entsetzt: »Was ist denn das? Und ich hab's geschluckt!«

Badenhop setzte sein Glas wieder ab und sah den Weinkontrolleur fragend an. »Soll ich ihn lieber nicht probieren?«

Schwörer winkte ab. »Kannst du. Giftig wird er nicht sein. Aber da stimmt etwas nicht. Gerochen hat er noch ungefähr wie ein Primitivo. Aber dieser Wein hat Säure und viel mehr Gerbstoff, der sogar noch durch die pappige Süße durchschmeckt. Dazu kommt eine Bitternote hintendran, die überhaupt nicht in Wein gehört. Den nehme ich mit. Ich freue mich auf die Untersuchung. Da ist garantiert noch etwas anderes drin als Primitivo.«

Diese Bemerkung weckte Badenhops Interesse. »Könnte es sein, dass der Wein nicht in Ordnung ist und Dorschd und Konietzka sich deswegen in die Haare gerieten?«

Schwörer dachte einen Moment nach und entwickelte seine Gedanken, während er sprach. »Schon möglich. Aber Dorschd ist der Abfüller. Er ist zumindest verantwortlich für das, was er auf die Flasche bringt. Wenn Konietzka ihm schlechte Ware liefert, kann er sie zurückgehen lassen. Wenn er sie füllt, darf er sich hinterher nicht beschweren. Er hat das Zeug ja vorher verkostet und vermutlich auch analysiert. Möglich ist zwar vieles. Vielleicht hatte Dorschd einen Auftrag und musste schnell Ware füllen, hatte aber nichts anderes als dieses Zeug von Konietzka. Dann hat er es halt gefüllt, könnte aber hinterher mit dem Konietzka Ärger bekommen haben. Immer vorausgesetzt, diese Partie kommt von Konietzka. Na ja, ich werde es rauskriegen. Interessiert mich auch. Vielleicht kann ich ja endlich mal diesem Dorschd seine Pfuschereien nachweisen.« Unvermittelt sah Schwörer auf seine Uhr. »Oh, ich muss jetzt aber los. Hat es dir geholfen? Ich sag dir Bescheid, wenn ich mehr weiß über die Geschäfte von Konietzka und Dorschd.«

Schwörer stand auf, gab Badenhop zum Abschied die Hand und drehte sich um. Dabei fiel sein Blick auf eine Reihe von Ausdrucken an der Wand. Es waren die Bilder der Überwachungskamera von den bisher nicht identifizierten Personen. Er stutzte und zeigte mit dem Finger auf den »unfreundlichen Dicken«. »Was macht denn der Ralf Kattel an deiner Wand?«

Badenhop war wie elektrisiert. »Du kennst den Mann?«

»Ja.« Schwörer hob die Schultern. »Kennen ist vielleicht zu viel gesagt. Er stammt aus einem Weingut in Maikammer und war vor vielen Jahren mit mir in der Weinbauschule. Ich habe ihn später nur noch eher zufällig mal gesehen. Er hat die Weinbauschule abgebrochen und etwas anderes gemacht. Genaueres weiß ich nicht. Nur, dass sein jüngerer Bruder das Weingut übernommen hat. Kattel in Maikammer, ein ordentlich geführter Betrieb, nicht sehr auffällig, haben eines dieser schönen Gründerzeithäuser. Sind das Verdächtige, die du hier hängen hast?«

Badenhop strahlte ihn an. »Mensch, das hat uns jetzt sehr geholfen. Kattel war am Tag des Mordes in der Villa. Die Personen hier an der Wand haben wir bisher nicht identifizieren können. Sie waren auf der Überwachungskamera zu sehen und haben sich noch nicht auf unseren Aufruf gemeldet – was verschiedene Gründe haben kann. Es sind alles im Moment nur

Zeugen. Mehr darf ich dir nicht sagen. Aber vielen Dank für deine Hilfe. Ich bin gespannt, was bei der Konietzka-Dorschd-Sache herauskommt.«

»Du erfährst es als Erster. Tschüss, mein Lieber.«

Wenig später hatte Kevin Groß die Meldeadresse von Ralf Kattel ausfindig gemacht. Er wohnte im Neustadter Stadtteil Diedesfeld.

»Ach, ganz in der Nähe meiner Mutter«, sagte Badenhop, als ihm Groß die Adresse mitteilte.

Badenhops Mutter war vor einigen Jahren der eigentliche Anlass für seinen Umzug in die Pfalz gewesen – neben der Frustration über schlechte Stimmung an seiner letzten Hamburger Arbeitsstelle. Die recht fidele ältere Dame hatte in zweiter Ehe nach dem Tod ihres Mannes einen Pfälzer geheiratet, mit dem sie ein knappes Jahrzehnt sehr glücklich gewesen war. Nach dessen Tod, der sie in eine Krise gestürzt hatte, hatte sie ihren Sohn mit Huldigungen der schönen Pfalz in den Süden gelockt – mitsamt Familie.

Badenhop nahm sich vor, sie am Abend anzurufen. Die familiären Spannungen bei ihrem Sohn hatte sie lange skeptisch betrachtet und Badenhop in mehreren Gesprächen zu überzeugen versucht, dass eine Verliebtheit doch auch wieder vergehe, Verantwortung für die Familie und die Kinder jedoch blieben. Badenhop sah dies ganz genauso, hatte sich aber trotzdem nicht zu einer klaren Entscheidung durchringen können. Als seine Mutter später Katrin kennengelernt hatte, war allerdings rasch deutlich geworden, dass sie keinen Groll gegen die Neue in Badenhops Leben hegte. Die beiden Frauen hatten schnell ein gutes Verhältnis entwickelt. Mehr noch: Die Pfälzerin erinnerte Badenhops Mutter mit ihrem Dialekt und seinen typischen Formulierungen auf angenehme Art an ihren verstorbenen Mann. Nicht selten unterhielten sich die frühere Hamburgerin und die Pfälzerin über die Besonderheiten des Pfälzischen. Über Wörter wie Hoppschloodel (schlampiger oder ungepflegter Mann) oder Schnuudedunker (einer, der immer anwesend ist, wenn es umsonst zu trinken gibt) konnte sich die alte Dame schieflachen.

*\*\**

Da Kattel telefonisch nicht zu erreichen gewesen war, fuhr Groß sofort nach Diedesfeld. Wenn er ihn nicht antreffen würde, konnte er immerhin ein wenig die Nachbarn ausfragen.

Die Adresse gehörte zu einem nicht sehr gepflegten Mehrfamilienhaus. Groß fand eine Klingel mit der Aufschrift »R. A. Kattel« und betätigte sie. Als er keine Reaktion erhielt, versuchte er es bei den anderen Bewohnern der insgesamt acht Wohnungen und drückte einfach alle Klingeln.

Die Briefträgermethode funktionierte.

Der Flur verursachte ihm sofort ein unangenehmes Gefühl von Unbehaglichkeit und Nachlässigkeit. An der Wand hingen alte, teils verrostete Briefkästen. Hinter der Eingangstür war der Putz abgebröckelt. An der fleckigen Flurwand hatte jemand – womöglich ein Kind – mit einem harten Gegenstand einen tiefen, etwa drei Meter langen Kratzer in die Wand geritzt. Die Treppe war mit billigem Laminat belegt, das sich bei einigen Stufen an den Rändern abgelöst hatte. Es roch nach einer Mischung aus Reinigungsmittel und muffigem Keller. Ganz sicher hätte Groß hier nicht wohnen wollen. Er wunderte sich, dass der Sohn eines wirtschaftlich stabilen Weinguts in dieser Bruchbude untergekommen war, und nahm sich vor, dennoch so vorurteilsfrei wie möglich seine Gespräche mit den Bewohnern zu führen.

Gleich in der ersten Wohnungstür links stand eine junge Mutter mit hochgebundenen, etwas fettigen Haaren, an denen ein schreiendes Baby in ihrem Arm zerrte. Im Hintergrund brüllte ein anderes Kind: »Ist es Tante Jennifer?« Die Frau musterte den wie immer mit Jackett und Krawatte gekleideten Kriminalassistenten und fuhr ihn ohne Begrüßung an: »Schon wieder das Sozialamt? Da war doch erst letzte Woche einer hier!«

Groß versuchte sein charmantestes Lächeln, obwohl ihm gar nicht danach war. »Entschuldigen Sie vielmals. Ich wollte eigentlich zu Herrn Kattel. Aber er öffnet nicht. Da habe ich gedacht, ich klingele mal bei den anderen Bewohnern. Vielleicht weiß einer, wann er wiederkommt.«

»Ich habe keine Ahnung. Ich kenne den Mann gar nicht. Ich habe anderes zu tun, wie Sie ja sehen.« Grußlos schloss sie die Tür und ließ ihn stehen.

Groß hatte gehört, dass weiter oben mindestens eine Tür zugeschlagen worden war. Im zweiten Stock traf er eine freundliche ältere Frau an, die ihn sofort in die Wohnung bat, als er sich als Kriminalbeamter auswies und nach Kattel fragte. Flüsternd erklärte sie: »Kommen Sie rein«, und deutete vielsagend auf ihre Ohren, als ob sie Angst hätte, abgehört zu werden.

Die Wohnung der Seniorin war altmodisch und ein wenig ärmlich eingerichtet, aber sauber und nahezu beängstigend ordentlich. Ein eigenartiger »Alte-Leute-Geruch« erinnerte Groß an die Wohnung seiner Großeltern.

»Ich habe ja schon immer gedacht, dass mit dem Kattel etwas nicht stimmt«, kommentierte die Frau sogleich ungefragt. »Setzen Sie sich, Herr Kommissar. Darf ich Ihnen etwas anbieten?«

Groß hob abwehrend die Hände. »Danke, nein. Warum glauben Sie, dass etwas mit Herrn Kattel nicht stimmt?«

»Er ist unfreundlich und immer so komisch angezogen. Wenn er überhaupt Besuch bekommt, sind es sonderbare Leute. Und ich sehe ihn zu allen möglichen Tageszeiten kommen und gehen. Eine feste Arbeit scheint er nicht zu haben. Ich habe gehört, er hätte irgendwas mit Kunst zu tun. Na ja, das kann man immer sagen. Er wohnt direkt über mir. Ich muss zugeben: Krach macht er nicht.«

»Haben Sie sich schon mal mit ihm unterhalten?«, fragte Groß.

»Nein. Der sieht einen ja kaum, wenn man ihm begegnet.«

Groß stand auf und bedankte sich für die freundliche Hilfe,

nicht ohne anzumerken: »Bitte beachten Sie aber, dass gar nichts gegen Herrn Kattel vorliegt. Wir sind nur auf seinen Namen gestoßen, weil er uns möglicherweise als Zeuge helfen kann.«

Ein weiteres Stockwerk höher wohnte Kattel selbst. Versuchsweise klingelte Groß direkt an der verkratzten weißlichen Tür, die offenbar den Versuch eines Einbruchs hinter sich hatte, wie man an zwei Stellen an der Fuge sah. Niemand öffnete. Dafür hatte Groß bei der Wohnung gegenüber Glück.

Kattels Nachbar, an dessen Türschild »M. Sturm« stand, trug ein T-Shirt mit der Aufschrift »Das Flüssige muss ins Durstige«. Der schlanke, unrasierte Mann mittleren Alters, dem seine lockigen Haare ungekämmt über die Ohren und über den Kragen fielen, schloss noch rasch den Gürtel seiner Jeans, bevor er sagte: »Klar kenne ich den Ralf. Ist was mit ihm?«

Als sie in der wie eine Studentenbude eingerichteten Wohnung am Küchentisch saßen, schien Sturm ein wenig ungehalten über Groß' Neugierde. »Wieso fragen Sie mich? Liegt etwas gegen Ralf vor? Ich meine, ich bin ja hier nicht der Blockwart, der Interna über die Mitbewohner an die … äh … Polizei gibt.«

Groß versuchte rasch, seine Ermittlungen niedriger zu hängen: »Ach, da müssen Sie keine Angst haben. Erstens bleibt alles unter uns, und zweitens gibt es gar keinen Verdacht gegen Herrn Kattel. Er könnte uns als Zeuge in einer Sache helfen. Aber wir wissen gar nicht, ob er der Richtige ist, den wir befragen müssen. Deshalb habe ich einfach mal bei Ihnen geklingelt. Wir suchen jemanden, der sich mit Kunst beschäftigt. Könnte er das sein?«

»Ach so, Sie brauchen einen Kunstexperten für eine Expertise? Na ja, da könnte der Ralf möglicherweise helfen. Soweit ich das beurteilen kann, kennt er sich aus.«

Groß gefiel das Missverständnis. Er beschloss, es noch ein wenig weiter zu pflegen. »Ach ja? Ist das sein Hauptberuf? Hat er ein Spezialgebiet? Ich meine, wissen Sie, worüber er in letzter Zeit gearbeitet hat?«

»Nein, so gut kennen wir uns nicht. Wenn wir ab und zu einen Wein zusammen trinken, reden wir nicht über Kunst. Ich bin da nämlich nicht sonderlich bewandert. Wenn ich mich nicht irre, schreibt er über Kunst oder so. Fragen Sie ihn selbst. Er hat Telefon. Die Nummer kann ich Ihnen geben. Irgendwann wird er auch wieder da sein.«

»Haben Sie gemeinsame Freunde, also jemand, der wissen könnte, wo er gerade ist?«

»Nein, wir sind keine engen Freunde, nur Nachbarn halt. Da quatscht man mal, und wenn man sich langweilt, säuft man mal einen zusammen. Wir haben auch schon Fußball geguckt bei der letzten WM. Mehr kann ich Ihnen wirklich nicht sagen.«

»Darf ich neugierig fragen, was Sie beruflich machen?«

»Hab irgendwann ein Soziologiestudium angefangen, aber bald wieder aufgehört. Mache lieber was Konkretes.« Er lachte kurz auf, als ob seine Biografie ihn selbst amüsierte. »Zurzeit bin ich Mädchen für alles in einem Weingut, Faubel, wenn Sie das kennen.«

Groß kannte selbstverständlich das Weingut Faubel in Maikammer. Obwohl er noch nie damit zu tun gehabt hatte, wusste er natürlich, dass es eines der angesehensten Güter in der Umgebung von Neustadt war, bekannt vor allem für seine trockenen Rieslinge und Weißburgunder. Er bedankte sich bei dem Mann für die Informationen und fuhr wieder ins Büro.

✳✳✳

Die angekündigte Demonstration »gegen islamistische Bilderstürmer« vor der Villa am folgenden Samstag bot Staatsanwältin Karin Welsch den Anlass für ein Update des Ermittlungsstandes. »Es wäre sehr erfreulich, wenn wir der Öffentlichkeit noch heute Informationen geben könnten, die etwas Luft aus diesem Aufmarsch nehmen«, sagte sie.

Leider konnte die Abteilung Schwerverbrechen dazu

keine befriedigenden Informationen liefern, wie Badenhop zerknirscht zugeben musste. »Der ›unfreundliche Dicke‹ ist identifiziert, ein gewisser Ralf Kattel. Er hat auf bisher nicht näher bekannte Art mit Kunst zu tun. Persönlich konnten wir ihn noch nicht fragen, wieso er zuletzt mehrfach in der Villa war und wieso er sich nicht gemeldet hat. Die Frau im Niqab bleibt nach wie vor unauffindbar. Über die Geschichte des gestohlenen Slevogt-Bildes erhalten wir am Montag Informationen. Der zweite Ermordete, Konietzka, hatte geschäftlich mit der uns bekannten Kellerei Dorschd zu tun und bewegte sich nach Auskunft mehrerer Personen privat zumindest zeitweise in der Kunstszene. Ob die beiden Morde zusammenhängen, lässt sich daraus nicht schließen. Denkbar ist auch ein Konflikt mit dem Kellereieigentümer Fred Dorschd, den er am Abend vor der Tat getroffen hat und den wir von einem früheren Fall als gewaltbereit einschätzen.«

Karin Welsch verzog das Gesicht, drehte sich zur Tür und zischte bereits im Hinausgehen: »Das ist wenig. Damit kann ich nicht vor die Presse treten. Wir lassen das. Sehr unerfreulich.«

»Sympathisch wie immer«, sagte Bernd Hochdörffer.

## ACHT

Am Wochenende standen für Badenhop zwei private Termine an, ein Restaurantbesuch mit seiner Mutter am Freitag und die Pinot-Probe von Stefan Schwörer am Samstag. Getrübt wurde die Wochenendgestaltung durch außerplanmäßigen Arbeitseinsatz am Morgen desselben Tages, denn auch Badenhop fand, dass sie mit der Aufklärung der beiden Fälle zu langsam vorankamen.

Für den Freitagabend hatte sich seine Mutter die »Eselsburg« in Mußbach gewünscht, »weil es für mich die pfälzischste aller Weinstuben ist«. Mit dieser Ansicht war sie keineswegs allein. In dem verwinkelten Lokal wurden herzhafte Speisen von ausgesuchter Qualität serviert, durchaus mit internationalen Einsprengseln – »wie die Pfalz und ihre Bewohner«, kommentierte Frau Badenhop.

Eine sympathische dunkeläugige Helferin im Service bewies pfälzisch-unkomplizierte Integrationserfolge, die auch in der Speisekarte zu erkennen waren: Da hatten die Pfälzer kein Problem mit wunderbaren mandelgefüllten Manzanilla-Oliven, gesalzenen Mandeln aus Valencia oder Luxus-Thunfisch in Dosen. Natürlich standen Pfälzer Schnibbelwurst, Saumagen, Leberknödel, eigenwilliger Eselsburger Wurstsalat, herrliche Sülze und die köstlichen Bratkartoffeln im Mittelpunkt des Speiseplans. Kurzum: ein Konzentrat vieler Pfälzer Segnungen, »unverwechselbar und auf seine Art unübertrefflich«, wie die begeisterte alte Dame ein ums andere Mal betonte.

Dazu gab es eine kenntnisreich zusammengestellte Weinkarte mit einer Mischung aus bekannten Namen und Entdeckungen der mit hintergründigem Humor nicht geizenden Wirtin. Hinzu kam das einmalige Ambiente: Früher hatten hier zwei Künstlergenerationen gewirkt und zeitgleich die Weinstube geführt. Geblieben waren vier sehr unterschiedliche, höchst sehenswerte Gasträume, über und über dekoriert mit allerlei Kunst, witzigen Skulpturen, Fotos und Büchern. Auch der schmale Garten, in dem man zu dieser Jahreszeit leider noch nicht sitzen konnte, quoll über von Pflanzen und kleinen, sehenswerten Details.

Katrin freute sich über ihren Winzertoast mit Schinken, Käse und Spiegelei. Frau Badenhop bestellte die gebratene Dosenbratwurst mit Bratkartoffeln. Jens wollte nicht auf das saftig-geschmackvolle Rumpsteak mit Zwiebeln verzichten, und Badenhop verdrückte mit großem Vergnügen Leberknödel mit Sauerkraut, was er sich vor ein paar Jahren nicht hätte vorstellen können. Dazu tranken sie eine Flasche des nur in Kleinstmengen hergestellten Muskateller »Siebzehn Zeilen« des Weinjournalisten Michael Hornickel aus Neustadt-Haardt, der den kleinen Weinberg vor seinem Haus nur gekauft hatte, damit ihm die Aussicht über die Rheinebene nicht verbaut werden konnte.

Fast gelang es Badenhop, die unbefriedigende Ermittlungslage zu vergessen. Amüsiert verfolgten er und sein Sohn die von vielen Lachern unterbrochenen Überlegungen der beiden Frauen zur Bedeutung des pfälzischen Wortes »Blunz«, das eigentlich »Blutwurst« bedeutet, aber auch despektierlich für einen bestimmten, altmodisch-verstockten Frauentyp verwendet wird.


Am Samstagmorgen machte Badenhop in seiner Not etwas Ungewöhnliches. Er rief den Journalisten Martin Peust an.

»Können Sie mich bei Ihrem Feuilleton mit einem Kunstexperten in Kontakt bringen, der die pfälzische Szene ein wenig kennt? Ich habe eine Frage zu einem Zeugen, der mit Kunst zu tun hat.«

Peust war zunächst erfreut und gab Badenhop die Privatnummer seines Kollegen. »Darf ich eigentlich nicht. Aber die Polizei in einem Mordfall unterstützen, hm, das geht über den Datenschutz.« Dann schien er enttäuscht: »Mehr kann ich nicht für Sie tun? Schade. Sie erwischen mich gerade auf dem Sprung nach Edenkoben. Den Aufzug dort möchte ich mir anschauen. Halt, noch eine Frage: Hat dieser zweite Mord in Ranschbach etwas mit dem ersten zu tun?«

»Das wissen wir noch nicht. Aber wie ich Ihnen schon sagte, darf ich leider keine Ermittlungsdetails an Sie weitergeben.«

Der Feuilletonjournalist, Fritz Blum, lachte, als er den Namen Ralf Kattel hörte. »Kattel? Klar kenne ich den. Er versucht sich als Berater in der Kunstszene und als Kunstjournalist. Windiger Typ, der sich gern wichtigmacht, aber in der Kunstszene nicht besonders ernst genommen wird. Ich erinnere mich sogar, wann er mir zum ersten Mal aufgefallen ist. Haben Sie von diesem spektakulären Diebstahl von Slevogt-Zeichnungen im Jahr 2009 gehört? Ein ehemaliger Kunststudent hat sich unter anderem durch Fahrdienste zum Arzt das Vertrauen der Slevogt-Erben auf dem Hofgut des Malers in Leinsweiler erschlichen. Die ließen ihm freie Hand zum Archivieren und Sortieren. Schließlich kam heraus, dass er rund tausend Zeichnungen im Wert von mehr als einer Million Euro aus den Archivräumen des Privathauses gestohlen und in sein eigenes Archiv geschafft hat. Einige davon sind nie mehr aufgetaucht, die meisten allerdings hatte er noch, als er aufgeflogen ist.«

»Das war Ralf Kattel?«

»Nein, der Kattel war nur ein Kumpel des Diebs. Er ist nicht verurteilt worden, aber der Eindruck war nicht von der Hand zu weisen, dass er irgendwie in die Sache verwickelt war.«

»Gehörte das Selbstporträt von Slevogt, das gestohlen wurde, zum Diebesgut?«

»Nein, Ölbilder waren nicht dabei. Soweit ich mich erinnere, war das Selbstbildnis damals noch gar nicht im Bestand der Generaldirektion Kulturelles Erbe Rheinland-Pfalz. Es wurde später von privat angekauft.«

»Wissen Sie, von wem?«

»Tut mir leid, das müsste ich recherchieren.«

»Nicht nötig, wir erfahren das am Montag. Vielen Dank, Herr Blum, da haben Sie uns sehr geholfen.«

Badenhop war erleichtert. Wenn das keine heiße Spur war!

Nur etwa drei Minuten nach dem Gespräch mit Badenhop hatte Martin Peust seinen Kollegen an der Leitung. »Und? Was wollte er?«

»Mensch, Peust, kannst du nicht warten, bis ich wieder im Büro bin? Ich genieße meinen freien Tag.«

»Tut mir leid, kommt nicht wieder vor. Aber es handelt sich immerhin um einen Mordfall, den sich die Rassisten schon wieder unter den Nagel reißen, um Stimmung zu machen.«

»Alla hopp. Ist eigentlich keine große Sache, was der Kommissar wollte. Es geht um einen komischen Kerl aus dem weiteren Kreis der Kunstszene der Pfalz. Badenhop wollte wissen, ob ich den kenne. Er hatte damals möglicherweise mit den geklauten Slevogt-Zeichnungen zu tun. Was er von dem will, weiß ich nicht.«

»Wie heißt er?«

»Ralf Kattel.«

»Ist er verdächtig?«

»Dazu hat der Kommissar nichts gesagt. Peust, hör bloß auf, daraus eine deiner spekulativen Storys zu bauen, sonst kriegen wir saumäßigen Ärger. Nicht nur hier im Haus, auch mit der Polizei. Iss lieber noch ein paar Leberwurstbrote.«

»Du mich auch.«


Drei Stunden später kehrte Martin Peust verärgert aus Edenkoben zurück. Etwa zweihundert rechtsgerichtete Demonstranten hatten sich an der Villa versammelt, etwas weiter unten in der Nähe der Sportschule hatten etwa doppelt so viele Gegendemonstranten versucht, zu ihren Gegnern vorzudringen, waren aber von den Ordnungskräften daran gehindert worden.

Was Peust vor der Villa zu hören bekommen hatte, widerte ihn an. In allen Reden wurde so getan, als sei die Schuld der Frau im Niqab bereits bewiesen. Daraus wurden Forderungen aller Art abgeleitet, von Änderungen des Asylrechts über Verbot des Baus von Moscheen bis zur Ablösung der Regierung, die den Deutschen das Geld wegnehme und es den eingewanderten Gaunern und Sozialhilfeempfängern hinwerfe. Einer der Redner verstieg sich zu der Behauptung, dass mittlerweile bereits islamistische Angriffe auf deutsches Kulturgut erfolgten. Dies zeige, wie weit dieses Land schon von Elementen unterwandert sei, die »unsere Kultur und unsere Lebensformen nicht nur ablehnen, sondern zerstören wollen«.

Da saß Peust also vor dem Computer und focht einen inneren Kampf aus. Wie sollte er seine Berichterstattung von der Veranstaltung gestalten? Was war zu sagen über die Idioten, die eine Frau für schuldig erklärten, obwohl sie wahrscheinlich gar nichts mit dem Raubmord zu tun hatte? Dazu musste er Stellung nehmen, vor allem vor dem Hintergrund, dass die Polizei bereits einen Verdächtigen im Visier hatte.

Schließlich besann er sich seiner journalistischen Pflichten, schrieb einen recht sachlichen Bericht von den Kundgebungen in Edenkoben und setzte einen Kommentar daneben. Kommentar war immer gut. Kommentar konnte Meinung sein. Da konnte er ja wohl darauf hinweisen, wie die tatsächliche Ermittlungssituation aussah.

Sein Text gipfelte in folgender Passage:

*Rassismus benötigt keine Tatsachen. Den Rassisten des Ku-Klux-Klans genügten noch im vergangenen Jahrhundert Vermutungen, um Schwarze aufzuknüpfen. Billie Holiday hat allen damit verbundenen Schmerz und alle Ungerechtigkeit mit dem bewegenden Song »Strange Fruit« ausgedrückt. Rassistischen Polizisten in den USA genügt heute noch der leiseste Verdacht, um unbewaffnete Schwarze zu ersticken oder zu erschießen. Rassisten in Deutschland missbrauchen einen unaufgeklärten Mord, bei dem zufällig eine Frau im Niqab anwesend war, um sie ohne Kenntnis der Tatsachen als Täterin zu verurteilen und alle anderen Zuwanderer gleich mit zu diskriminieren. Dabei verfolgt die Neustadter Polizei in der Realität längst eine heiße Spur, die in Richtung der*

*pfälzischen Kunstszene weist – weitab von jeder Nähe
zu Einwanderern.*

Das gefiel ihm. So würde es am Montag erscheinen.

\*\*\*

Groß, der ebenfalls eine Samstagsschicht einlegte, fand die private Telefonnummer von Janine Siener heraus und verabredete sich mit ihr in ihrer Freinsheimer Wohnung. Sie schien nicht sehr begeistert davon, erneut befragt zu werden.

»Ich kann Ihnen doch gar nicht mehr sagen, als Sie schon wissen«, hatte sie am Telefon beteuert.

Die Sekretärin lebte in einer kleinen Zwei-Zimmer-Wohnung und bat Groß in die Küche, wo an einem viereckigen Tisch zwei Stühle standen.

»Schön haben Sie's hier«, flötete Groß, obwohl er außer dem Flur noch gar nichts gesehen hatte.

»Ja, nicht? Fehlt bloß ein Mann.« Wenn es nicht um Details bei einer Ermittlung ging, hatte die junge Frau wohl ein offenes Herz.

»Ach ja, Sie leben ganz allein?« Groß schien es angemessen, den Ball zurückzuspielen.

»Na ja, schon.« Da war anscheinend ein wunder Punkt berührt, oder es war ihr etwas eingefallen. Jedenfalls verschloss sich Janine Sieners Gesicht plötzlich, und sie fragte, als wolle sie von dem Thema wegkommen: »Was möchten Sie denn noch wissen?«

»Wir wissen nicht viel über Fassweingeschäfte. Sind die eigentlich immer ganz unkompliziert? Ich kenne mich da nicht aus. Welche Probleme können denn dabei auftreten?«

Jetzt hellte sich ihr Gesicht wieder auf. Das war kein schwieriges Terrain. »Ja, also die Schwierigkeit besteht oft in der Kalkulation. Wenn wir nicht zum gewünschten Preis liefern können, gibt es manchmal Diskussionen. Ärger gibt es, wenn wir beispielsweise Ware zu einem bestimmten Preis besorgen, und die gleiche Sorte – Pinot Grigio oder Sangiovese zum Beispiel – ist am Markt günstiger zu haben.«

»Gab es so einen Fall in jüngster Zeit?«

»Nicht dass ich wüsste. Vergangenes Jahr hatten wir einen Sektgrundwein besorgt für eine Kellerei in Wiesbaden. Da erinnere ich mich, dass nicht alles glattging. Aber zum Schluss hat man sich geeinigt. Ich glaube, am Ende hat Johannes sogar draufgelegt.«

»Tja, geht es bei den Geschäften nur um den Preis? Und die Qualität ist egal?«

»Ooooch, meistens schon. Wissen Sie, in den Supermärkten wird ein bestimmter Wein gefragt. Der soll günstiger sein als bei der Konkurrenz. Er muss natürlich in Ordnung sein, aber mehr nicht. Bei Weinen unter vier Euro erwartet ja keiner wirklich besondere Qualität. Wichtig ist nur, dass auf der Flasche steht, was die Leute haben wollen.«

»Aha. Uns interessiert auch die geschäftliche Beziehung von Herrn Konietzka zur Kellerei Dorschd. Hatten sie oft miteinander zu tun?«

»Ja, der Dorschd ist ein ganz guter Kunde.«

»Eins verstehe ich nicht. Sie sagen, Sie hätten eigentlich nicht sehr viele wichtige Kunden. Dorschd ist einer von ihnen. Als Sie erfuhren, dass die Leiche Ihres Chefs in Ranschbach gefunden wurde, müssen Sie doch sofort daran gedacht haben, dass er bei Dorschd gewesen sein könnte. Aus einem anderen Grund fährt er nicht nach Ranschbach, oder? Warum haben Sie mir das nicht gesagt?«

Die junge Frau sah ihn schuldbewusst an, ein bisschen gespielt, wie Groß fand. »Die Kellerei Dorschd ist mir schon eingefallen. Aber wenn ich gesagt hätte, er war wahrscheinlich bei Dorschd, dann hätte ich es ja erstens nicht genau gewusst, also spekuliert. Und zweitens hätte ich den Dorschd angeschwärzt. Sie hätten sicher gleich gedacht, der ist es gewesen. Da war ich lieber ruhig.«

»Hm, also in Ordnung war das nicht. Wir sprechen gleich weiter. Darf ich bei Ihnen mal die Toilette benutzen?«

Groß achtete darauf, dass er die Küchentür schloss, als er hinausging. Dann öffnete er leise die beiden anderen Türen und warf einen Blick in die Räume. Relativ neue, aber einfache Möbelhausware. Nichts Auffälliges. Doch dann …

Auf einer Kommode im Schlafzimmer standen zwei gerahmte Fotos. Eines zeigte zwei Kinder, vermutlich Verwandte. Auf dem anderen lachte ihm neben einer glücklich in die Kamera blickenden Janine ein bekanntes Gesicht entgegen.

Als Groß wieder in die Küche kam, bohrte er zielgerichtet an Janine Sieners Unaufrichtigkeit weiter, vor allem nach dem Blick auf das Foto im Schlafzimmer. »Noch mal zu dem Fundort, Frau Siener. Sie wissen schon, dass Sie der Polizei alles sagen müssen, was Sie wissen?«

»Ja natürlich, aber ich habe ja auch nicht genau gewusst, ob Johannes bei der Kellerei Dorschd war.«

»Lassen wir das mal so stehen. Ich möchte Sie aber bitten, mir nichts mehr zu verheimlichen. In einer Mordsache wichtige Tatsachen zu verschweigen kann böse für Sie ausgehen. Wenn Herr Konietzka Geschäftspartner besuchte, waren Sie da manchmal dabei? Ich meine, Sie scheinen ja das Geschäft mit Fassweinen ein bisschen zu kennen.«

»Manchmal hat er mich mitgenommen. Er fand, ich müsse etwas von dem wissen, was wir tun, und nicht nur Briefe schreiben. Wir haben sogar einmal eine Reise mit Kunden nach Italien gemacht und dort ein paar Lieferanten besucht. Ich habe das vorher alles organisiert und konnte dabei sein.« Sie strahlte, und die Begeisterung sprudelte aus ihr heraus. »Das war toll. Was wir alles gegessen haben! Das muss man den Italienern ja lassen: Kochen können sie. Ganz unten in der Nähe von Cosenza ist eine Kellerei, bei der wir öfter Wein beziehen. Also die Kellerei fand ich ein bisschen heruntergekommen, na ja. Sie haben einfache Weine. Aber die Familie ist unglaublich nett. Die Mutter des Besitzers hat für alle gekocht. So gut habe ich noch nie gegessen! Doch, bei diesen Reisen lernt man ja auch das Land besser kennen als im Urlaub. Einige von den Kellereien hatten eigene Ferienwohnungen für ihre

Geschäftspartner. Da haben wir gewohnt. Super! Das könnte man sich gar nicht leisten, wenn man es bezahlen müsste.«

»Wie groß war die Reisegruppe denn?«

»Wir waren sechs oder sieben Personen.«

Groß fand, es sei wieder Zeit, ein wenig zu schmeicheln. »Na, und Sie vermutlich die einzige Frau. Da haben sich die Männer um Sie gerissen, oder?«

Kokett schmunzelte sie ihn an. »Ach Sie … Was Sie gleich denken. Aber nett sind sie schon zu mir gewesen, die Italiener aber auch. Das können die ja – nicht nur kochen.«

»War denn der Fred Dorschd auch dabei?«

»Ja.«

»Und da sind Sie sich nähergekommen?«

In ihren Augen sah er, dass sie sich ertappt fühlte. »Also hören Sie mal, was glauben Sie? Wie kommen Sie darauf?«

Nun musste die Obrigkeit her. »Ich muss Sie jetzt für den polizeilichen Bericht offiziell fragen: Haben Sie zu Herrn Dorschd eine private Beziehung?« Das Foto im Schlafzimmer hatte die Frage eigentlich schon beantwortet.

Sie sank regelrecht in sich zusammen. »Was wollen Sie? Sie bohren in meinem Privatleben, als ob ich verdächtig wäre. Das geht Sie doch gar nichts an.«

Groß wagte einen kühnen Schwung. »Oh, sagen Sie das nicht. Da sind ja viele Konstellationen denkbar. Die meisten Gewalttaten haben einen familiären Hintergrund. Wie sieht es denn mit Herrn Konietzka aus? Sind Sie sich auch einmal nähergekommen? Eifersucht ist ein häufiger Grund für Racheakte. Ich sage das nur als Beispiel. Damit Sie verstehen, warum ich frage. Also, Frau Siener: Waren Sie mit Herrn Konietzka intim?«

»Das ist unverschämt. Ich muss Ihnen gar nichts sagen. Gehen Sie.«

»Tut mir leid. Es kann ja alles ganz harmlos sein. Und eine junge, hübsche Frau wie Sie hat natürlich viele Chancen. Frau Siener, es bleibt ganz unter uns, wenn es nichts zu bedeuten hat. Geben Sie mir einfach eine ehrliche Antwort. Hatten Sie eine Beziehung zu Herrn Konietzka?«

»Was wollen Sie daraus konstruieren? Dass Fred den Johannes umgebracht hat? Das ist doch verrückt.«

»Das schließe ich daraus nicht. Aber möglich ist es, und wir müssen das gesamte Umfeld des Toten erforschen. Sagen Sie einfach Ja oder Nein.«

Groß sah, wie sie sich quälte. Aber er war nah dran. Er durfte nicht lockerlassen.

»Ja. Aber mit dem Fred ist es etwas ganz anderes als mit dem Johannes. Mit Fred ist es was Ernstes. Johannes und ich sind nur mal so bei einer Geschäftsreise … nach einem langen Abend in Köln mit Alkohol … Das müssen Sie doch einsehen. Das hatte keine Bedeutung.«

»Natürlich, Frau Siener. Das verstehe ich, ich bin ja auch nur ein Mensch. Sagen Sie mir noch bitte: Wann war das mit Herrn Konietzka, und könnte Herr Dorschd davon erfahren haben?«

Groß sah als Möglichkeit, dass die beiden wegen eines Geschäfts in Streit geraten waren und die Auseinandersetzung ins Persönliche abgerutscht war. Schnell hätten sie dann schmutzige Wäsche gewaschen, die bei einem aufbrausenden Kerl wie Dorschd zu unberechenbaren Reaktionen führen konnte.

»Das ist schon länger her. Und Fred hat bestimmt nichts erfahren. Da war nichts Wichtiges, schon gar nicht für einen Mord. Das müssen Sie doch verstehen.«

Janine Siener wurde zunehmend weinerlich. Groß wollte sie nicht weiter quälen. »Was zwischen Menschen alles passiert, davon verstehe ich ganz viel, Frau Siener«, sagte er ein wenig großspurig, legte ihr besänftigend die Hand auf die Schulter und verabschiedete sich.

Es schien ihm an der Zeit, erneut mit Dorschd zu reden. Hilfreich würden dabei die Informationen sein, die Schwörer zu den Geschäften der beiden herausfand.

Wiederholte Versuche Badenhops, Ralf Kattel anzurufen, scheiterten. Hochdörffer, der sich die Kundgebungen bei der

Villa angesehen hatte, hatte nichts erfahren, das den Fall voranbrachte.

»Das war alles ziemlich vorhersehbar«, sagte er am Ende seines Berichts. »Die übliche Hetze, die üblichen Gegendemonstranten. Bekannte Gesichter, die zum Beispiel bei dir im Büro hängen, habe ich nicht gesehen.«

Ein Ehepaar aus Hannover hatte sich per Mail gemeldet. Es hatte die Slevogt-Ausstellung gleich am Morgen besucht und die Villa schon wieder verlassen gehabt, als die ganze Aufregung nach der Entdeckung der Leiche entstanden war. Nur durch Zufall hatten die beiden davon erfahren, dass man sich bei der Polizei melden solle.

Badenhop rief sie an und erhielt die Auskunft, dass sie einen Kurzurlaub in der Pfalz mit dem Besuch der Villa abgeschlossen hatten und anschließend nach Hause gefahren waren. Es handelte sich um ein pensioniertes Lehrerehepaar, Unterrichtsfächer Deutsch, Mathematik und Biologie, mit eher beiläufigem Interesse am Impressionismus Slevogts.

»Also das muss man halt mal gesehen haben, wenn man in der Pfalz ist«, hatte die Frau ihre Motivation beschrieben. »Wir fahren ja ganz regelmäßig einmal im Jahr da runter. Diese Verbindung von Wein und Wald und dann das gute Essen! Ach, wenn ich darüber nachdenke, bekomme ich schon wieder Lust darauf.«

Badenhop lächelte. Niemand konnte besser verstehen als er, was Norddeutschen an der Pfalz so gut gefiel.

Wie er feststellte, war das Paar polizeilich ein völlig unbeschriebenes Blatt. Ihre Angaben waren glaubwürdig.

Damit hatte sich die Zahl derjenigen, die sich nicht gemeldet hatten, weiter reduziert. Übrig blieben einzig die Frau im Niqab und Ralf Kattel. Badenhop hatte als Ermittler neutral zu bleiben. Der Gedanke, dass es vielleicht doch auf die Frau im Niqab zulaufen könnte, beunruhigte ihn jedoch. Als geradezu tröstlich empfand er, dass auf Kattel nach augenblicklichem Stand ein stärkerer Verdacht fiel als auf sie.

Beunruhigend war auch, dass er an zwei Fronten kämpfte –

der Raubmord in der Villa und der Mord im Seligmacher. Die Frage, ob die beiden Fälle zusammenhingen, blieb weiter völlig offen. Die einzige mögliche Nahtstelle war der Ausdruck des Gemäldes in Konietzkas Tasche, der aber alle möglichen Gründe haben konnte. Eine Verbindung zwischen den beiden Ermordeten hatten die Ermittler nicht feststellen können. Grindelsbacher schien ein recht abgeschiedenes Leben mit seiner Familie geführt zu haben. Seine Partnerin sagte, sie habe den Namen Konietzka nie gehört. Wohl hatten sie ebenso mit Wein zu tun wie Konietzka, aber das galt für viele Familien in der Pfalz. Die Trauben aus ihrem Weinberg lieferten sie bei der regionalen Genossenschaft ab. Die Kellerei Dorschd kannte die Frau vom Hörensagen, aber mit Weinhändlern wie Dorschd oder Konietzka hatten sie keinerlei Verbindung. Ähnlich sah es im Umkreis von Konietzka aus. Keiner seiner Bekannten und niemand aus seiner Familie konnte etwas mit dem Namen Grindelsbacher anfangen.

»Schau nicht so trübselig. Ein bisschen Spaß muss sein«, sagte Schwörer und packte Badenhop zur Begrüßung am Oberarm. »Heute Abend geht es nicht um herumliegende Tote, sondern um gut gelagerte Flaschen. Und es fließt kein Blut, sondern exzellenter Pinot Noir.«

Tatsächlich ließen die beiden ungelösten Fälle Badenhop nicht los. Bei der Verabschiedung hatte er zu Katrin gesagt, er sei gar nicht in Stimmung für eine Weinprobe. Natürlich hätte er sie nicht abgesagt, schon weil er Hochdörffer dazu gebracht hatte mitzugehen. Als er jetzt den jovialen Weinkontrolleur strahlend vor sich stehen sah und reden hörte, musste er aber doch schmunzeln. Schwörer hatte eine ansteckende Art, das Leben von der humorvollen Seite zu nehmen. Nur wenn es um Weinqualität ging, verstand er manchmal keinen Spaß und konnte sich furchtbar aufregen.

Badenhop sah ihm zu, wie er hin und her wuselte, Gläser, Spucknäpfe und Servietten verteilte und für jeden einen lustigen Spruch übrig hatte. Dabei erlebte er so etwas wie ein inneres Abschütteln der Last, die er gerade eben noch verspürt hatte.

Schwörer hatte sich entschieden, die Probe nicht zu Hause abzuhalten. Ulrich Mell, Betriebsleiter des traditionsreichen und hoch angesehenen Weinguts Bassermann-Jordan, hatte einen Raum und die technischen Möglichkeiten des Weinguts zur Verfügung gestellt: optimale Kühlung im temperaturgesteuerten Weinkühlschrank, genügend Gläser, Dekantierkaraffen. Die Gelegenheit, hochwertige Spätburgunder aus der Pfalz und der Bourgogne zu vergleichen, ließ er sich natürlich nicht entgehen. Nach der Probe war geplant, im nebenan gelegenen Restaurant »1718« des Ketschauer Hofes gemeinsam zu essen »und außer dem einen oder anderen Riesling die Reste der Probe zu vertilgen«, wie Schwörer sich ausdrückte.

Anwesend waren etwa ein Dutzend Personen, die meisten von ihnen ausgewiesene Weinkenner. Mit dabei waren der Journalist und Frankreichexperte Michael Hornickel, dessen Muskateller Badenhop am Vorabend begegnet war, die Sommelière Natalie Lumpp sowie die Winzer Hansjörg Rebholz, Werner Knipser und Fritz Becker – alle drei Pinot-Erzeuger feinster Güte, aber auch exzellente Kenner feiner Pinot Noirs.

Wie hatte Schwörer das einmal erklärt? Wer einen guten Wein machen wolle, müsse erst einmal wissen und beurteilen können, wie die besten Weine der jeweiligen Kategorie zu schmecken haben. »Wer nicht gut verkosten kann, kann auch keine guten Weine machen«, hatte er es zusammengefasst.

Außer Badenhop war nur noch Bernd Hochdörffer »Weinlaie«. Entsprechend dezent und demütig verhielten sie sich, blieben in einer Ecke stehen und harrten der Dinge im Raum. Badenhop hatte mit Schwörer eine Vereinbarung getroffen, dass dieser ihn niemals, wirklich niemals um eine Wortmeldung bat, weil Badenhop sich keinesfalls zutraute, in einer Expertenrunde eine brauchbare Anmerkung zu machen. Er genoss zwar die Gespräche über Wein mittlerweile sehr, sich zu beteiligen wagte er jedoch höchstens unter Freunden mit ähnlichen Erfahrungsdefiziten.

Nach einer Weile kam Schwörer auf sie zu und forderte sie auf, sich einen Platz zu suchen. Hochdörffer grinste ihn an und konnte es nicht lassen, eine seiner spitzen Bemerkungen zu machen.

»Ich habe gehört, Sie haben immer noch den Ehrgeiz, unserem Freund Dorschd endlich eines seiner Weinvergehen nachzuweisen. Viel Glück dabei. Wenn wir helfen können, stehen wir Gewehr bei Fuß.«

»Ja, ja«, sagte Schwörer ein wenig genervt und fuhr mit Blick auf Badenhop fort: »Aber ich habe übrigens ein paar Neuigkeiten dazu. Nichts Großes, aber es könnte euch interessieren. Wir reden nachher.«

Badenhop war mittlerweile so sehr von den akribischen Vorbereitungen der Probe fasziniert, dass ihn die möglichen Informationen über Dorschd nicht mehr aus seiner erwartungsfrohen Stimmung reißen konnten. Ein riesiger Tisch war für die Gruppe gedeckt. Vor jedem Platz standen zehn Burgunderkelche, daneben ein Wasserglas und ein kleiner Spucknapf. Für jeden Verkoster gab es außerdem einen Bleistift und einen Papierbogen mit Feldern von eins bis zehn.

Als alle saßen, erläuterte Stefan Schwörer den Ablauf. »Wir werden natürlich eine Blindprobe durchführen. Die Weine sind in neutrale Flaschen ohne Etikett umgefüllt. Die Flaschen, die ich euch gleich durchgebe, haben Nummern von eins bis zehn. Über die Weine gibt es keine Informationen, außer dass es sich um Pinot Noir handelt. Die Jahrgänge sind nicht gleich, es ist ja keine Jahrgangsprobe. Ihr seid alle erfahren genug, die älteren von den jüngeren zu unterscheiden und ihre Entwicklung beurteilen zu können. Sie schwanken von 2009 bis 2015. Die Reihenfolge ist vollkommen zufällig. Uli hat genügend Gläser zur Verfügung gestellt, damit wir alle Weine auf einmal nebeneinander probieren und auch zurückvergleichen können. Vielen Dank für deine Hilfe, Uli. Es gibt Weine aus der Bourgogne und der Pfalz, aber auch zwei Piraten aus anderen Gebieten. Wir probieren, um nachher vergleichbar zu sein, im Hundert-Punkte-Schema. Wenn alle ausreichend probiert haben, können wir über die Weine reden, bevor wir aufdecken. Am Ende der Diskussion hätte ich gern von jedem die Bewertung der Weine. Ich habe eine Excel-Tabelle vorbereitet, die uns ganz schnell die Reihenfolge der Bewertungen geben wird. Alles klar?« Er sah in die Runde.

Als sich niemand regte, schenkte er sich zwei Finger breit aus einer Flasche ein, die er in der Hand hielt, und gab sie an seinen Nachbarn weiter. »So, ihr Buben und Mädels, jetzt geht es los. Hier ist die erste Flasche.«

Als alle sich von allen zehn Flaschen eine Probe eingeschenkt hatten, begann die Verkostung.

Badenhop hatte hin und wieder die Gelegenheit gehabt, einen ausgezeichneten Spätburgunder zu trinken. Er hatte eine Weile gebraucht, um die Besonderheit dieser in eher kühlen Regionen beheimateten roten Sorte zu begreifen: nicht unbedingt farbintensiv, nicht unbedingt die kräftigen Gerbstoffe anderer berühmter Roter, dafür aber eine unvergleichliche Harmonie und samtige Tiefe wie keine andere Rebsorte. Pinot Noir war eine ganz eigene Rotweinwelt, eine filigrane, empfindliche Sorte, die kein ernsthafter Kellermeister jemals mit anderem Rotwein verschneiden würde, wie es bei den meisten Sorten üblich war. Kein Wunder, dass Kellermeister in aller Welt alles daransetzten, einen guten Pinot Noir auf die Flasche zu bringen, wenn es ihr Klima irgendwie erlaubte.

Badenhop wusste, dass Schwörer für diese Probe ausschließlich exzellente Flaschen gesammelt hatte, die teilweise ein kleines Vermögen wert waren. Entsprechend ehrfürchtig begann er, an den verschiedenen Gläsern zu schnüffeln. Fast an jedem der Weine hätte er minutenlang riechen können. Faszinierend, manche klar, hell und fordernd, andere verwoben, geheimnisvoll, eher den Bauch als den Kopf ansprechend.

Rasch war Badenhop in dieser Duft- und Geschmackswelt versunken, die sich vor ihm auftat. Er beachtete die anderen Verkoster gar nicht mehr. Zu faszinierend waren diese … ja doch: Persönlichkeiten, die sich in den Gläsern verbargen.

Und sie veränderten sich von Minute zu Minute, als ob die Berührung mit Luft ihnen Leben eingehaucht hätte.

Niemals hätte er in seiner Hamburger Zeit geglaubt, dass Weine ihn so berühren könnten. Leicht verstört erwischte er sich bei dem Gedanken, dass bald geredet und analysiert werden sollte und er sich nicht mehr ungestört und mit noch mehr Zeit um jeden einzelnen Wein kümmern konnte und der geheimnisvolle Zauber verschwände. Andererseits wollte er auch hören, was die Experten zu den einzelnen Weinen sagten. Das war eine weitere Ebene, die diesen Abend außergewöhnlich machte.

Die ersten Minuten verstrichen fast lautlos, abgesehen vom Schnüffeln und Schlürfen der Probanden. Dann gab es einzelne Kommentare wie »Nummer vier braucht noch ein bisschen Luft« oder »tolles Säurespiel bei Nummer sechs«. Auch Kritik wurde geäußert: »Ich weiß nicht, mit Nummer acht kann ich nicht viel anfangen. Vordergründig, sehr duftig, ein Blender. Was ist das? Wo ist der her?« »Ich finde ihn noch ein bisschen jung, aber kraftvoll – könnte Schweiz oder Übersee sein«, widersprach ein anderer.

Nach etwa vierzig Minuten bat Schwörer um Wortmeldungen. Sofort wurde diskutiert über die Eigenschaften der verschiedenen Weine, auch geraten, was es sein könnte. Badenhop beteiligte sich nicht. Wenn er ehrlich war, fand er alle zehn Weine faszinierend, zog jedoch zwei davon allen anderen vor.

Hochdörffer schien ein wenig unglücklich. »Mir ist das zu hoch. Zu viel Wein. Ich weiß gar nichts mehr.«

Als die Bewertungen abgegeben und die Summe errechnet war, wartete die Runde gespannt auf das Ergebnis.

Schwörer leitete die Auflösung mit den Worten ein: »Ich sehe, dass die wunderbare Qualität aller Weine von der Gruppe gewürdigt wurde. Alle Bewertungen liegen über neunzig Punkten, nur Nummer neun, bei dem einige sicher zu Recht vermuten, dass die Flasche nicht ganz in Ordnung war, liegt darunter. Gewonnen hat keiner, denn auf den ersten beiden

Plätzen liegen zwei Weine, die ihr gleich bewertet habt: 2010 Fritz Becker Pinot Noir und 2009 Musigny von Comte Vogüe. Dann folgt … aha … schön … der Spätburgunder von Stefan Schwörer, wiederum fast gleichauf mit dem Schlossberg von Rudolf Fürst – siehe da, einer der Piraten. Der andere Pirat war übrigens Banockburn von Felton Road aus Neuseeland, der immerhin auf dem siebten Platz landete.«

Was waren die beiden Weine, die Badenhop besonders gut gefallen hatten? Überraschend stellte er fest, dass es die Weine von Fritz Becker und aus Neuseeland waren. Siehe da: Becker hatten auch die Experten ganz hoch eingeschätzt. Banockburn … Schwörer hatte bei der Kommentierung gemutmaßt, der Wein sei zwar hübsch und beeindruckend und zweifellos sehr gut, aber doch eher etwas für weniger erfahrene Konsumenten, die sich von der schmelzigen Duftigkeit beeindrucken ließen.

Na gut, dachte Badenhop, »weniger erfahren« ist sicher nicht falsch. Aber dennoch: Vielleicht sollte er zwei oder drei Flaschen davon kaufen. Der war ja im Gegensatz zu den hochwertigen Becker-Weinen noch zu bezahlen. Katrin würde dieser Wein sicher ebenfalls sehr gut gefallen.

Erneut begann ein Zurückprobieren und Diskutieren in Kenntnis der Weine und der Ergebnisse. Wer hatte wie bewertet, wer welchen Wein erkannt, viel Lob für die exzellente Probe, bei der auch der achte oder neunte Wein noch auf jeder Festtagstafel einen hervorragenden Eindruck hinterließe.

Hochdörffer flüsterte zu Badenhop: »Also der Becker hat mir auch gleich am besten geschmeckt.«

Badenhop nahm es dem Freund nicht übel, der eben noch seine völlige Orientierungslosigkeit beteuert hatte. Wenn man die Etiketten kannte, war manche Weinbeurteilung doch erheblich einfacher, pflegte Schwörer hin und wieder breit grinsend zu postulieren.

»Auf ins Restaurant«, sagte Uli Mell nach geraumer Zeit. »Nehmt die Reste mit. Ich habe mir erlaubt, den einen oder anderen etwas älteren Riesling kalt stellen zu lassen.«

Das ließen sich die durchweg in Hochstimmung befindlichen Verkoster nicht zweimal sagen. Es begann, wenn man so will, der gemütliche Teil des Abends, der Badenhop außer persönlicher Bekanntschaft mit einigen der besten Pfälzer Winzer eine Einladung Uli Mells einbrachte, bei Gelegenheit den sehenswerten Bassermann'schen Keller zu besichtigen. Im berühmten Gewölbekeller des Weinguts, das hatte der interessierte Weinlaie schon gehört, lagerten Weine aus drei Jahrhunderten, bis zurück zum legendären »Kometenjahrgang« 1811 mit einem Wein, über den Johann Wolfgang von Goethe sich bereits voller Lob geäußert hatte. Einige der letzten Flaschen dieses Weines waren vor nicht allzu langer Zeit geöffnet worden. Experten, die der außergewöhnlichen Veranstaltung beiwohnen durften, waren bass erstaunt gewesen ob der exzellenten Qualität des zweihundert Jahre alten edelsüßen Weines.

Badenhop, der nach Mitternacht wie alle anderen im Taxi nach Hause fuhr, hatte doch tatsächlich vergessen, Schwörer nach den neuesten Erkenntnissen in Bezug auf Dorschd zu fragen.

Als er zu Katrin Mellen unter die Decke kroch, murmelte sie im Halbschlaf: »Mein lieber Scholli, du riechst wie ein Weinfass.«

## NEUN

Nach einem angenehmen Wochenende im Kreis der Familie, unterbrochen durch die Weinprobe, holten die beiden Mordfälle Badenhop rasch wieder ein und forderten seine volle Konzentration. Eine erste Begegnung hatte er bereits am Frühstückstisch, wo er wie jeden Morgen die Tageszeitung durchblätterte und Martin Peusts Kommentar über die Ereignisse in Edenkoben las. Er wusste nicht, ob er sich über Peusts Indiskretion ärgern oder über die gezielte Ablenkung von der Frau im Niqab freuen sollte, die immerhin für etwas Entspannung an der politischen Front sorgen konnte.

Jens jedenfalls, der sich den entsprechenden Teil der Zeitung nach ihm über den Tisch zog, fragte gleich: »Ach, ihr habt eine heiße Spur in der Kunstszene?«

»Du weißt, dass ich dir nichts von aktuellen Ermittlungen sagen kann, aber ganz falsch ist es nicht, was da steht. Es gibt eine Person, mit der wir unbedingt sprechen müssen, um ihre mögliche Beteiligung abzuklären. Mehr ist das aber nicht.«

Im Büro gab es gleich zwei Überraschungen. Das Dossier über die Geschichte des gestohlenen Gemäldes war eingetroffen. Das 1906 entstandene Kunstwerk war lange Zeit in Privatbesitz gewesen, nachdem die Slevogt-Erben es wohl in den sechziger Jahren des zwanzigsten Jahrhunderts verkauft hatten. Käufer war ein wohlhabender Kunstsammler und Besitzer eines Weinguts in Maikammer gewesen.

Da es sich um ein besonders typisches und aussagekräftiges Werk des Impressionisten handelte, hatte sich das Land darum bemüht, es in der Villa ausstellen zu können. Erst vor etwa einem Jahr war der Ankauf abgewickelt worden.

Wenn das Gemälde besonders typisch und aussagekräftig war, war es vielleicht mehr wert, als er gedacht hatte, überlegte Badenhop. Aber reichte es auch für einen Mord?

Er rief Kevin Groß und gab ihm das Dossier zu lesen. »Vielleicht fällt Ihnen etwas auf, das uns weiterhilft.« Dann griff er zum Telefon und rief erneut bei Ralf Kattel an. Schon nach zweimaligem Klingeln war der Mann am Telefon.

Auf die Frage, warum er sich nicht gemeldet hatte, antwortete der »unfreundliche Dicke« in eher ärgerlichem Ton: »Warum hätte ich sollen? Ich habe zu der Sache nichts zu sagen. Als ich ging, war in der Villa alles normal.«

Badenhop klärte ihn darüber auf, dass alle Personen, die am Tag des Raubmords in der Villa gewesen waren, befragt wurden. Er möge bitte seine Wohnung nicht verlassen. In der nächsten Stunde käme ein Polizist vorbei, um seine Zeugenaussage aufzunehmen. Es handele sich, fügte Badenhop an, vermutlich um eine Formalie.

»Ach, wenn Sie doch schon jemanden aus der Kunstszene im Auge haben, wie ich heute in der Zeitung lese, wozu brauchen Sie dann noch mich?«

»Das erfahren Sie, wenn wir bei Ihnen sind.«

In diesem Moment kam Groß zurück und wedelte mit dem Dossier. »Haben Sie das gesehen? Breitel? Weingut Breitel?«

Badenhop nickte. »Ja, die früheren Besitzer des Gemäldes. Ein Weingut in Maikammer, von dem ich noch nie gehört habe. Was ist damit?«

Groß sah ihn verwundert an, schien sich aber dann zu besinnen. »Richtig, Sie haben ja gar nicht die Gespräche mit den Besuchern der Ausstellung geführt, weil Sie mit der Dame an der Kasse geredet haben. Deshalb ist Ihnen der Name nicht aufgefallen. Ein Sven Breitel war unter den Besuchern. Ich habe das gleich überprüft. Er ist der Sohn des Weinguts in Maikammer. Wenn das ein Zufall ist … Was macht der Sohn des Verkäufers genau an dem Tag in der Ausstellung, an dem das Gemälde geraubt wird?«

»Das ist allerdings eigenartig. Ich werde mich sofort darum kümmern, ob es beim Verkauf des Bildes Unregelmäßigkeiten oder Streit gegeben hat. Herr Groß, Sie waren schon mal bei diesem Kattel. Er ist jetzt zu Hause. Würden Sie bitte hinfahren und hören, was er zu sagen hat? Er hatte offenbar einfach keine Lust, sich zu melden, angeblich weil er nichts zu sagen hat. Kommt mir komisch vor. Also fühlen Sie ihm auf den Zahn.«

Als Groß in die Straße einbog, in der Kattel wohnte, sah er den Verdächtigen eilig auf einen am Straßenrand geparkten VW Polo zugehen und einsteigen. Groß fuhr direkt neben das Auto und hinderte Kattel so am Wegfahren. Daraufhin stieg der korpulente Mann überraschend beweglich auf der Beifahrerseite des Wagens aus und lief den Gehsteig entlang.

Groß schaltete seine Blinkeranlage an, verließ ebenfalls sein Auto und rief: »Herr Kattel, bleiben Sie stehen!«

Kattel antwortete nicht und lief weiter, eine alberne Handlung, denn der Mann war mit seinen sicher zwei Zentnern völlig unsportlich und kam kaum in einen richtigen Laufschritt.

Groß lief hinterher und versuchte es auf die pfälzische Art: »Gewiddernochemool, Kattel, jetzt bleiwense hald schdehe.« Keine Reaktion.

Der Flüchtende erreichte ein großes Hoftor, riss die dazugehörende Tür auf und verschwand in dem Anwesen.

Groß, der als geübter Läufer die Rennerei aufgrund der völlig ungleichen sportlichen Voraussetzungen nicht ganz ernst genommen hatte, beschleunigte auf Höchstgeschwindigkeit und sah, als er das Anwesen betrat, wie Kattel die Tür einer am Ende eines Hofes liegenden Scheune öffnete. Mit wenigen Schritten durchquerte er den Hof und erreichte Kattel in der halbdunklen, mit allerlei landwirtschaftlichen Geräten vollgestopften Scheune.

Der Flüchtende hatte sich einen Spaten gegriffen und hielt ihn bereit zum Zuschlagen über seinen Kopf. Dabei schrie er: »Keinen Schritt näher! Hilfe, Hilfe, ein Überfall!«

»Machen Sie sich nicht lächerlich, Herr Kattel. Ich bin Polizist. Mein Chef hat Sie angerufen und gesagt, dass ich vorbeikomme wegen einer Zeugenaussage.«

Mit langen, lockigen Haaren, die ihm fettig bis auf die Schultern hingen, unrasierten Wangen und entsetzt aufgerissenen Augen stand Kattel vor Groß, wackelte mit dem Spaten über seinem Kopf und schrie weiter. »Ich sage überhaupt nichts! Sie verfolgen mich! Hilfe! Hilfe!«

Hinter sich hörte Groß Schritte. »Was ist hier los? Lassen Sie sofort den Mann in Ruhe. Was haben Sie überhaupt hier zu suchen?«

Ein kurzer Blick zurück sagte Groß, dass hinter ihm ein stämmiger Mann um die fünfundfünfzig Jahre in Arbeitskleidung stand, der eine Mistgabel auf ihn richtete. Immerhin nicht diskriminierend, dachte er kurioserweise, weil der Hauseigentümer den merkwürdigen Schrat vor dem scheinbaren Angreifer in Anzug und Krawatte beschützen wollte.

»Er überfällt mich!«, schrie Kattel. »Halten Sie ihn fest, dass ich wegkann!«

»Lassen Sie den Mann in Frieden, wenn Sie keinen Zinken im Bauch haben wollen«, herrschte der Hinzugekommene Groß an.

Der völlig perplexe Kriminalassistent wollte nicht glauben, was er hier erlebte. Nun bedrohten ihn schon zwei Verrückte. »Unterstehen Sie sich! Stellen Sie die Mistgabel weg. Ich bin hier der Polizist. Und diesen Mann will ich in einer Strafsache befragen. Er ist vor mir weggelaufen.«

»Das will ich sehen. Los!« Der Mann meinte es tatsächlich ernst.

Groß blickte hinter sich, um den Hinzugekommenen sehen zu können. Der starrte ihn mit grimmigem Gesicht an.

Von zwei Seiten bedrängt, kramte er nach seiner Dienstmarke, zog sie heraus und hielt sie in Richtung des Mannes mit der Mistgabel. Dabei musste er Kattel aus den Augen lassen, der die Situation ausnutzte, erstaunlich schnell den Spaten senkte und ihm in den Bauch stieß, sodass er nach hinten torkelte. Dann warf Kattel ihm den Spaten vor die Füße und lief an dem verdutzten Mann mit der Mistgabel vorbei aus der Scheune.

»Scheiße, jetzt reicht's aber«, schimpfte Groß mehr zu sich

selbst, spurtete durch den Hof, erreichte Kattel noch vor dem Hoftor, packte ihn grob am über die Hose hängenden sackartigen Hemd und stemmte sich gegen Kattels Laufrichtung, sodass dieser zwar mit einem lauten »Ahhh!« zum Stehen kam, aber sofort anfing, nach Groß zu schlagen und zu treten. Allerdings hatte er gegen den durchtrainierten jungen Polizisten nicht den Hauch einer Chance. Mit geübtem Griff bog der den Arm des »Aua, aua, Hilfe!« schreienden und streng riechenden Mannes nach hinten und drängte ihn gegen die Hauswand.

»Herr Kattel, ich nehme Sie fest wegen Widerstands gegen die Staatsgewalt.«

Der völlig außer Rand und Band geratene Kattel gab jedoch keine Ruhe. »Helfen Sie mir, helfen Sie mir!«, schrie er mit Blick auf den Hausbewohner, der langsamen Schrittes auf die beiden zukam.

»Jetzt halten Sie halt mal still, wenn das ein Polizist ist, und lassen sich befragen«, sagte der in beruhigendem Ton. »Er wird Ihnen schon nicht den Kopf abreißen.« Mit Blick auf Groß schob er ein »Entschuldigung, ich habe ja nicht wissen können« nach.

Kattel schrie weiter. »Ich will das nicht! Lassen Sie mich sofort los! Ich habe eine Polizeiallergie!«

Nun musste Groß wirklich lachen. »Das ist doch immerhin mal etwas Neues, Herr Kattel. Kommen Sie, bringen wir es hinter uns. Oder muss ich eine Streife zu Hilfe rufen und Sie festsetzen lassen? Ich mache das, wenn Sie mir nicht augenblicklich versprechen, dass Sie endlich Ruhe geben und meine Fragen beantworten. In dem Fall wäre ich auch bereit, auf eine Anzeige wegen Ihrer aggressiven Handlungen zu verzichten.«

»Lassen Sie mich sofort los!«

»Herr Kattel, ich bestimme hier die Vorgehensweise. Ich wiederhole: Werden Sie sich ruhig verhalten, nicht weglaufen und sich befragen lassen, wenn ich Sie loslasse, oder muss ich eine Streife rufen?«

Kattel, der wegen des zurückgebogenen Armes immer

wieder weinerlich gewimmert hatte, gab kleinlaut auf. »Ja, meinetwegen.«

Groß sah zu dem Hausbewohner. »Gehört Ihnen das Anwesen? Sagen Sie mir bitte Ihren Namen, und stehen Sie im Falle, dass Herr Kattel sich nicht an die Abmachung hält, als Zeuge zur Verfügung?«

Der Mann zuckte mit den Achseln. »Klar. Aber Herr Kattel, Sie machen doch, was Sie versprochen haben, nicht? Also ich heiße Greiler. Mir gehört das Haus.«

»Gut, Herr Kattel, ich lasse Sie jetzt los. Bitte keine schnellen Bewegungen.« Groß lockerte langsam seinen Griff, behielt Kattel aber konzentriert im Auge. »Das hätten wir geschafft. Hätte auch einfacher ablaufen können. Wo möchten Sie das Gespräch führen? In Ihrer Wohnung oder auf dem Präsidium?«

»In der Wohnung«, murmelte Kattel kleinlaut, der plötzlich wie ausgewechselt war, die Schultern hängen ließ, scheu auf den Boden sah und langsam in Richtung Hoftor trottete.

Groß hätte als Vertreter der siegreichen Obrigkeit zufrieden sein können. War er aber nicht. Er sah an sich herab. An seiner Anzugjacke, dem Hemd und an der Krawatte hatte der schmutzige Spaten einen Schlammstreifen hinterlassen. Von den Knien abwärts zierten mehrere Hinterlassenschaften von Kattels Schuhen seine Hosenbeine, darunter ein Fleck, der verdächtig nach der Hühnerscheiße aussah, die im Hof des Bauernhauses herumlag.

Groß schüttelte den Kopf und wandte sich in Richtung Ausgang, wo Kattel stand und Groß' Begutachtung seiner Kleidung mit wenig Empathie kommentierte: »Sie werden es wieder sauber kriegen. Das bezahlt ja bestimmt Ihre Dienststelle.« Schön wär's, dachte Groß.


Wenn er überlegte, wie er Kattel bisher gesehen und erlebt hatte, sah die Wohnung exakt so aus, wie es zu dem kuriosen Mann passte. Bereits an der Eingangstür waberten ihm Ausdünstungen von ungewaschener Kleidung und säuerlichen Essensresten entgegen. Im kleinen Flur lag ein zerbrochener

Stuhl, daneben standen mehrere größere Pappkartons, in denen Dinge wie eine Lampe, ein Kissen, eine Flasche Wein und ein paar lederne Hosenträger ihrer Bestimmung harrten. An den Wänden hingen Plakate von Kunstausstellungen, Fotos von Kattel und anderen Personen und dazwischen ein weitgehend abstraktes Ölgemälde, dessen einziges konkretes Element ein gestrichelter Galgen war.

Eine von Kleidern überquellende Reisetasche mit dem Fuß aus dem Weg schiebend, führte Kattel den Polizisten in ein kleines Wohnzimmer, räumte eine Hose und Unterwäsche von einem überdimensionierten Sofa aus grünlichem Kunstleder, warf alles auf den Boden und bedeutete ihm, sich zu setzen.

Groß musterte seine Umgebung. Es gab viel zu sehen: einen riesigen Fernseher, eine Elektrogitarre mit Verstärker, Farbdrucke an der Wand, mehrere Bücherstapel auf dem Boden und eine chaotische Regalwand mit einem wilden Durcheinander von Büchern, CDs, Krimskrams und Geschirr.

Kattel, der Groß' neugierige Blicke bemerkte, ließ sich in eine Ecke des Sofas fallen. »Ich weiß, ich sollte mal aufräumen. Aber es gibt immer so viel anderes zu tun.«

Auf die Reisetasche zeigend, die durch die offene Tür noch zu sehen war, wollte Groß wissen, ob Kattel kürzlich von einer Reise zurückgekommen sei oder eine Reise vorhabe.

»Ich war am Wochenende unterwegs.«

Groß überlegte, wie er beginnen sollte. Schließlich zog er den Ausdruck von der Überwachungskamera aus der Tasche und hielt ihn Kattel hin. »Das wurde in der Villa aufgenommen, am Tag des Raubmords, etwa eine halbe Stunde vor der Tat. Sie waren also da, haben das Haus aber verlassen, bevor es geschlossen wurde, richtig?«

»Klar, sieht man doch.«

»Was war der Grund für den Ausstellungsbesuch?«

Kattel fuchtelte mit den Händen vor seinem Gesicht herum, als ob Groß nicht ganz bei Trost wäre. »Was glauben Sie denn, warum einer in eine Ausstellung geht? Ich wollte die Bilder sehen. Was denn sonst?«

»Gut, Herr Kattel, so ganz banal war die Frage nicht. Und ich bitte Sie auch, ein wenig Kooperationsgeist zu zeigen. Dass Sie sich auf unseren Aufruf nicht gemeldet haben und vorhin versucht haben wegzulaufen, macht keinen allzu guten Eindruck. Können Sie mir folgen?«

Kattel schüttelte den Kopf, sodass seine fettigen Locken wie Rockzipfel hin und her schwangen. »Da können Sie mir gar nichts anhängen. Ich habe eine Polizeiallergie. Ich will mit der Polizei nichts zu tun haben. Polizisten verursachen mir Bauchweh. Bringen wir das hier schnell zu Ende. Mir geht es nicht gut.«

Schon wieder dieses Allergiegequatsche. »Ich tue Ihnen nichts, Herr Kattel. Die Frage ist eher, ob Sie jemandem etwas getan haben.«

Kattel riss die Augen auf, setzte sich gerade hin und begann, nervös auf dem Sofa hin und her zu rutschten. »Ich habe gar nichts getan. Ich habe doch Ihrem Kollegen schon gesagt, dass ich nichts weiß und nichts getan habe. Ich war längst wieder weg, als das geschah.«

Groß reagierte so kühl wie möglich. »Ich hätte mich gewundert, wenn Sie etwas anderes sagen. Kommen wir zurück zu der Frage, warum Sie an dem fraglichen Tag in der Ausstellung waren. Wir haben uns ein wenig erkundigt. Sie haben wohl auch beruflich mit Kunst zu tun. Erklären Sie mir bitte, was Sie genau machen, und sagen mir dann, ob Ihr Besuch in der Villa beruflicher Natur war?«

Kattel setzte den typischen Blick nach schräg oben ins Ungewisse auf, mit dem manche Menschen theatralisch Nachdenken demonstrieren, und schwieg einen Augenblick. Groß hätte gern eingeworfen, so schwer sei die Frage doch nicht, unterließ es aber. Nach einigen Sekunden machte Kattel eine Handbewegung mit offener Handfläche nach unten, wie um ein zerknittertes Unsichtbares zu glätten. Dann rieb er Daumen und übrige Finger aneinander, als ob er etwas – einen bereits gefassten Gedanken? – zerbröseln wollte. Groß war kurz davor loszulachen.

Schließlich erklärte Kattel mit leiser Stimme, die er jedoch mit einem bedeutungsschwangeren Timbre unterlegte: »Wissen Sie, ich bewege mich auf einem schmalen Grat zwischen Journalismus und Consulting im Kunstbereich. Zeitweilig bin ich für verschiedene Paper- oder Online-Magazine tätig. Dabei gibt es auch Beratungsarbeit, wenn es um Hintergründe für Storys geht. Es kommt auch vor, dass Privatleute mich direkt ansprechen. Manche wollen bestimmte Werke verkaufen, andere sind zum Beispiel daran interessiert zu kaufen, und sei es nur, dass sie eine bestimmte Wand dekorieren wollen und nicht wissen, welche Art Gemälde zu ihrer Einrichtung passt.«

»Aha. Davon lässt sich leben?« Groß schrieb einigermaßen auf, was er hörte, hatte aber den Eindruck, dass der Mann versuchte, sich irgendwie mit kleinen Aufträgen durchzuschlagen. Ähnlich hatte sich der Feuilletonjournalist von der Tageszeitung ausgedrückt.

»Mehr schlecht als recht. Reich bin ich nicht.«

»Haben Sie Kunst studiert?«

»Nein. Ich habe ein Weinbaustudium angefangen und abgebrochen, um Kunstgeschichte zu studieren. Das habe ich dann ein paar Jahre lang gemacht und bin seitdem berufstätig.«

Ohne Abschluss, vermutete Groß. »Noch mal: Warum waren Sie in der Slevogt-Ausstellung?«

»Ich wollte mir mal wieder pfälzische Kunst ansehen. Slevogt, das ist ja der Pfälzer Vorzeigekünstler überhaupt, nicht? Sagen zumindest die Reiseführer.«

»Einfach so? Sind Sie denn auf eine Kunstrichtung spezialisiert? Impressionismus beispielsweise?«

»Na, mit alten Meistern beschäftige ich mich nicht, obwohl die Maltechnik eines Dürer oder eines Caravaggio oder vieler anderer heute kaum noch erreicht wird. Da gibt es ein hochinteressantes Buch zur Maltechnik großer Meister, können Sie sich mal ansehen. Ist von Waldemar Januszczak. Ich muss es hier irgendwo haben. Ach, interessiert Sie aber vielleicht nicht. Was mich angeht: Ja, hauptsächlich geht es bei mir um aktuelle

Kunst, seltener auch mal um etwas aus dem neunzehnten oder zwanzigsten Jahrhundert.«

»Ach, und da haben Sie sich einfach mal wieder Slevogt ansehen wollen?«

»Genau. Ich finde es interessant, dass da auch einige richtig schwache Sachen hängen, die ziemlich hingeschlampt aussehen. Große Meister haben anscheinend nicht immer gute Tage.«

Es schien, als wolle Kattel ein wenig mit seiner Kennerschaft angeben. Das kam Groß gerade recht. »Aber das ›Selbstbildnis mit Strohhut‹ gehört ja sicher nicht zu den schwachen Arbeiten, oder?«

»Pah, ganz bestimmt nicht. Das ist ein Meisterwerk.«

»Wo Sie doch auch Kunstwerke vermitteln, wie Sie sagen: Wem würden Sie das Selbstbildnis verkaufen? Gibt es Nachfrage?«

Kattel ließ ein hässliches Lachen hören. »Wollen Sie mich aufs Glatteis führen? Was glauben Sie denn? Dass man irgendwo hinspazieren und eines der berühmtesten Werke Slevogts anbieten kann, das bei einem Mord geraubt wurde? Womöglich per Kleinanzeige? Völlig unmöglich, da fliegt einer doch sofort auf.«

»Stellen Sie sich nicht dümmer, als Sie sind, Herr Kattel. Sie wissen, dass viele gestohlene Kunstwerke bei Liebhabern verschwinden und nicht mehr auftauchen. Die Leute zeigen sie nicht herum. Sie wollen sie nur für sich haben. Wenn Sie so einen als Kunden kennen, können Sie mit einem Schlag Ihr Budget ganz erheblich aufbessern.«

»Jesses Gott, die Polizei … Ich müsste dann nur noch, meinen Sie wohl, in die Villa gehen, den Wärter umbringen und das Bild aus dem Saal tragen. Ehrlich gesagt, ich frage mich seitdem, wie das gelaufen ist. Echt spannend. Aber anscheinend tappen Sie ja komplett im Dunkeln, wenn Sie hierherkommen und mich verdächtigen.«

»Das ist Ihre Ansicht, nicht meine. Eine Bitte habe ich noch, dann lasse ich Sie für heute in Ruhe. Sehen Sie, hier auf dem

Bild haben Sie andere Kleider an als heute. Ich möchte Sie bitten, genau die Kleider noch mal anzuziehen.«

Kattel schüttelte den Kopf. »Was soll das denn jetzt? Ich mache doch hier keine Modenschau.«

»Es geht um eine Kleinigkeit, Herr Kattel. Ich möchte etwas ausschließen. Die Kleider haben Sie doch bestimmt hier.«

»Ich denke nicht daran. Ich glaube, Sie sollten jetzt gehen. Ich habe mich freiwillig bereit erklärt, mit Ihnen zu reden. Festgenommen bin ich ja nicht, oder? Ich vertrage jetzt aber keinen Polizisten mehr in meiner Nähe, Sie verstehen schon – Allergie.« Er stand auf und bedeutete Groß zu gehen.

»Ich meine, ich hätte Sie schon aus gutem Grund gebeten, etwas kooperativ zu sein, Herr Kattel. Aber wie Sie wollen. Ich kann Ihnen fast versprechen, dass wir uns noch mal sehen. Bitte verlassen Sie das Neustadter Stadtgebiet in den nächsten Tagen nicht. Auf Wiedersehen.«

※※※

»Zuerst hatten wir nur eine Verdächtige, diese Niqab-Frau, von der wir immer noch nichts wissen. Jetzt haben wir mehrere«, erklärte Jan Badenhop nach seinem Telefongespräch mit dem Feuilletonjournalisten. »Anscheinend hat es damals beim Ankauf des Bildes Streit innerhalb der Familie der Verkäufer gegeben. Der alte Breitel hatte zwar das Weingut schon an seinen Sohn übertragen, aber die Kunstsammlung ist Privatbesitz der Familie. Als Breitel sein vielleicht wertvollstes Gemälde an das Land Rheinland-Pfalz verkaufen wollte, hat der junge Breitel sich dagegen gewehrt. Es hat heftigen Streit innerhalb der Familie gegeben, der sogar öffentlich in der Presse ausgetragen wurde. Dadurch hat es über ein Jahr gedauert, bis der Verkauf schließlich doch abgewickelt werden konnte.«

Hochdörffer staunte. »Und jetzt ist der junge Breitel genau an dem Tag in der Villa, an dem das Bild geklaut wird. Pah, das setzt ihn an den ersten Platz der Verdächtigen, meinst du nicht?«

»Ich weiß nur nicht, wie er die Mordwaffe und das Bild aus dem Haus schaffen konnte. Er war ja noch da, als wir kamen. Er hätte einen Komplizen haben müssen. Dieser Kattel gefällt mir auch nicht. Groß ist hingefahren. Er müsste längst zurück sein. Es wäre natürlich denkbar, dass Kattel und Breitel die Sache gemeinsam ausgeheckt haben. Einer könnte Schmiere gestanden haben, als der andere den Wärter ermordet und das Bild an sich genommen hat. Der dicke Kattel mit seinen weiten Kleidern hätte es nach draußen bringen und Breitel uns voller Unschuld Auskunft geben können. Je mehr ich darüber nachdenke, desto besser gefällt mir die Theorie. Wir werden überprüfen müssen, ob sich die beiden kennen. Diedesfeld und Maikammer, ihre Wohnorte, liegen nicht sehr weit auseinander, und Kattel stammt auch aus einem Weingut.«

»Hm, gefällt mir. Hört sich logisch an. Was anderes: Beim Ranschbach-Mord gibt es bisher als Verdächtigen nur den Dorschd. Schwörer hat doch am Samstagabend eine Andeutung gemacht. Hast du seine Informationen schon bekommen?«

Badenhop grinste ein wenig verlegen. »Du warst ja dabei. Der Abend hatte zwar mit Wein zu tun, aber bestimmt nicht mit denen, die Dorschd unter die Leute bringt. Am Ende habe ich komplett vergessen, Schwörer noch nach seinen neuesten Erkenntnissen zu fragen. Aber ich wollte es gleich noch machen. Bei der Gelegenheit kann ich mich noch mal für die Weinprobe bedanken.«

»Bitte auch in meinem Namen. Wobei ich ja, glaube ich, für so etwas nicht geeignet bin. Ich bleibe bei meinem Wein zum Essen oder in Geselligkeit. Diese Verkosterei schaffe ich nicht. Ich verstehe davon zu wenig. Ich bin einer, der gern Wein trinkt, aber nicht ständig über jeden Wein nachdenken will. Am besten hat mir hinterher das Gelage im Restaurant gefallen. Da gab es dann endlich etwas zu essen zum Wein.«

In diesem Moment trat Groß durch die Tür in Badenhops Büro.

Hochdörffer sah ihn von oben bis unten an. »So kannst du aber nicht zur Modenschau gehen«, spöttelte er. »Warum hast du dir Schlamm vorn auf den Anzug und an die Hose geschmiert? Jesses, und was ist das da unten am Schienbein? Ich glaube, das riecht schlecht.«

Groß ließ sich ungefragt auf einen der Stühle fallen, ohne wie gewöhnlich auf seine merkwürdige Art stramm vor seinem Chef stehen zu bleiben, die diesen regelmäßig amüsiert hatte. »Mir scheint, Kattel ist ein heißer Kandidat. Ein ungepflegter, vermutlich finanziell klammer Typ. Als ich ankam, wollte er sich gerade verdrücken. Dann ist er vor mir weggelaufen und hat mir einen dreckigen Spaten in den Bauch gestoßen. Hier – der Anzug muss in die Reinigung. Hinterher hat er nach mir geschlagen und mich mit seinen verschissenen Schuhen getreten.«

Hochdörffer grinste breit. »Du musst ja Schreckliches erlebt haben, du Armer, bei deiner Ausdrucksweise. Du bist ja jetzt noch völlig aus dem Häuschen.«

»Ja, ja. Künftig gehe ich nur noch mit alten Klamotten zu solchen Spinnern. Schließlich hat er mir erklärt, er habe nur mal eben wieder ein paar Slevogts ansehen wollen. Das war mit Sicherheit gelogen. Dass er innerhalb kurzer Zeit mehrfach in der Ausstellung war, hat er nämlich verschwiegen. Und als ich ihn gebeten habe, noch mal die Kleider anzuziehen, die er an dem Tag anhatte – weil ich sehen wollte, ob er ein Messer und das Bild darunter verstecken könnte, aber das habe ich ihm nicht gesagt –, da hat er mich rausgeworfen. Er hat eine Polizeiallergie, erklärt er ungefähr alle fünf Minuten.«

Hochdörffer bog sich vor Lachen. »Die habe ich manchmal auch, vor allem wenn ich morgens früh raus muss oder wenn die Welsch hier auftaucht.«

Badenhop schmunzelte nur, beendete aber die Zusammenkunft mit den Worten: »Gut, Herr Groß, machen Sie Ihren Bericht fertig. Dann versuchen Sie bitte, diskret festzustellen, ob Kattel und Breitel sich kennen. Ich muss noch ein Telefonat erledigen, das uns hoffentlich in der Ranschbach-Sache weiterbringt. Anschließend reden wir noch mal über Kattel und den jungen Breitel.«

Groß machte sich an die Arbeit. Er sollte auch gleich die finanziellen Verhältnisse Kattels prüfen. Ihre Vermutung bestätigte sich: Der merkwürdige Kunstexperte konnte von seinen geringen Einnahmen kaum leben. Vom Weingut der Familie, das sein Bruder übernommen hatte, erhielt er einen kleinen monatlichen Betrag für einen Vierhundert-Euro-Job.

Badenhop brachte kaum einen Satz des Dankes für die Weinprobe zuwege, als der Redeschwall Schwörers schon wieder über ihn hereinbrach.

»War das nicht grooooßartig, Mensch? Becker auf gleichem Niveau wie der Musigny von Comte Vogüe! Das muss man sich mal vorstellen! Und das nach zehn Jahren – also gereifte Weine. Nicht frisch gefüllt, wo man früher geglaubt hat, die Deutschen seien nur jugendliche Blender und reifen nicht gut. Ich war natürlich auch nicht unglücklich über mein Ergebnis. Fürst hat mich gar nicht gewundert. Die Finesse in den Weinen von Fürst erreicht niemand in Deutschland. Franken, kühle Lagen … und tolle Arbeit. Zeigt sich halt oft erst nach einigen Jahren. Aber das Niveau insgesamt! Ich hätte nicht vermutet, dass alle doch recht nah beisammenliegen. Pinot Noir ist ja so eine phantastische Sorte. Ich könnte jeden Tag Pinot Noir trinken – guten natürlich nur. Das ist ja das Problem. Einfacher Riesling kann auch mal schmecken als Schoppenwein. Einfacher Spätburgunder schmeckt nicht. Die Rieslinge von Uli haben natürlich –«

»Halt, Stefan« unterbrach Badenhop ihn. »Dies ist ein dienstlicher Anruf. Ich habe am Samstag ganz vergessen, dich nach Dorschd zu fragen. Du hast angedeutet, es gibt Neuigkeiten.«

»Ah ja, unser herzensguter Mensch aus Ranschbach«, ätzte Schwörer. »Ich habe den köstlichen Primitivo untersucht, den wir in deinem Büro verkosten durften, und auch noch ein paar Flaschen mit gleichem Etikett aus verschiedenen Supermärkten. Erstens: Die Inhalte der Flaschen haben nur wenig miteinander zu tun. Das ist nicht verboten. Man kann mit gleichem Etikett unterschiedliche Partien abfüllen. Die muss man getrennt prüfen lassen und erhält mehrere Abfüllnummern, aber da achtet der Konsument ja nicht drauf. Bei manchen Weinen, von denen Hunderttausende von Flaschen unter die Leute kommen, geht es gar nicht anders. Natürlich würde jemand, der eine seriöse Weinmarke pflegt – nehmen wir mal Casillero del Diablo oder Mouton Cadet –, darauf achten, dass die verschiedenen Partien so ähnlich wie möglich sind. Das gehört zur Markenpflege dazu. Bei billiger Brühe wird das nicht gemacht, weil man glaubt, die Leute, die das Zeug kaufen, achten eh nicht darauf. So ist das bei diesem Primitivo von Dorschd. Wie gesagt, verboten ist es nicht.«

»Okay, und zweitens?« Badenhop wollte vorankommen.

»Das ist der interessantere Punkt. Einige Flaschen sind in Ordnung, enthalten wahrscheinlich größtenteils Primitivo. Bis zu fünfzehn Prozent darf ja was anderes drin sein. Geschenkt. Aber bei zwei Partien, darunter die, die wir verkostet haben, sind wir ziemlich sicher, dass, wenn überhaupt, nur sehr wenig Primitivo in der Flasche ist. Nicht nur das: Wir haben den Verdacht, dass es sich zumindest teilweise um eine Flüssigkeit handelt, die nicht aus Trauben gemacht wurde. So, und heute Morgen habe ich schon ein wenig gearbeitet und mir von Dorschd die Lieferanten der Partien geben lassen, ohne ihm ganz genau zu sagen, worum es uns geht. Zweimal darfst du raten, wer die zweifelhafte Brühe geliefert hat.«

»Wenn es Konietzka war, welchen Grund hätte Dorschd, sich so darüber aufzuregen, dass er ihn umbringt?«

»Das ist die Frage. Ich hätte eigentlich vermutet, Dorschd ist es egal, welche Suppe Konietzka ihm vorsetzt. Hauptsache, die Transportpapiere sind in Ordnung. Dann muss im Zweifel Konietzka oder die Kellerei in Italien geradestehen, aber nicht Dorschd. Es sei denn, er hätte es wissen müssen. Oder: Die Sache fliegt auf, bevor die Ware im Supermarkt vertickt wird. Dann wird die Partie aus dem Verkehr gezogen, und Dorschd verliert Geld, das er sich nur mit erheblichem Aufwand und

Risiko bei den Lieferanten zurückholen kann, wenn er die Ware schon bezahlt hat.«

»Hm, und du meinst, sie könnten sich darüber so zerstritten haben, dass Dorschd den Konietzka umbringt?«

»Tja, jetzt kommt nämlich mein Kollege in Köln ins Spiel. Dort wurde schon vor zehn Tagen die Konietzka-Partie herausgefischt und alles, was noch davon da ist, stillgelegt. Ich habe leider erst heute Morgen davon erfahren.«

»Wie geht das mit dem Nachweis, dass ein Wein nicht in Ordnung ist? Durch Verkostung?«

»Verkostung ist meist der erste Punkt. Wenn da ein Wein auffällig ist, wird er überprüft. Das kann eine normale Analyse sein, wie sie jedes Labor macht. Oft reicht das aber nicht. Wenn die Fälschung sehr geschickt gemacht ist, brauchen wir moderne Methoden, zum Beispiel eine Isotopenanalyse oder ein Protonen-NMR. Diese Protonenkernresonanz ist die Anwendung der Kernspinresonanz in der NMR-Spektroskopie in Bezug auf Wasserstoff-1-Kerne innerhalb der Moleküle einer Substanz, um die Struktur ihrer Moleküle zu bestimmen.«

»Halt, um Gottes willen, so genau wollte ich es nicht wissen!«

»Okay. Jedenfalls entstehen dadurch Frequenzbilder, die bei bestimmten Rebsorten, Herkünften oder Jahrgängen ähnlich ausfallen und dadurch vergleichbar werden. Also wir hatten beispielsweise mal einen gefälschten spanischen Rosé, da hätte selbst ich geschmacklich nie geglaubt, dass er nicht aus Trauben gemacht ist. Dabei war es ein Gemisch aus Wasser, Säure, Alkohol und bestimmten Aromastoffen – sehr geschickt gemacht und natürlich viel billiger herzustellen als richtiger Wein. Aufgefallen ist die Kellerei nur, weil dort Lastwagen aus Holland merkwürdige Sachen abgeladen haben. Daraufhin wurde ein Protonen-NMR gemacht. Dabei wurden Aromastoffe festgestellt, die in echtem Wein gar nicht vorkommen. Eine superinteressante Technik! Durch diese Methode kann auch über den Vergleich von Spektren der Inhaltsstoffe aus einer Datenbank mit dem Analysespektrum echter Weine festgestellt werden, ob Jahrgang, Rebsorte und Herkunft stimmen. So weit sind wir immerhin technisch schon.«

»Und die Konietzka-Lieferung war so ein getürkter Wein, der jetzt aufgeflogen ist?«

»Genau. Die beiden könnten sich also getroffen haben, um zu besprechen, wer von ihnen den Schaden zu tragen hat. Da kann es schon um einen Betrag gehen, der es in sich hat.«

»Ich sehe, bei mir steht eine weitere Fahrt in die Südpfalz an. Danke, Stefan, für deine Hilfe. Halt mal: Wie machst du denn jetzt weiter? Kannst du Dorschd wegen eines Weinvergehens drankriegen?«

»Ich werde mir im Büro von Konietzka die Lieferpapiere und die Rechnungen ansehen, ohne bei Dorschd zu viel Wind aufzuwirbeln. Dann sehen wir weiter. Wenn ich ihm nachweisen kann, dass er von der Fälschung gewusst haben muss, kriege ich ihn diesmal dran.«

## ZEHN

Helin Barakaz stand in der Küche und sah ihren auf dem kleinen Sofa halb liegenden, halb sitzenden Mann sorgenvoll an. Seit Tagen machte er einen trübsinnigen Eindruck, redete kaum mit ihr und den Kindern, wirkte verschlossen.

»Egid, ist etwas mit dem Auto?«

»Nein.«

»Hast du es fertig?«

»Ja.«

»Gefällt es dir nicht mehr?«

»Doch, es ist genau so geworden, wie ich es wollte.«

»Und du hast auch genug Arbeit in der Werkstatt und verdienst Geld?«

»Ja, wir haben viel zu tun.«

Helin trat an Egid heran, setzte sich neben ihn und legte die Hand auf seinen Arm. »Das ist doch wunderbar. Die Kinder freuen sich schon so darauf, dass wir mit dem alten Auto eine Runde fahren. Ich auch. Es ist schönes Wetter, Frühling. Alles blüht. Wir könnten auf den Berg fahren, wo es dir so gut gefällt. Wie hieß das noch mal? Weißt du, wo es diese Sesselbahn gibt. Wann ist es so weit, dass wir alle mal in dem Auto sitzen können?«

Er sah sie müde an. »Ich weiß nicht. Sesselbahn? Da will ich ganz bestimmt nicht hin.«

»Was bedrückt dich, Egid? Sag es mir, ich bin deine Frau.«

»Ich weiß. Ich liebe dich, aber lass mich jetzt bitte. Es wird alles gut.«

Das hatte er so gesagt, mit letzter Kraft, um sie zu beruhigen. Helin kannte ihren Mann. Er hatte monatelang von nichts anderem als dem Oldtimer geredet, den er restaurierte. Was war so wichtig und hatte ihn so unglücklich gemacht, dass er sich nicht einmal mehr über das Auto freuen konnte? Es musste etwas Schlimmes sein. War er krank? War etwas mit der Familie, das er nicht sagen konnte? Helin hatte gar nicht das Gefühl, dass alles gut werden würde. Wenn sie doch nur eine Idee hätte, was ihren Mann so unglücklich machte.

Helin hatte recht. Er musste sich aufraffen und seiner Familie die Freude machen mit dem neuen Wagen. Aber er machte sich Vorwürfe für bereits Geschehenes und hatte Angst vor der Entscheidung, die er treffen musste. Er hatte einen großen Fehler gemacht. Er hätte alles ruhen lassen sollen. Hätte er wirklich? Den Mann mit den Cowboystiefeln einfach nicht beachten? Das wäre auch nicht möglich gewesen. Nein, es war anders: In dem Moment, als der Mann in seine Werkstatt gekommen war, hatte das Unglück seinen Lauf genommen, unaufhaltsam, wie es Egid schien. Ab diesem Moment hätte er nichts mehr richtig machen können, oder? Und jetzt?

Er war immer stolz gewesen, dass seine Familie sich so gut in diese neue, damals noch fremde Gesellschaft eingegliedert hatte. Er bewunderte die Deutschen für ihre Genauigkeit, für ihre funktionierende Demokratie, für Recht und Gesetz, auf das man sich ja doch weitgehend verlassen konnte. Dass Religionen, auch wenn es manchmal schwierig war, hier nebeneinander existieren konnten und mussten, hatten sie gelernt und akzeptiert. Sie waren Moslems geblieben, aber mit Respekt vor jedem Christen, der ein ebenso guter Mensch sein konnte und den Allah nicht verachtet.

Auf der anderen Seite gab es Regeln, die für die Familie weiter galten. Die Familie musste geschützt werden. Das war eine eigene, eine abgeschlossene Welt mit eigenen, jahrhundertealten Gesetzen. Er würde niemals seine Fürsorgepflicht verletzen und die Familie oder eines ihrer Mitglieder opfern können – nicht einmal für das, was geschehen war. Es wäre Verrat. Nein, das könnte er nicht über sein Herz bringen.

Egid war überzeugt, dass das Land, in dem er lebte, nur funktionieren konnte, wenn immer und überall für jeden gleiche Regeln galten. Wenn Verbrechen gesühnt wurden. Aber er war auch überzeugt, dass er keinen Verrat an seiner Familie begehen konnte. Es war grausam. Wie immer er sich verhielt, war es falsch. Sein Gewissen würde ihn peinigen, was immer er auch tat. Konnte er jemals wieder glücklich werden? Oder sich mit Freude in seinen Oldtimer setzen und mit der Familie spazieren fahren können?

Wo begann die Verpflichtung, alles zu tun, dass Recht und Gesetz eingehalten wurden, und wo hörte das auf? Und wo begann die Fürsorgepflicht für die eigene Familie, und wo hörte sie auf? Wenn es doch einen Weg gäbe, einen kleinen, schmalen Weg, um beiden Seiten gerecht zu werden.

Ein Gedanke kam ihm auf. Er gefiel ihm nicht. Würde er damit noch mehr kaputtmachen, oder wäre es ein Ausweg?

Er saß noch lange und dachte über diese Möglichkeit nach. Es war ein Mittelweg, in jede Richtung ein bisschen falsch und ein bisschen richtig. Schließlich entschied er sich dafür. Wenn er es so machte, hatte er sich nicht auf eine Seite geschlagen.

\*\*\*

Als Badenhop von der Bundesstraße abbog, um an Birkweiler vorbei nach Ranschbach zu kommen, erinnerte er sich an das Weingut Wehrheim, das er bei einem seiner Fälle kennengelernt hatte. Er nahm sich vor, nach dem Gespräch mit Dorschd dort anzuhalten und ein paar Flaschen Silvaner für seine Mutter sowie Weißburgunder für Katrin und ihn selbst mitzunehmen. Bald kam auch wieder die Zeit des Birkweiler Weinfrühlings, ein Weinfest über die Pfingsttage, das gute Weine, gutes Essen, Bewegung an der freien Luft und wunderschöne Landschaft miteinander verband. An über den ganzen Kastanienbusch verteilten Wein- und Essensständen konnte man wunderbar schlemmen und verkosten. In diesem Jahr wollten sogar Freunde aus Hamburg anreisen.

Je mehr Badenhop sich jedoch Ranschbach näherte, desto mehr beschäftigten ihn die beiden Fälle mit einem Ermittlungsknäuel, bei dem nach wie vor viel zu viele lose Enden herumhingen, die nicht zusammenpassen wollten.

Fred Dorschd empfing ihn mit dieser jovialen, schulterklopfenden Männlichkeit, die ihm eigen war. »Na, was treibt die Polizei schon wieder in mein Haus?« begrüßte er Badenhop. »Sie können sich immer noch nicht vorstellen, dass ich mit dem Tod von Herrn Konietzka nichts zu tun habe. Aber bitte, kommen Sie rein. Ich stehe Ihnen jederzeit zur Verfügung. Ich habe nichts zu verbergen.«

Badenhop war eher vom Gegenteil überzeugt, auch wenn er nicht wusste, ob das, was Dorschd zu verbergen hatte, nur Stefan Schwörer betraf oder auch ihn.

»Das freut mich«, antwortete er so entgegenkommend wie möglich. »Da gibt es zwei Gesichtspunkte, auf die ich zurückkommen möchte, weil es so aussehen könnte, als ob Ihr Verhältnis zu Herrn Konietzka doch nicht so unkompliziert war, wie Sie es dargestellt haben.«

Theatralisch lehnte der Kellereibesitzer sich auf seinem Schreibtisch nach vorn in Richtung Badenhop, sperrte die Augen auf, nickte auffordernd und entgegnete betont leise: »Da bin ich aber gespannt.«

»Herr Dorschd, ich gehe nicht völlig falsch in der Einschätzung, dass man Sie durchaus aufbrausend nennen könnte in manchen Situationen oder wenn Sie sich ärgern? Sehen Sie, Eifersucht ist so eine Situation. Geschäftliche Verluste durch die Schuld eines Lieferanten ebenso.«

Dorschd, der stirnrunzelnd dasaß, unterbrach den Kommissar: »Was erzählen Sie mir da? Worauf wollen Sie hinaus?«

»Konkret gefragt: Seit wann pflegen Sie intime Beziehungen zu Frau Siener, der Mitarbeiterin von Herrn Konietzka?«

»Pffff.« Dorschd lehnte sich im Sessel zurück und hob die Arme. »Ich weiß ja nicht, was das mit Ihren Ermittlungen zu tun haben könnte, aber Ihnen zuliebe will ich antworten. Das geht schon eine Weile – ein gutes Jahr vielleicht, seit einer geschäftlichen Italienreise.«

Badenhop missfiel die gönnerhafte Art des Kellereibesitzers, aber er ging nicht darauf ein. »Nun, Herr Konietzka ist Ihnen da in die Quere gekommen.«

»Was? Johannes? Wieso soll er mir in die Quere gekommen sein? Sie reden in Rätseln.«

»Nun, Ihr Lieferant hatte anscheinend ebenfalls intime Beziehungen zu der Frau.«

»Ach ja? Na und? Schön für ihn, wenn es anschließend die Zusammenarbeit nicht stört.«

»Wussten Sie davon? Wie gesagt: Eifersucht ist ein häufiges Motiv für Gewalttaten.«

Dorschd schlug laut lachend mit der flachen Hand auf den Tisch. »Jetzt verstehe ich, worauf Sie hinauswollen. Das ist ja zum Totlachen! Was glauben Sie denn, wie egal mir das ist, ob der Johannes seinen Johannes ebenfalls von Janine versorgen lässt! Ist doch schön, da hatten wir also beide etwas davon. Mein Gott, Herr Badenhop, wo leben Sie denn? Und deshalb sollte ich den umgebracht haben? Das ist doch wirklich nicht zu glauben, auf welche Ideen die Polizei kommt!«

»Sie wollen damit sagen, dass das Verhältnis zu Frau Siener kein Liebesverhältnis ist und von Ihrer Seite keine Besitzansprüche gestellt werden. Habe ich das richtig verstanden?«

»Natürlich! Hören Sie, ich bin seit zwanzig Jahren verheiratet und will es auch bleiben. Janine ist ein junges Ding und äh – sagen wir mal: unausgelastet. Wir haben ab und zu Spaß miteinander gehabt. Das war's. Dass sie nicht nur mit mir Spaß hat, kann ich nicht verhindern. Will ich auch nicht. Aber das ist mir so was von egal, Herr Badenhop.«

»Frau Siener scheint das nicht so zu sehen.«

»Kann sein.«

»Kann also auch sein, dass Sie uns nicht die Wahrheit sagen.«

»Nein, kann es nicht. Wie kommen Sie darauf?«

»Es gibt zwei Möglichkeiten. Entweder Ihr Verhältnis war anders, als Sie es hier darstellen, oder Sie haben Frau Siener etwas vorgemacht, weil Sie sonst vielleicht nicht bekommen hätten, was Sie wollten.«

»Mein Gott, ich weiß nicht, wie Sie das sehen. Das mit Konietzka habe ich nicht gewusst. Wenn ich es gewusst hätte, hätten wir uns darüber amüsiert. Umgebracht hätte ich ihn ganz bestimmt nicht. Es ist doch so: Die Frauen wollen halt manchmal bestimmte Sachen hören, damit sie in Stimmung kommen können. Sehe ich so aus, als würde ich mich in so ein junges Ding verlieben? Ich muss doch da nicht ins Detail gehen.«

Nein, musste er nicht. Wenn Dorschd kein ausgesprochen guter Schauspieler war, sagte er die Wahrheit. Egoman und rücksichtslos, wie dieser Macho war, hatte er bedenkenlos der jungen Frau Hoffnungen auf eine gemeinsame Zukunft gemacht, um sie ins Bett zu bekommen. Wieso Frauen immer wieder auf solche Kerle hereinfielen und bereit waren, sich etwas vorzumachen, hatte er noch nie verstanden. Unwillkürlich musste Badenhop an Billy Wilders Komödie »Das Appartement« mit der jungen Shirley MacLaine als Miss Kubelik denken. Nun, dachte er, Janine Siener wird sich wohl nicht aus Enttäuschung umbringen wollen. Wenn sie die Wahrheit über ihren falschen Galan erfährt, wird sie trotzdem unglücklich sein. Jedenfalls: Das Motiv Eifersucht konnten sie wohl streichen.

»Sie haben recht, Herr Dorschd. Und moralische Ratschläge brauche ich Ihnen nicht zu geben. Da haben wir anscheinend sehr unterschiedliche Maßstäbe. Kommen wir zu der zweiten Sache. Sie haben uns nicht mitgeteilt, dass kurz vor Konietzkas Tod eine Partie Ihres Primitivo aus dem Verkehr gezogen wurde, weil sie nicht in Ordnung war. Das ist ein herber finanzieller Verlust. Warum haben Sie uns nichts davon gesagt?«

»Weil es Sie nichts angeht.«

»Ich denke doch, wenn Sie mit Herrn Konietzka darüber gestritten haben, wer den Schaden zu tragen hat.«

»Wir haben nicht gestritten. Den Schaden hat der Lieferant in Italien zu tragen. Darüber haben wir gesprochen, wie wir gemeinsam die Burschen da unten am schnellsten drankriegen. Dafür brauche ich Konietzka und seine Firma. Wenn ich ihn umbringe, kann er mir nicht mehr helfen. Ich hatte also garantiert keinen Grund, ihn hoch in den Seligmacher zu schleppen und dort zu massakrieren. Das wäre geradezu kontraproduktiv. Jetzt muss ich sehen, dass ich das mit Janine Siener abwickeln kann, aber die ist nicht sachkundig genug. Wir werden sehen, was rauskommt.« Dorschd stand auf. »War's das? Dann würde ich Sie gern verabschieden. Ich habe noch zu tun.«

Er hatte vermutlich recht damit, dass ihm Konietzkas Tod eher schadete als nützte. Badenhop fühlte sich, als hätte man die Luft aus ihm herausgelassen. Anscheinend kam der Kellereibesitzer, den er als Mensch widerlich fand, als Täter wirklich nicht infrage. Blieb nur die Hoffnung, dass Schwörer ihn für seine Panschereien drankriegen konnte.

Schlecht gelaunt verließ Badenhop die Kellerei.

Beim Weingut Wehrheim wurde er freundlich empfangen. Der Seniorchef erinnerte sich noch an ihn und seine Aufklärung des Mordes am Kastanienbusch. Ohne wenigstens ein paar Weine probiert zu haben, kam er nicht davon.

Nach einigen Rieslingen und ein paar Weißburgundern, die er verkosten konnte, um die gewünschten Abfüllungen auszusuchen, besserte sich seine Laune kurzfristig wieder. Schließlich entschied er sich für eine Kiste Silvaner und zwei Kisten Weißburgunder Buntstück, kaufte jedoch noch eine Flasche Mandelberg Großes Gewächs dazu. Die würde er mit Katrin bei einer besonderen Gelegenheit öffnen.

Zum Abschluss schenkte ihm Karlheinz Wehrheim noch eine Probe seines Spätburgunder Großes Gewächs ein, was Badenhop nach seinen jüngsten Erfahrungen mit hochwertigen Pinot Noirs sehr interessant fand. Es fiel ihm schwer, Weine zu vergleichen, die er im Abstand von mehreren Tagen probierte. Dennoch hatte er den Eindruck, dass Wehrheims Kastanienbusch sich in Schwörers Probe keinesfalls blamiert hätte. Dies bedenkend, konnte er nicht widerstehen und nahm auch davon eine Flasche mit.

Freudig gestimmt verließ er das Weingut. Glücklicherweise hatte er sich inzwischen angewöhnt, wie geübte Weinkenner beim Verkosten wieder auszuspucken, sodass er keine Bedenken wegen des Fahrens haben musste. Seine gute Laune verflog allerdings schnell wieder, als er im Auto saß, nach Neustadt zurückfuhr und ergebnislos über seine nicht geklärten Fälle grübelte.

Eine halbe Stunde später saß Badenhop an seinem Schreibtisch und hatte das Bedürfnis, den Kopf freizubekommen. Er sollte sich wenigstens ein paar Stunden mit etwas anderem als diesem unglückseligen Fall beschäftigen. Er hatte in den letzten Tagen viel zu wenig Schlaf und Entspannung bekommen. Wenn er einen Moment nachdachte, worauf er jetzt Lust hatte, spürte er eine Art Sehnsucht nach dem Pfälzer Wald, der sich im Westen der Weinlandschaft über viele Quadratkilometer zum größten zusammenhängenden Waldgebiet Deutschlands ausweitete.

Es überraschte ihn, dass ihm als Hamburger – fast neigte er schon dazu, »ehemaliger Hamburger« zu denken – nicht nur der Wein und die pfälzische Gastronomie ans Herz gewachsen waren. Vor allem Katrin hatte dazu beigetragen, ihm auch das Wandern näherzubringen.

»Als deine Therapeutin muss ich dich darauf hinweisen, dass regelmäßiges Laufen den Bewegungsapparat in Schuss hält«, hatte sie ihn schelmisch gerüffelt. Und mit breitem Grinsen angefügt: »Als Pfälzerin und deine Partnerin hätte ich die Anregung zu bieten, dass es jede Menge Burgen oder Hütten gibt, die man als schönes Ziel auswählen kann – mit oder ohne Jugendliche im Schlepptau.«

Heute Nachmittag hatte Katrin frei. Er rief sie an und schlug einen kleinen Ausflug vor.

»Prima!«, rief sie. »Ich habe schon eine Idee. Wir gehen zur Meistersel.«

Jens hatte keine Lust mitzukommen.

Auch gut, dachte Badenhop. Er freute sich auf die blühende Landschaft, das zarte Frühlingsgrün der Bäume, vor allem aber auf ein paar Stunden mit Katrin.

Er verließ sich ganz auf ihre Empfehlung und fragte erst als sie losfuhren, was der sonderbare Name Meistersel bedeutete.

Ein Artikel in der Zeitung habe ihr Interesse geweckt, sagte Katrin, während sie in Hainfeld von der Weinstraße in Richtung Modenbachtal abbog. »Die Meistersel ist eine von den vielen Burgruinen im Pfälzerwald. Sie war jahrelang wegen Baufälligkeit gesperrt und ist in den letzten Jahren für fast drei Millionen Euro wieder zugänglich gemacht worden. Seit Kurzem kann man wieder hin. Deshalb war ich selbst noch nicht dort. Ich habe einen Pfalzführer mitgenommen. Sieh mal in meiner Tasche. Da steht vielleicht etwas über die Geschichte drin.«

Badenhop kramte herum, fand das dicke, kleinformatige und altmodisch aussehende Buch »Pfalz mit Weinstraße« von Karl Heinz und konnte sich die Bemerkung nicht verkneifen, dass das Büchlein fast so alt wie die Burg sein könnte.

Katrin gab ihm einen Klaps auf den Oberschenkel und lachte. »Ja, es ist noch von meinem Vater. Aber es ist immer noch sehr hilfreich, wenn man etwas sucht.«

Badenhop fand tatsächlich einen Abschnitt über die Ruine und las vor: »Einst gehörte Meistersel dem Hof- und Saalmeister vom Trifels, dem Reichsdienstmann Heinrich von Meistersel, dessen Name in der Urkunde steht, mit welcher Philipp von Schwaben 1198 der Stadt Speyer ihre Freiheiten bestätigte. Bauernkrieg und Dreißigjähriger Krieg machten der Hofhaltung auf dem engen Felsen ein Ende, nachdem etwa hundert Jahre lang die Grafen Ochsenstein hier residiert hatten.«

»Siehst du«, sagte Katrin, »das stand in diesem Zeitungsartikel alles nicht drin. Da wurde behauptet, von der Geschichte läge noch einiges im Dunkeln. Ist wahrscheinlich auch richtig, bleibt ja noch viel Zeit zwischen damals und heute. Ich möchte ja immer wissen, wann die Burgen zu Ruinen geworden sind. Ob die Bewohner einfach ausgezogen sind und die Burg dann verfallen ist?«

Mehr als »Hm« konnte Badenhop dazu nicht sagen.

Sie stellten den Wagen auf einem Waldparkplatz neben der Straße ab und folgten einem schmalen Pfad bergan, bis sie nach etwa einer halben Stunde die Kuppe der Drei Buchen erreichten. Von dort führte ein teilweise recht steiler, aber nicht sehr weiter Weg zur Ruine, die sie an diesem Wochentag ganz für sich allein hatten.

Katrin fühlte sich anscheinend an Kindertage erinnert. »Mit meinen Eltern musste ich sonntags oft in den Wald. Wie die meisten Kinder habe ich Wanderungen gehasst. Sie haben mich mit Hütten oder mit Burgen geködert. Die Ruinen haben mich fasziniert, vor allem, wenn es wie hier noch Kellerräume oder verwinkelte Gänge gab. Ich befand mich dann ganz schnell in einer Phantasiewelt, hab mir vorgestellt, ich lebe auf der Burg und bin vielleicht die Prinzessin oder eine Hofdame. Jeder behauene Stein, jedes Fenster und jeder Durchgang war dann auf einmal interessant und ließ mich an irgendeine eingebildete Geschichte mit Prinzen und bösen Stiefmüttern denken. Meine Eltern brauchte ich dann nicht mehr. Ich wollte fast immer viel länger bleiben als sie.«

Badenhop lachte und gab ihr einen Kuss. »Ja, die Mädchen. Ich habe mit meinen Eltern nicht so viele Burgen besichtigt, aber spannend fand ich das auch. Nur habe ich mich mehr für die Schießscharten, die Verteidigungsmauern, das Verlies und andere Relikte kriegerischer Auseinandersetzungen interessiert. In meiner Phantasie war ich dann ein schwertschwingender Ritter.«

»Ja, die Buben.« Katrin zwinkerte spitzbübisch. »Komisch, dass die traditionelle Rollenverteilung doch meistens durchschlägt.« Sie nahm ihn bei der Hand und zog ihn weiter. »Komm, wir gehen ganz rauf. Vielleicht hat man eine gute Aussicht.«

Die hatten sie allerdings. Nach Süden lagen kilometerweit bewaldete Hügel im ungehinderten Blickfeld. Einige Bergkuppen weiter sah man die Burg Trifels und den gewaltig aufragenden Felsklotz Asselstein. Nach Nordosten öffnete sich ein schmaler Korridor in die Rheinebene.

Badenhop trat hinter Katrin, umschlang sie und liebkoste

ihren Nacken. »Ihr habt es wirklich wunderschön hier, ihr Pfälzer«, nuschelte er zwischendurch.

»Ich weiß. Wir freuen uns aber über liebenswerte Nordlichter und nehmen sie gern bei uns auf.« Sanft drückte sie ihn von sich weg, damit sie sich umdrehen konnte, nur um ihn erneut in die Arme zu nehmen.

Als sie sich ausgiebig liebkost hatten, lächelte Badenhop. »Wie gut es uns geht, Katrin. Ich bin sehr glücklich mit dir.« Tatsächlich fühlte er sich in diesem Moment richtig entspannt und erholt.

Auf dem Weg nach unten sagte Katrin plötzlich: »Ich muss dir etwas beichten.«

»So?«

»Ja, ich habe dir nicht alle Gründe verraten, warum ich diese Wanderung ausgesucht habe.«

»Ach, und was hast du mir schändlich verschwiegen und damit schreckliche Schuld auf dich geladen?«

»Der Pfälzer Wald ist voller Verführungen. Das gilt auch für diese Wanderung. Da drüben nämlich, ein Stück über die Straße, liegt das ›Waldhaus Drei Buchen‹.«

»Was wird das wohl für eine gefährliche Verführung beherbergen, die du vor mir verbergen wolltest?«

»Dort gibt es typisches Pfälzer Essen und nachmittags Kuchen.«

»Nichts wie hin. Da bin ich als Kommissar gefordert. Ich muss ermitteln, wie das schmeckt.«

\*\*\*

Es war, wenn man so will, die sonntägliche Variante: eine Wild-Terrine »Paté Chasseur« statt Pfälzer Leberwurst. Dazu brauchte Martin Peust weder Senf noch Gurken aus seinem Schreibtisch zu kramen. Wäre schade gewesen, Rustikales mit Feinem zu mischen. Ein mit Pastete geschmiertes halbes Brötchen in der Hand, machte er sich auf den Weg zu seinem Feuilletonkollegen.

»Siehst du, extra deinetwegen esse ich heute geruchsfrei. Wie gefällt dir das?«

Der blond gelockte Kollege Fritz Blum sah von seiner Tastatur auf, schnüffelte kurz und nickte. »Tatsächlich, kein Leberwurstgestank. Hast du deine Kleider gewaschen und geduscht? Oh, Pastete! Hättest mir eins mitbringen können, wenn du nicht schon alles gegessen hast.«

Peust drehte sich wortlos um, ging zu seinem Büro zurück, nahm auf dem Weg dorthin einen kleinen Teller aus der Küche, schmierte ein weiteres halbes Brötchen mit Pastete, legte es auf den Teller, ging zurück zu Blum und stellte den Teller auf dessen Schreibtisch.

»So bin ich zu dir, und jetzt erzähl mir, was der Kommissar wieder von dir wollte.«

»Mmmh, schmeckt super … mmh … Wusste gar nicht, dass du außer Leberwurstbrot noch etwas anderes isst … mmh … Ja, der Badenhop … mmh … Also erinnerst du dich an die komische Geschichte, als das Land letztes Jahr einen Slevogt von einem Sammler gekauft hat?«

»Nein, die bildenden Künste sind ja nicht so mein Metier, und dieses Bohei der Pfälzer um ihren Slevogt schon gar nicht.«

»Also, dieses Selbstbildnis, das in der Villa gestohlen wurde, hat das Land von einem Weingut gekauft. Breitel in Maikammer … mmh … Damals gab es Streit in der Familie, weil der alte Breitel das Bild verkaufen wollte und der junge nicht. Aber warum der Kommissar das wissen wollte, weiß ich nicht. Ich hab ihm gesagt, dass es Streit gab. Mehr weiß ich nicht. Hey, danke für das Brot.«

Den letzten Satz hörte Peust nicht mehr. Er war schon wieder auf dem Weg in sein Büro. Er hatte eine Idee.

❋ ❋ ❋

Für Kevin Groß war es nicht besonders schwer gewesen herauszufinden, dass Sven Breitel und Ralf Kattel sich kannten.

Er hatte sich ein wenig in Diedesfeld und Maikammer bei Weingütern umgehört und schließlich auch mit dem alten Breitel gesprochen. Der hatte Kattel noch gut in Erinnerung, weil der sich vor einigen Jahren als Kunstexperte vorgestellt und erkundigt hatte, ob er die Kunstsammlung des Weinguts Breitel sehen könne. Breitel hatte sich bereit erklärt, ihm nicht nur die Werke zu zeigen, die sich in den Weingutsräumen befanden, sondern ihm auch angeboten, ihn durch die Privaträume zu führen. In Erinnerung geblieben war Kattel durch sein schlechtes Benehmen.

Man könne sicher über Geschmack streiten, aber Kattel habe schon bald angefangen, bei einigen Arbeiten die Frage aufzuwerfen, ob das wohl Kunst sei, und habe in den Raum gestellt, wie man so ein wertloses Zeug sammeln könne. Dabei habe er natürlich genau gewusst, dass er, Breitel, selbst der Sammler war.

Er habe nach kurzer Zeit überlegt, ob er den unverschämten Burschen rauswerfen solle, sei dann aber selbst mit einem Vorwand verschwunden und habe seinen Sohn gebeten, den Mann durch die Räume zu führen. Anschließend habe er die beiden recht lange diskutieren gehört, weil ein Fenster offen stand.

Nein, er wisse nicht, ob sie sich später nochmals getroffen hätten. Sein Sohn habe sich jedenfalls damals nicht negativ über Kattel geäußert. Das habe ihn, Breitel, gewundert. Vielleicht habe es damit zu tun gehabt, dass Sven einen anderen Kunstgeschmack als er habe und sich von Kattel darin eher bestätigt sah.

Ja, es stimme, der Verkauf des Slevogt habe später bedauerlicherweise zu einem erheblichen Zerwürfnis in der Familie geführt. Da man sich nur noch recht selten treffe und wenig miteinander kommuniziere, sei er nicht über den aktuellen Bekanntenkreis seines Sohnes informiert. Allerdings habe sich Kattel, als der ganze Streit in der Presse ausgebreitet worden war, mit einem sonderbaren Leserbrief eingemischt, mit dem er wohl eher seinen Sohn bei dessen Ansicht, einen Slevogt verkaufe man nicht, unterstützen wollte.

Es dauerte geraume Zeit, bis Groß erneut die ganzen Bänder der Überwachungskameras durchgesehen hatte. Falls die beiden Männer bei dem Raubmord gemeinsame Sache gemacht hatten, hatten sie dies gut getarnt. Man sah sie nur einmal kurz zusammen, als sie sich die Hand gaben und sich vielleicht eine Minute lang unterhielten – ein weiterer Beweis dafür, dass sie sich kannten, mehr nicht.

Groß rief beide an und bestellte sie ins Kommissariat. Breitel sagte sofort zu. Kattel erklärte, er werde nicht kommen, zumindest nicht ins Kommissariat. Das sei ihm angesichts seiner Allergie nicht zuzumuten.

Groß wollte keinen Stress und verabredete sich mit ihm im »Caféhaus Wintergarten« in der Innenstadt.

✳✳✳

Es war zu vermuten gewesen, dass Karin Welsch ungeduldig werden würde. Bestätigt wurde die Vermutung durch einen unangekündigten Auftritt in Badenhops Büro nach der täglichen Lagebesprechung, bei der sie merkwürdig schweigsam gewesen war. Im Moment stand sie mit den Händen in die Hüfte ihres himmelblauen Kleides gestemmt vor ihm und hatte diesen herablassenden Zug um den Mund, den Badenhop so an ihr hasste.

»Ich wollte nicht vor der ganzen Mannschaft mit Ihnen diskutieren, Herr Kommissar. Aber ich möchte Ihnen sagen, dass es kaum nach außen erklärbar ist, dass wir keine nennenswerten Fortschritte in dieser Sache erzielen können. Herr Groß verabredet sich mit einem Verdächtigen in der Innenstadt, weil er auf dessen lächerliche Marotte von der Polizeiallergie Rücksicht nimmt. Wo sind wir eigentlich? Im Irrenhaus? Der Mann wollte sich absetzen. Er hat Herrn Groß körperlich bedroht. Er hat gelogen, als er behauptete, nur mal so in die Ausstellung gegangen zu sein. Man hätte vermuten dürfen, dass Ihre Ermittler ihn etwas härter in die Mangel nehmen. Stattdessen wird er mit seinen Spinnereien gepampert, und ich muss der Öffentlichkeit erklären, warum wir in keinem der beiden Mordfälle weiterkommen. Verstehen Sie mein Problem, Herr Badenhop?«

Badenhop verstand sehr gut. Erstens war sie nicht gekommen, um ihn zu schützen, sondern um zu verhindern, dass die anderen Ermittler das Thema genauso sahen wie er. Zweitens standen bald die Aufstellungen der Kandidaten für die nächste Landtagswahl an. Da sah es nicht gut aus, wenn sie in diesen Mordfällen nichts vorzuweisen hatte. Und natürlich hatte sie auch recht. Dass sie insbesondere bei dem Mord im Seligmacher nicht vorankamen, lag ihm selbst im Magen.

»Frau Welsch, ich teile Ihre Unzufriedenheit über den Ermittlungsstand«, sagte er deshalb. »Sie sollten dennoch uns überlassen, wie wir mit den Verdächtigen umgehen. Ralf Kattel ist ein Sonderling. Wir sind mit ihm noch nicht so weit, dass wir ihn festnehmen können. Ich möchte deshalb vermeiden, dass er untertaucht. Spätestens nach den Gesprächen mit Sven Breitel und ihm treffen wir eine Entscheidung, aber diese Gespräche möchte ich noch abwarten. Was den Mord in Ranschbach angeht, war Fred Dorschd unsere einzige Spur. Ich glaube aber nicht, dass er mit dem Mord zu tun hat.«

»Informieren Sie mich unmittelbar, nachdem die beiden Gespräche durchgeführt sind.«

Wenig später betrat ein gut aussehender Mittdreißiger in Markenklamotten das Kommissariat, steckte seinen Kopf ins Sekretariat und grinste Sabine Vogel keck an. »Schade, dass Sie vermutlich nicht Kommissar Groß sind, sonst wären wir verabredet.«

Die Sekretärin konterte: »Warum? Haben Sie denn eine Flasche von Ihrem Sekt dabei? Sie kommen doch aus dem Weingut Breitel, nicht wahr?«

Das Grinsen wurde noch breiter. »Nein, schade.« Woher sollte Sven Breitel auch wissen, dass Sabine Vogel so ziemlich jede Gelegenheit nutzte, ein Gläschen Sekt zu trinken? »Aber das Versäumnis lässt sich ganz leicht nachholen. Sie haben doch bestimmt Ihren Kalender im Computer. Wie sieht es übermorgen Abend bei Ihnen aus? Im ›Leopold‹ in Deidesheim gibt es unseren Sekt auf der Karte.«

Sabine Vogel, die allein lebte und auf niemanden Rücksicht nehmen musste, war durchaus nicht abgeneigt, wollte sich aber nicht allzu schnell auf Verabredungen einlassen. Sie hatte einen anderen Einfall.

»Ach, Sie haben den Sekt aber doch bestimmt auch in Ihrer Probierstube. Morgen bin ich nach der Arbeit mit einer Freundin verabredet. Da könnten wir doch vorbeikommen und probieren, ob er uns schmeckt. Und eine Kunstsammlung gibt es bei Ihnen auch, wie sich hier herumgesprochen hat. Kann man die sehen?«

Jetzt konnte oder wollte Breitel nicht mehr zurückrudern und versprach, zwischen siebzehn und achtzehn Uhr den Damen persönlich mit Sekt und Kunst zur Verfügung zu stehen. »Ich freue mich. Und jetzt sollten Sie mir sagen, wo ich Herrn Groß finde.«

Die zwei sorgsam gekleideten Männer – Breitel lässig und schick, Groß wie in seinen Anzug hineingesteckt – hatten schnell herausgefunden, dass sie auf Pfälzisch ihre Anliegen besser besprechen konnten, und befanden sich recht rasch in einem umgänglichen und offenen Gesprächsmodus. Groß vergaß dabei keine Sekunde, dass Breitel zum Kreis der Verdächtigen gehörte, und kam nach kurzem Geplänkel zur Sache.

»Wir haben uns ja schon einmal in der Villa getroffen. Dabei haben Sie nichts dazu gesagt, warum Sie genau an diesem Tag dort gewesen sind. Wir können verstehen, dass Ihnen der Slevogt sehr am Herzen liegt, der Ihnen einmal gehört hat und sich inzwischen in öffentlichem Besitz befindet. Sie waren ja damals auch dagegen, dass Ihre Familie ihn verkauft.«

Breitel konnten die möglichen Implikationen der Frage kaum entgangen sein. Er schien jedoch wenig davon beeindruckt. »Ja, es war schon komisch, dass ausgerechnet an dem Tag der Mord geschah und genau dieses Bild gestohlen wurde. Aber das war wirklich Zufall.«

»Es ist immer schwer, an Zufälle zu glauben, vor allem weil auch noch ein Bekannter von Ihnen am selben Tag in der Ausstellung gewesen ist – noch ein Zufall?«

»Wen meinen Sie?«

»Kannten Sie mehrere Besucher der Ausstellung?«

»Nein.« Breitel schien nachzudenken. »Ach, Sie meinen den Kattel! Tatsächlich, den habe ich an dem Morgen getroffen. Ich hatte ihn schon lange nicht mehr gesehen.«

»Wirklich? Auch nicht gesprochen?«

»Nein.«

»Das soll ich Ihnen glauben? Zufällig sind Sie an dem Tag in der Villa Ludwigshöhe, als der Mord geschieht und das Bild gestohlen wird, an dem Sie so hingen. Zufällig ist auch Kattel dort. Ein bisschen viel Zufall.«

Breitel ließ sich nicht aus der Ruhe bringen. »Sieht vielleicht so aus. Aber ich wollte an dem Tag gar nicht in die Villa. Sehen Sie, es war so: Etwas unterhalb der Villa im ehemaligen Cavalierbau arbeitet seit einigen Jahren ein Kollege von mir, Herr Schneider mit seiner Vinifikation Ludwigshöhe. Wir sind befreundet und helfen uns ab und zu gegenseitig aus. An dem Tag war ich mit ihm verabredet, weil wir zusammen ein paar Weine probieren wollten, die kurz vor der Abfüllung standen. Er hat mich morgens erst angerufen. Als ich hinkam, war er noch unterwegs, weil er bei einem anderen Termin in Sankt Martin aufgehalten wurde. Da habe ich gedacht, ich vertreib mir die Zeit und gehe für eine halbe Stunde in die Villa.«

Wenn das stimmte, konnte sich Breitel schwerlich mit Kattel abgesprochen haben und war aus dem Schneider.

»Entschuldigen Sie mich bitte einen Augenblick«, sagte Groß, ging ins Sekretariat und trug Sabine Vogel auf, sofort die Aussage Breitels zu überprüfen. Zurück in seinem Büro, interessierte ihn aber doch Breitels Verhältnis zu Kattel. Er fragte danach.

Der Winzer hob in gespielter Verzweiflung die Arme. »Kattel ist ein Unikum. Ich glaube, ich habe ihn kennengelernt, weil er einmal unsere Kunstsammlung sehen wollte. Danach haben wir uns ein paarmal getroffen, weil er irgendwelche Geschäfte mit Künstlern vorhatte und uns etwas vermitteln wollte. Ich fand ihn unterhaltsam, aber ich habe den Kontakt nicht weiter gepflegt, als die Sache mit den Slevogt-Zeichnungen herauskam. Da hat er eine windige Rolle gespielt. Ob er damit zu tun hatte, weiß ich nicht. Aber ich wollte da nicht in die Nähe von krummen Sachen kommen.«

»Das müssen Sie erklären.«

»Wenn Sie wollen: Dieser Kunststudent hatte jede Menge Slevogt-Zeichnungen auf die Seite geschafft ...«

In diesem Moment trat Sabine Vogel wortlos ins Büro und legte Groß einen Zettel auf den Tisch. »Vinifikation Ludwigshöhe bestätigt. Erstens: waren kurzfristig gegen neun Uhr verabredet. Zweitens: war pünktlich da, aber Herr Schneider noch nicht. Drittens: wollte in einer halben Stunde wiederkommen. Viertens: kam erst zwei Stunden später wieder, da wegen des Mordes aufgehalten.«

Breitel hatte also die Wahrheit gesagt.

Groß sah auf. »Entschuldigen Sie, eine wichtige Nachricht. Bitte, Herr Breitel, bitte fahren Sie fort.«

»Ja, also dieser Kunststudent wollte die Zeichnungen verkaufen, und es kam heraus, dass Kattel ein Kumpel von ihm war. Ich habe gehört – aber wirklich nur vom Hörensagen –, dass Kattel da für den Verkauf schon die Fühler ausgestreckt haben soll, aber dann wurde der Diebstahl ja entdeckt. Kattel wäre sonst mit dringehangen. Aber ihm ist nichts passiert. Wie gesagt, es ist nichts bewiesen, und ich weiß auch nichts, aber ich wollte seitdem lieber nichts mehr mit Kattel zu tun haben. So eng war der Kontakt auch nicht, und der Kerl kann eine ziemliche Nervensäge sein.«

Das konnte Groß bestätigen. Er bedankte sich bei Breitel und berichtete seinem Chef. Der nickte und meinte, es laufe vieles auf Kattel zu.

»Ich glaube, wir gehen zusammen hin und nehmen zwei Beamte mit, die mögliche Fluchtwege zustellen.«

Der Verdächtige, wie immer bekleidet mit einem sackartigen Hemd, saß bereits an einem Tischchen in der Nähe des Ausgangs und verzog verärgert das Gesicht.
»Wieso kommen Sie zu zweit?«, schnauzte er die Polizisten ohne Begrüßung an.
Badenhop hatte sich vorgenommen, dem schwierigen Burschen gezielt höflich und verständnisvoll zu begegnen, streckte ihm die Hand hin und antwortete zuckersüß: »Danke, dass Sie gekommen sind, Herr Kattel. Wir glauben, dass Sie uns wichtige Hinweise geben können. Bei wichtigen Zeugen sind wir in der Regel zu zweit. Dürfen wir Sie zu einem Kaffee einladen?«
»Nein. Ich will das so schnell wie möglich hinter mich bringen.«
Groß übernahm die Rolle des bösen Cops. »Ich habe noch überlegt, gleich die Rechnung für die Reinigung meines Anzugs mitzubringen, aber wenn Sie sich diesmal benehmen, verzichte ich darauf.«
»Was soll das? Keiner hat Sie gezwungen, in diesen Klamotten herumzulaufen. Können wir endlich anfangen?«
Badenhop hob beschwichtigend die Hand in Richtung Groß. »Ich finde auch, wir sollten uns beeilen. Herr Kattel, was war genau der Grund dafür, dass Sie an jenem Tag die Ausstellung besucht haben?«
»Das habe ich doch dem hier schon gesagt. Ich wollte mir mal wieder ein paar Slevogt-Bilder ansehen.«
»Sind Sie ein Fan von Slevogt?«
»Wieso das? Weil ich mir die Ausstellung angesehen habe? Versteh ich nicht.«
»Wie oft sehen Sie sich denn Slevogt-Ausstellungen an?«
»Was fragen Sie? Es gibt ja nur die eine.«
Groß wurde ungeduldig. »Herr Kattel, ich habe stark den Eindruck, dass Sie etwas zu verbergen haben. Erst melden

Sie sich nicht auf unseren Zeugenaufruf. Dann wollen Sie vor mir weglaufen und greifen mich an. Außerdem haben Sie die Ausstellung nicht nur mal so angesehen, sondern Sie waren innerhalb von zwei Wochen mehrfach dort. Warum sagen Sie uns das nicht?«

»Weil es Sie nichts angeht.«

»*Was?*« Groß war offensichtlich sauer. »Sie sind Zeuge bei einem Mordfall und machen sich durch Ihr Verhalten verdächtig. Und da geht es uns nichts an, dass Sie die Ausstellung mehrfach besucht und so den Ort des Verbrechens sondiert haben?«

Kattel sprang auf. »Sie sind ja verrückt! Sie glauben, ich war das?«

Badenhop versuchte zu beschwichtigen. »Setzen Sie sich bitte wieder hin, Herr Kattel. Wir sind hier, damit Sie uns Ihr Verhalten erklären.«

»Da gibt es nichts zu erklären. Ich war es nicht.«

Groß, der den nach wie vor stehenden Kattel scharf ansah, legte nach: »Mit Slevogt hatten Sie, wie man hört, durchaus schon früher zu tun. Sie vermitteln doch auch Kunstgeschäfte, nicht wahr? Waren Sie nicht mit dem jungen Mann befreundet, der Slevogt-Zeichnungen im Wert von über einer Million Euro auf die Seite geschafft hat?«

»Unverschämt. Das lasse ich mir nicht bieten.« Kattel drehte sich um und walzte zur Tür.

Groß und Badenhop sprangen gleichzeitig auf.

»Herr Kattel …«, begann Badenhop. Aber da war der Verdächtige schon durch die Tür.

»Jetzt ist es gut«, zischte er in Richtung Groß. »Blöde Idee mit dem Café. Wir nehmen ihn mit.«

Draußen hatten die beiden Uniformierten dem Verdächtigen bereits den Weg verstellt und hielten ihn an den Armen fest, als die Ermittler hinzutraten.

Badenhop sagte kurz angebunden: »Herr Kattel, wir nehmen Sie jetzt mit. Im Präsidium können Sie uns in aller Ruhe Ihr Verhalten erklären.«

»Ich sage nichts mehr ohne einen Anwalt«, waren die ersten Worte, die Kattel von sich gab, nachdem er ins Verhörzimmer geführt worden war und Badenhop ihm seine Rechte vorgetragen hatte.

Eine Stunde später erklärte der Verdächtige in Anwesenheit eines rasch herbeigerufenen Rechtsanwalts, seine Flucht habe mit seiner bereits erwähnten Polizeiallergie zu tun. Mit dem damaligen Diebesgut habe er in keiner Weise zu schaffen gehabt.

Für seine mehrfachen Besuche in der Villa hatte er endlich eine Erklärung. Er habe sich für eine journalistische Arbeit intensiv mit Illustrationen Slevogts auseinandergesetzt. Slevogt sei in Berlin einst von der Kunstkritik als »König der Illustration« bezeichnet worden. Ein Kritikerpapst wie Julius Meier-Graefe habe sich 1904 sogar erlaubt, Slevogts malerisches Werk im Vergleich zu seiner Zeichenkunst als ganz und gar nebensächlich einzuschätzen. Der heutige Blick hauptsächlich auf das malerische Werk werde Slevogt nicht gerecht. Das zeigten allein schon die genialen Illustrationen zu Goethes »Faust«.

Gefragt, warum er dies nicht gleich erklärt habe, meinte Kattel nur, man hätte ihm sowieso nicht geglaubt. Wenn er zugegeben hätte, dass er mehrfach dort gewesen war, hätte er sich schließlich gleich verdächtig gemacht.

Badenhop war nicht überzeugt von Kattels Erklärungen, musste ihn aber mangels Beweisen laufen lassen.

An diesem Abend erhielt Sven Breitel einen anonymen Anruf.

»Ich weiß, wo sich der gestohlene Slevogt aus der Villa befindet.«

»Wo denn? Wer sind Sie überhaupt?«

»Das tut nichts zur Sache. Wollen Sie darüber reden?«

»Na ja, was gibt es denn zu besprechen?«

»Ich will dreihunderttausend.«

Breitel schwieg einen Moment. Dann sagte er: »Das ist viel Geld.«

»Das sollte es Ihnen wert sein.«

»Was schlagen Sie vor?«

»Sie besorgen das Geld. Ich melde mich und sage Ihnen, wo die Übergabe stattfindet.«

## ELF

Jan Badenhop neigte nicht dazu, anonymen Aussagen viel Gewicht beizumessen. Wer etwas zu sagen hatte, konnte auch dazu stehen. Andererseits mochte es manchmal verständlich sein, seine Identität nicht preiszugeben, entweder aus Furcht vor Repressalien oder weil man sich selbst nicht belasten wollte. Wurden mit den anonymen Aussagen Beweismittel geliefert, so hatte die Polizei nicht selten davon profitiert. Einfache Anschuldigungen dagegen waren häufig nichts weiter als verleumderische Behauptungen.

Im vorliegenden Fall war Badenhop wie elektrisiert, als Sabine Vogel ihm den frankierten Briefumschlag ohne Absender zusammen mit dem kleinen Zettel übergab, der sich darin befunden hatte. Wenn es stimmte, was da stand, sahen die beiden Mordfälle plötzlich ganz anders aus.

Auf den Zettel war ein einziger Satz in großen Lettern gedruckt: »DIE HERREN GRINDELSBACHER UND KONIETZKA KANNTEN SICH VON FRÜHER.«

Badenhop saß mehrere Minuten wie vom Schlag getroffen auf seinem Stuhl. Wegen des gedruckten Bildes in Konietzkas Tasche war ihnen der Gedanke an eine Verbindung zwischen den beiden Ermordeten bereits gekommen. Aber die Gespräche im Umkreis der Opfer hatten keinerlei Anhaltspunkte dafür ergeben, dass die beiden sich kannten. Hatten sie schlecht recherchiert? Wollte jemand, der etwas wusste, nichts sagen? Wenn ja, warum?

Vor allem stand auf dem Zettel nicht »kannten sich«, sondern »kannten sich von früher«. Was bedeutete »von früher«? Das hatte der anonyme Informant nicht zufällig geschrieben. War es ein Hinweis darauf, dass die Bekanntschaft der beiden schon lange zurücklag und sozusagen nicht mehr aktiv gewesen war? Hatten die Ermittler deshalb im aktuellen Bekanntenkreis keine Übereinstimmungen gefunden?

Wenn es stimmte: Konnte eine lange zurückliegende Bekanntschaft den Grund dafür liefern, beide jetzt zu ermorden?

Wenn ja: Was steckte dahinter? Hatte der nach wie vor verdächtige Kattel auch Konietzka gekannt? Jedenfalls hatte er es auf Nachfrage bestritten. Und welche Rolle spielte womöglich doch die unbekannte Frau im Niqab? Hatte sie auch Konietzka auf dem Gewissen? Oder waren mehrere Täter gemeinsam aktiv geworden?

Falls der anonyme Hinweis richtig war, ergab sich außerdem eine ganz andere Lage, die alle bisherigen Ermittlungen infrage stellte. Schon beim Gedanken daran wurde Badenhop ganz flau im Magen. Er kannte seine Stärke: klare, analytische Herangehensweise an seine Fälle. Systematisches Zusammentragen und Vervollständigen der Informationen. Und jetzt das! Hatten sie in die falsche Richtung ermittelt?

Wenn sich die beiden Ermordeten tatsächlich nur »von früher« gekannt hatten, hatten sie aktuell gar nichts miteinander zu tun gehabt. Dies entsprach auch allen Informationen aus dem aktuellen Umfeld der Getöteten. Sie schienen nach Aussage aller Befragten keine Verbindung gehabt zu haben.

Sofern es aber doch eine Verbindung zwischen den beiden Morden gab, waren nicht der aktuell gestohlene Slevogt und ein möglicher Streit unter den Dieben der Hintergrund für den zweiten Mord, sondern eine frühere Freundschaft oder Bekanntschaft der beiden.

Das hieß, und Badenhop wurde fast schwindelig: Dem Mörder wäre es in diesem Fall gar nicht – zumindest nicht vordringlich – um das gestohlene »Selbstbildnis mit Strohhut« gegangen, sondern darum, Grindelsbacher zu töten und anschließend auch Konietzka. Dabei hatten sie doch in Grindelsbachers Umfeld keinerlei Hinweis auf eine Feindschaft oder einen Konflikt gefunden.

War dennoch der Raub des Slevogt nur eine absichtlich gelegte falsche Fährte gewesen? Die Einschätzung des Tathergangs als äußerst ungewöhnliche Art, ein Gemälde von mittlerem Wert zu stehlen, gewänne dann eine ganz andere Bedeutung.

Was nun dringende Eile gebot, war ein weiterer Gesichtspunkt. Wenn zwei Menschen ermordet wurden, konnte es sich um einen Serienmörder handeln, der mit einer wie auch immer in Verbindung stehenden Gruppe abrechnete. In diesem Fall müssten sie ihn finden, bevor er erneut zuschlug.

Dies erforderte noch einmal, und zwar intensiver als bisher, die Bekanntenkreise der Toten zu untersuchen und den Schwerpunkt darauf zu legen, viele Jahre zurückliegende Aktivitäten der beiden Opfer zu ergründen.

In einer rasch angesetzten Besprechung erinnerte Hochdörffer daran, dass der anonyme Hinweis immer noch ein Versuch der Ablenkung sein könnte – »zum Beispiel von unserem Freund Kattel, dem ja alles Mögliche zuzutrauen ist«.

Dennoch nahmen sie sich vor, der Sache nachzugehen und erheblich tiefer in der Vergangenheit der Ermordeten zu graben. Groß fuhr erst mal erneut nach Freinsheim, Badenhop nach Rhodt.

\*\*\*

Sabine Vogel musste schmunzeln, als Sven Breitel sich am Telefon meldete. Ein bisschen stolz war sie auch, dass der attraktive Winzer sich so sehr um sie bemühte.

»Können Sie es nicht erwarten? Wir sehen uns doch heute Abend sowieso«, sagte sie neckend.

»Entschuldigen Sie, ich weiß, dass Sie und Ihre Freundin heute vorbeikommen. Ich freue mich ja auch. Aber im Moment hätte ich gern Herrn Badenhop gesprochen.«

Oh je, wie peinlich, dachte sie und wäre am liebsten im Boden versunken. Er ruft gar nicht meinetwegen an. »Herr Badenhop und Herr Groß sind leider unterwegs. Kann ich Ihnen helfen?«

»Hm, klar, ich kann es auch Ihnen sagen. Gestern hat mich jemand angerufen, der so tat, als hätte er das gestohlene Bild und wolle es mir verkaufen. Ich bin erst mal darauf eingegangen, wollte aber doch fragen, was ich machen soll, wenn der noch mal anruft und sich mit mir verabreden will. Er will dreihunderttausend Euro.«

»Jesses«, entfuhr es Sabine Vogel. »Jedenfalls ist es richtig, dass Sie uns das mitteilen. Ich nehme an, dass Herr Badenhop Ihnen empfehlen wird, so zu tun, als ob Sie darauf eingehen, damit man an den Mann rankommt. Aber warten Sie, bis der Kommissar sich bei Ihnen meldet.«

Hoffentlich hatte sie da nicht zu viel gesagt, dachte sie noch, als sie aufgelegt hatte. Sven Breitel könnte sich ja in Gefahr bringen. Das wollte sie keinesfalls – also natürlich grundsätzlich nicht, das war ja klar, nicht weil es der attraktive Sven war, bei dem sie heute Abend im Weingut Sekt probieren wollte.

✳✳✳

Groß verbrachte den ganzen Nachmittag und Abend damit, sich durch alle erdenklichen Kontakte Konietzkas zu fragen, um dessen alte Bekanntschaften zu ermitteln, die ihm vielleicht etwas über eine frühere Verbindung zwischen Konietzka und Grindelsbacher sagen konnten. Nach einer Reihe von persönlichen Gesprächen und Telefonaten, angefangen bei Janine Siener, gab er auf, auch wenn er nicht alle möglichen Ansprechpartner erreicht hatte. Er nahm sich vor, vor allem einen Oliver Neidelbach, der angeblich Konietzka schon seit zwanzig Jahren kannte, aber nicht zu erreichen war, am kommenden Tag erneut zu kontaktieren.

Was Groß nicht wusste, war, dass ihm Janine Siener nach wie vor wesentliche Informationen verschwieg. Dass sie einen ängstlichen Eindruck auf ihn gemacht hatte, schob er auf seine aus Zeitdruck eher ungehaltene und fordernde Art, sie erneut zu befragen, und auf ihr schlechtes Gewissen, weil sie ihm bei der letzten Befragung ihre Beziehung zu Dorschd verschwiegen hatte. Außerdem tat sie ihm leid. Sie wurde offensichtlich von diesem bulligen Macho ausgenutzt, der ihr etwas vorgaukelte und ihr Hoffnungen machte, die er im Traum nicht zu erfüllen gedachte.

Erika Schreiner, die Lebensgefährtin von Karl Grindelsbacher, wiederholte, dass sie nie von einem Kumpel namens Konietzka gehört habe, auch ihr Sohn nicht sowie einige Bekannte, mit denen das Paar oder der Ermordete regelmäßig Kontakt gepflegt hatte. Doch diesmal bat Badenhop die Frau, ihm einen Kontakt zur Familie von Grindelsbachers erster Frau zu geben.

Der Bruder der vor dreizehn Jahren Verstorbenen lebte in Maxdorf, war aber nach Auskunft seiner Frau auf Reisen. Morgen sei er wieder zu Hause. Sie gab Badenhop die Handynummer des Mannes.

Er erreichte bei mehrfachen Versuchen nur die Mailbox und bat dringend um Rückruf.

Grindelsbachers frühere Schwägerin wusste nichts über den damaligen Bekanntenkreis des Ermordeten. »Ich habe Karls Bruder geheiratet, nachdem Karls Frau, also eigentlich meine Schwägerin, schon gestorben war. Die Verbindung zu Karl ist danach abgebrochen, vor allem als er wieder geheiratet hat. Ich habe ihn nur einmal getroffen, bei der Beerdigung meines Schwiegervaters. Na ja, und dann waren wir letzte Woche bei seiner Beerdigung.«

Von Sabine Vogel erfuhr Badenhop bei seiner Rückkehr vom Anruf Breitels. War es möglich, dass der Mörder, der die Geschichte des Bildes kennen musste, unvorsichtig genug war, dem früheren Besitzer das Gemälde anzubieten? Würde er, falls es ihm um die Tötung von Grindelsbacher und Konietzka gegangen war, das Bild nicht eher für eine gewisse Zeit verschwinden lassen, da es ihm ja gar nicht so sehr darauf ankam?

Badenhop rief Sven Breitel an und bat ihn, bei weiteren Kontakten scheinbar auf den Anrufer einzugehen, sie aber über jeden Schritt auf dem Laufenden zu halten.

Nachdem Groß ihm mitgeteilt hatte, dass im Bekanntenkreis von Konietzka keine Verbindung zu Grindelsbacher aufgetaucht war, ging Badenhop frustriert nach Hause.

Sabine Vogel dagegen war in allerbester Stimmung, als sie mit ihrer Freundin beim Weingut Breitel eintraf, wo eine ältere Frau, vermutlich Svens Mutter, sie in die Weinstube bat. Sie staunten über den modernen, schicken Probierraum. Er war ganz in Schwarz-Weiß gehalten, abgesehen von einer rankenden Grünpflanze. Eine verspielte Lampe mit vielen kleinen Birnchen erhellte den Raum, der aber auch rundum durch indirekte Beleuchtung Licht erhielt.

Die beiden jungen Frauen waren noch in geflüsterte Begeisterung vertieft, als Sven Breitel, der sie bereits beobachtet haben musste, fragte: »Gefällt es Ihnen? Bis vor zwei Jahren gab es hier noch schwere Holzmöbel und Weinranken. Ich habe ein wenig modernisiert, auch unsere Etiketten – und natürlich unseren Weinstil.«

»Wenn das eine öffentliche Weinstube wäre, säße ich bestimmt öfter hier«, zwitscherte Sabine Vogel fröhlich und präsentierte Breitel damit eine Vorlage, die er sofort annahm.

»Wir haben sogar darüber nachgedacht. Aber ich hoffe, Sie kommen auch so öfter mal vorbei.«

Gekicher und ein gezischeltes »Du hast einen Fan« der Freundin.

Die Sekretärin der Kriminalabteilung hatte allerdings keinerlei Problem, Gespräche rasch auf das vordergründig Wesentliche zu bringen. Auf den Mund gefallen war sie sowieso nicht.

»Hm, vielleicht. Aber vorher wollen wir erst einmal sehen, ob uns der Sekt auch schmeckt.«

Zweifellos schmeckte er den beiden jungen Damen, denn bei einem Gläschen blieb es nicht. Die gute Stimmung mit lustigen Sprüchen und Neckereien hielt an. Von dem ursprünglich vorgesehenen »Stündchen« war nicht mehr die Rede. Als der Schaumwein ausgetrunken war und der Gastgeber noch ein Schlückchen Scheurebe Auslese anbot, kam man zügig zum »Du«.

Beim Abschied wurden die drei Handynummern ausgetauscht, wobei es Sven bei aller Gastfreundschaft schwerfiel, sich nicht anmerken zu lassen, wessen Nummer er in Kürze wohl anrufen würde. Er sah gute Chancen, im zweiten Anlauf doch noch eine Verabredung im Restaurant zustande zu bringen.

Wie sich zeigen sollte, war seine Vermutung richtig.

Der merkwürdige Anruf, den Sven Breitel erhalten hatte, kam nicht zur Sprache.

In erheblich schlechterer Stimmung kam Badenhop nach Hause, schlurfte in die Küche, wo er Katrin Mellen werkeln hörte, nahm sie in die Arme und versuchte es mit ein wenig Humor.

»Ich brauche heute Abend Zuwendung. Das kann auf mehrere Arten geschehen ...«

Sie lachte. »Lass mich nachdenken, ob mir die eine oder andere Art einfällt. Erst mal gibt es gleich gebackenen Lachs mit Safransahnesoße, Reis und Salat. Und dann wäre natürlich ein Filmabend möglich. Hm, nein, also Zuwendung ... Wir könnten vielleicht nicht so spät ins Bett gehen.« Dabei zwinkerte sie schelmisch, zog ihn zu sich heran und küsste ihn. »Aber erzähl. Was ist los?«

Badenhop erklärte ihr die Situation und das Ergebnis: dass er sich Vorwürfe mache, weil er die mögliche Verbindung der beiden Morde nicht sofort noch intensiver geprüft hatte. Womöglich hätten sie wertvolle Zeit verloren, um vielleicht einen Serientäter zu fassen, bevor er weitere Menschen tötete.

»Und wir sind auch heute nicht weitergekommen, weil die Leute, die uns Aussagen über länger zurückliegende Bekanntschaften der Ermordeten machen könnten, nicht zu erreichen sind.«

Katrin Mellen verstand ihn gut, auch dass der so genaue und pflichtbewusste Polizist in dieser Situation besonders litt. »Mach dir keine Vorwürfe, Jan. Niemand konnte von euch erwarten, viele Jahre zurück zu untersuchen. Versuch einfach

später noch mal, diesen ehemaligen Schwager des Museums-
wärters zu erreichen. Und vielleicht stimmt die anonyme
Nachricht ja auch nicht.« Sie nahm ihn am Arm und führte
ihn zum Esstisch. »Komm, mein Lieber. Sieh mal, genieße das
Abendessen, und wir überlegen dabei, was wir am kommenden
Wochenende machen. Deine Mutter hat übrigens angerufen
und gefragt, ob sie uns morgen einen Rhabarberkuchen vorbeibringen darf. Ich hab es ihr erlaubt.« Sie lachte. »Setz dich,
ich rufe Jens.«

Während sie den Tisch abräumten, klingelte Badenhops Telefon.

»Sie wollten mich unbedingt sprechen«, sagte der ehemalige
Schwager Grindelsbachers am anderen Ende der Leitung.

Er bestätigte, was der anonyme Informant geschrieben
hatte. Ja, er erinnere sich an einen Kumpel von Karl, der Konietzka hieß. Er habe das nicht vergessen, weil es einmal einen
Spieler von Borussia Dortmund mit dem gleichen Namen gegeben habe, den er als Kind sehr bewundert habe. Nur deshalb
habe er sich den Namen merken können. Das sei aber alles
schon über fünfzehn Jahre her. Karl sei damals ein lebensfroher
Mensch gewesen mit einem großen Freundeskreis. Er war oft
mit seinen Kumpels unterwegs. Aber dann sei seine Frau, die
Schwester des Anrufers, vor rund vierzehn Jahren an Krebs
gestorben. »Eine schlimme Zeit für Karl.«

Grindelsbacher und seine Frau seien nicht sehr lange verheiratet gewesen, nur drei oder vier Jahre. Er habe sich nach
ihrem Tod sehr verändert, sei nur noch wenig ausgegangen und
habe sich sehr zurückgezogen. Als er seine spätere Lebenspartnerin kennengelernt habe, sei er bald darauf weggezogen,
und der Kontakt habe sich verloren.

An weitere Namen aus dem damaligen Bekanntenkreis
Grindelsbachers erinnerte sich der Schwager nicht. Er habe
mit der »fidelen Männertruppe Karls« nichts zu tun gehabt,
auch seine verstorbene Schwester nicht. Ein paar von ihnen
seien zwar bei der Hochzeit eingeladen gewesen, aber er erin-

nere sich nur noch an den Namen Konietzka. Der habe, wenn er sich nicht irre, »irgendwas mit Wein« zu tun gehabt. Dass ein Mann dieses Namens kurz nach seinem früheren Schwager tot aufgefunden wurde, habe er nicht mitbekommen.

## ZWÖLF

In den ersten Tagen nach Karls und Johannes' Tod waren die Zeitungen und das Fernsehen noch voll von Nachrichten gewesen. Heute war nicht mehr viel darüber zu erfahren. Die Polizei kam anscheinend nicht weiter. Wie auch? Besser so. Sie durften ihn nicht finden, bevor die Sache erledigt war. Der Andere durfte ihn auch nicht finden.

Wie hätte er wissen sollen, dass er in eine Falle gelockt worden war? Dieser blöde Anruf! Dass einer ein Geschäft aufmachen und sich mit ihm besprechen wollte über seine Lederwaren, die er dorthin liefern könnte. In diesen komischen Hinterhof war er gegangen. Und dann das!

Niemals hätte er geglaubt, dass da noch etwas nachkäme. Er hatte eigentlich nicht schlecht gelebt. Sein Geschäft lief gut. Es machte ihm sogar immer noch Spaß, einmal jährlich bei der großen Fachmesse für Lederwaren eine neue Kollektion zusammenzustellen und sie das Jahr über mit seiner Agentur zu vertreiben. Angestellte brauchte er nicht. Wozu? Ein Steuerberater, das war's.

Unabhängigkeit, das war ihm immer wichtig gewesen. Ein Büro zu Hause, mehr nicht. Er konnte sich auch nach der Scheidung von Sabine die schöne Wohnung und eine Putzfrau leisten. Sogar eine Mietwohnung in einem Vorort von Mannheim hatte er sich angeschafft. Ihren gemeinsamen Sohn sah er regelmäßig. Sein Verhältnis zu ihm war gut, trotz Sabines Versuchen, ihn schlechtzumachen und die Beziehung zu vergiften.

Er hatte einen kleinen, aber angenehmen Freundeskreis und hin und wieder mal kürzere, mal längere Affären. Seine Lust, ab und zu mal etwas fester zuzulangen, vertrug nicht jede Frau, na ja. Solange er noch nicht zu alt war und gut aussah, gab es keine Probleme mit Nachschub. Irgendwann, hatte er sich vorgenommen, wenn er älter als sechzig wäre, müsste er sich etwas Festes suchen. Allein im Alter, dazu hatte er keine Lust. Aber bis dahin war noch Zeit.

Doch, sein Leben war in Ordnung gewesen. Bis diese Geschichte jetzt dazwischengekommen war. Dieser wahnsinnige Vollidiot! Aber das durfte nicht noch einmal passieren. Er war gewarnt. Ab jetzt würde er aufpassen. Es ging um Leben und Tod. Er oder ich.

Mürrisch und aufgeregt zugleich saß er im Zimmer dieser kleinen Pension und überdachte alles erneut. Er musste sich die vergangene Woche noch einmal genau vor Augen führen, damit er den Kerl besser einschätzen konnte.

So hatte die ganze Scheiße angefangen: Er kommt in diesen Hinterhof, wo der Kerl ihn freundlich begrüßt und sagt, das Geschäft wolle er in der Innenstadt eröffnen. Dort drüben in dem Raum habe er seine Unterlagen. Das Arschloch öffnet die Tür, lässt ihn vorangehen und schlägt ihn dann von hinten nieder.

Als er wieder aufwacht, ist er an einen Stuhl gefesselt. Der Typ verlangt die Namen. Als er sie nicht verraten will, schlägt der ihn brutal, foltert ihn mit einer brennenden Zigarette. Sagt ihm, er könne auch erst mal nur ihn fertigmachen. Die Namen würde er schon rausbekommen. Als er die Namen sagt, lässt der Typ von ihm ab, verschwindet und lässt ihn allein.

Wo ist er hier? Als der Andere geht, schließt er eine ziemlich dicke Holztür hinter sich ab. Er befindet sich in einem kleinen, fensterlosen Raum mit Regalen an den Wänden, Rigipsplatten aufgereiht, Kantholz, wie es zum Innenausbau verwendet wird, und allerlei Gerümpel, eine Art kleines, nicht sehr aufgeräumtes Lager. Die Stablampe an der Decke hat der Andere ausgemacht, bevor er ging. Etwas Licht kommt durch eine kleine Kuppel aus Plexiglas in der Decke herein. Selbst wenn er sie zerstören könnte, würde er dort nicht durchpassen.

Er hat kein Gefühl für die Zeit, aber es kommt ihm unendlich vor. Wo das Klebeband die Haut berührt, an den Händen und am Kopf, vor allem um den Mund, fängt es nach einiger

Zeit an zu jucken. Die ständig gleiche Haltung auf dem Stuhl mit zurückgebundenen Füßen verursacht ihm Gliederschmerzen.

Nach einigen Stunden muss er pinkeln. Er nässt sich ein. Aber das Schlimmste ist die Angst, die mit jeder Stunde schlimmer wird. Was wird der Andere tun, wenn er zurückkommt? War es das? Wird sein Leben hier enden, in diesem armseligen Kabuff? War es das wert gewesen, die Geschichte mit den Kumpanen? Natürlich nicht. Wer hätte auch geglaubt, dass sich so etwas daraus entwickelt?

Wie hat der Andere ihn überhaupt gefunden? Er kann sich keinen Reim darauf machen.

Warum lässt er ihn noch am Leben? Es muss daran liegen, dass der Kerl die anderen gar nicht kennt und sie erst aufspüren muss. Der Andere hat ihm wahrscheinlich etwas vorgemacht. Er hätte die Namen der Kumpane nicht herausbekommen. Die Namen nicht zu verraten wäre womöglich seine Lebensversicherung gewesen, oder doch nicht? Jetzt will der Andere zuerst prüfen, ob die Namen stimmen. Das ist sein Aufschub. Er wird wiederkommen, wenn er es weiß.

Zwei Tage ist er gefangen. Er ist verzweifelt, verpinkelt und verschissen, hoffnungslos. Lieber wird er sterben, als weiter hierzubleiben.

Dann kommt der Kerl zurück, stellt den Slevogt vor ihm auf ein Regal. Tatsächlich, es scheint ein echter Slevogt zu sein.

»So, das war der Erste. Kunst, nicht wahr? Die großen Kunstfreunde. Darum geht es doch, oder?« Er schreit ihn an. Was soll das? Absurd. Dann verschwindet er wieder mit dem Bild. Um weiterzumachen?

Er kann nichts essen und nichts trinken. Der Andere hat ihn ein wenig Wasser aus einer Flasche trinken lassen. Die hat er dort abgestellt, wo vorher das Bild gestanden hat. »Damit du es angucken kannst, bis ich wiederkomme.«

Er kommt erst zwei Tage später wieder, stellt erneut das Bild auf das Regal, faselt wirres Zeug von Kunst und erklärt ihm, dass es noch eine Weile dauern wird, bis er »dran ist«.

Er könne hier noch ein paar Tage warten. »Es ist doch schön hier, nicht wahr?«

Dann kommt er wieder zwei Tage nicht.

Als der Andere dann endlich wieder auftaucht, ist er völlig fertig. Er kann nicht mehr. Er bettelt, sein Peiniger soll ihn doch bitte gehen lassen. Aber der lacht nur und wendet sich wieder zum Gehen. Er will nicht, dass der Andere geht. Er bettelt weiter, dass er etwas zu essen und zu trinken bekommt.

Tatsächlich geht der Andere kurz weg, kommt zurück und gibt ihm eine Plastikflasche mit Wasser und ein Stück Brot. Die Klebstreifen an den Händen werden aufgeschnitten. Er kann sie bewegen. Er darf mit den eigenen Händen essen. In ein paar Minuten ist die erholsame Entspannung vorbei.

Diesmal ist er wach, als er gefesselt wird. Er hält die Hände beim Zusammenbinden ein wenig auseinander, gewinnt dadurch etwas Bewegungsspielraum und kann sie nach stundenlangen Versuchen durch die Klebstreifen ziehen. Seine Haut ist wund gescheuert und beginnt mittlerweile, sich zu entzünden. Aber was soll's? Er kann flüchten. Blöd für den Idioten, dass er ihn in einer Art Lager eingesperrt hat. Er schlägt mit einem schweren Eisenstück das Türschloss kaputt. Dann ist er frei.

Nach seiner Flucht geht er noch schnell nach Hause. Der Andere weiß ja nicht, dass er geflüchtet ist. Später würde er das Haus mit seiner Wohnung vielleicht beobachten.

Er duscht, zieht sich um, steckt die verschissenen Sachen in eine Plastiktüte, die er in einem Container entsorgt. Er packt ein paar Klamotten ein, lässt sein Handy zu Hause liegen, holt Geld und besorgt sich ein Prepaidhandy. Morgen wird er eine Waffe bekommen; glücklicherweise hat er Beziehungen. Dann muss er den Anderen überraschen und aus dem Weg räumen. Nur dann wird er sicher sein. Für immer. Jetzt ist er erst mal hier im Hotel.

So war das gewesen. Ein Horror.

Er ließ sich nach hinten auf sein Bett fallen, dachte nach. Was hatte er über den Anderen in dieser entsetzlichen Woche gelernt? Der hatte einen Plan, verfolgte ihn rücksichtslos, wollte ihn quälen, aber eher mit Wut im Bauch als cool und professionell. Das elende Schwein war nervös. Wahrscheinlich hatte er auch Angst. Wovor? Dass etwas schiefgehen könnte? Weil er es noch nie gemacht hatte? Weil er Skrupel hatte? Die Angst, das war seine Schwäche.

Andererseits wusste er nicht, wie der Andere hieß oder wo er wohnte. Er würde diesen Hinterhof beobachten müssen und hoffen, dass er ihn dort erwischte, wenn er wieder hinkam, um nach ihm zu sehen.

## DREIZEHN

Gleich am Morgen nach dem Telefonat mit Grindelsbachers ehemaligem Schwager informierte Badenhop die Abteilung sowie die Staatsanwältin in einer kurzfristig anberaumten Lagebesprechung über die neue Situation.

Karin Welsch, gekleidet in ein feuerrotes Kostüm mit kurzem Rock, cremefarbener Seidenbluse und den üblichen High Heels, konnte spitze Bemerkungen in Richtung Badenhop natürlich nicht unterlassen. Es sei erstaunlich, warf sie ein, dass angesichts eines Ausdrucks des gestohlenen Bildes in Konietzkas Tasche die Möglichkeit der Verbindung zwischen beiden nicht sorgfältiger geprüft worden sei.

Badenhop, der sich getroffen fühlte und sich schließlich selbst die gleichen Vorwürfe gemacht hatte, kommentierte die Äußerung nicht. Hochdörffer dagegen wies darauf hin, sie hätten kaum damit rechnen können, dass eine mehr als fünfzehn Jahre zurückliegende Bekanntschaft, von der aktuell niemand in der Umgebung der Ermordeten etwas wusste, eine Bedeutung haben könnte. »Und tatsächlich ist immer noch nicht bewiesen, dass dies der Schlüssel für die Lösung des Falles ist.«

Karin Welsch streifte Hochdörffer mit einem missbilligenden Blick. »Statt in Selbstgerechtigkeit zu baden, sollten wir lieber wenigstens jetzt alles daransetzen, dass wir zu raschen Ergebnissen kommen. Herr Badenhop, was haben Sie als Nächstes vor?«

In Badenhops Antwort lag im Gegensatz zu seinen üblichen Entgegnungen auf Bosheiten der Staatsanwältin keinerlei Schärfe. »Folgendes werden unsere nächsten Schritte sein. Erstens: Wir rechnen damit, dass sich der Anrufer bei Breitel erneut meldet, und versuchen, ihn in eine Falle zu locken. Zweitens: Wir werden feststellen, ob der Verdächtige Kattel in der Mordnacht Konietzka ein Alibi hat. Drittens: Herr Groß wird im Bekanntenkreis von Konietzka weitere frühere Kumpels der beiden Ermordeten aufzutreiben versuchen. Viertens: Wir werden uns außerdem Verbrechen – vor allem ungeklärte – im Zeitraum von vor zwölf bis siebzehn Jahren im Raum Speyer-Ludwigshafen-Neustadt ansehen, ob sich daraus ein Anhaltspunkt für einen Racheakt ergibt. Wir müssen dabei aber die Möglichkeit bedenken, dass sich der Racheakt auf eine Sache bezieht, die gar nicht polizeilich registriert ist. Fünftens: Zu klären ist das Täterprofil. Wenn es sich um einen Serientäter handelt, der sich auf ein lange zurückliegendes Ereignis fokussiert, haben wir es mit einer einzelnen Person zu tun, deren eigentliches Ziel gar nicht der Raub des Slevogt-Gemäldes war. Ein anderer Hintergrund könnte die Existenz einer Kunsträuberbande sein. Konietzka und Grindelsbacher könnten aktuell miteinander zu tun gehabt haben, und beispielsweise Konietzka könnte in den Raubmord in der Villa verwickelt gewesen sein. Danach hat es Streit gegeben. In diesem Fall kann es sich um Bandenkriminalität, zumindest aber um mehrere Täter handeln. Wir sollten beide Fälle im Auge behalten.«

Der anonyme Anrufer meldete sich noch am selben Morgen bei Breitel und verlangte, bis zum folgenden Tag morgens um neun Uhr die dreihunderttausend Euro in kleinen Scheinen bereitzuhalten. Breitel solle sich damit auf den Marktplatz in Neustadt begeben und sein Handy mitnehmen. Alles Weitere werde er dann erfahren.

Breitel gab die Information ans Präsidium weiter. Badenhop machte den Vorschlag, einen Koffer mit Altpapier mitzunehmen und alles andere der Polizei zu überlassen.

Badenhop war die Absicht des Unbekannten nach wie vor unerklärlich. Er sah aber auch keine Gefahr für den Weingutsbesitzer, und bei dem Bild handelte es sich nicht um eine durch Entführung gefährdete Person.

Ralf Kattel, der sich weigerte, mit den Ermittlern weitere Gespräche zu führen, ließ über seinen Rechtsanwalt mitteilen, dass er in der Nacht des Mordes an Johannes Konietzka, den er im Übrigen gar nicht kenne, zu Hause gewesen sei. Einen Nachweis dafür gebe es nicht. In Ranschbach sei er sein ganzes Leben lang noch nicht gewesen.

Kattel hatte also kein Alibi.

Wenn Konietzka mit Janine Siener – wenn auch nur kurz – über den Mord und den Kunstraub in Edenkoben gesprochen hatte, so schien es Kevin Groß völlig unwahrscheinlich, dass der Weinimporteur seine Bekanntschaft mit Grindelsbacher nicht erwähnt hatte. »Hey, hast du gehört oder gelesen, was da passiert ist, da ist einer in der Villa während der Ausstellung erstochen worden«, sagt doch kein Mensch, dachte er sich, ohne zu erwähnen: »Ich kannte den von früher«.

Konietzkas Sekretärin hatte ihren Kredit bei Groß inzwischen verspielt. Zuerst nannte sie ihm Dorschd als Kunden nicht, obwohl sie sah, dass Konietzka in unmittelbarer Nähe der Kellerei ermordet worden war. Dann erwähnte sie ihr Verhältnis zu Dorschd nicht. Und nun zeigte sich, dass sie offensichtlich ein noch viel wichtigeres Detail verschwiegen hatte, das die Ermittler womöglich mehrere Tage Arbeit gekostet hatte und die Gefahr in sich barg, dass ein weiterer Mord geschah.

Groß war stinkig. Er rief Janine Siener an und bestellte sie umgehend auf das Kommissariat. Auf die Frage, warum, antwortete er gezielt unfreundlich: »Das sage ich Ihnen, wenn Sie hier sind.«

Konietzkas Kumpel Oliver Neidelbach, der den Ermordeten nach Angabe eines Freundes seit sehr langer Zeit kannte, konnte Groß erneut nicht erreichen. Allerdings ging eine Frau ans Telefon, die gebrochen deutsch sprach und sich als Putzhilfe zu erkennen gab. Sie käme einmal die Woche für drei Stunden, erklärte sie Groß. Herr Neidelbach sei tagsüber meist unterwegs. Jetzt sei er wohl für mehrere Tage weg. Er habe einen Zettel auf dem Tisch hinterlassen sowie ihren Lohn und geschrieben, dass sie erst wieder kommen solle, wenn er es ihr sage. Er sei verreist. Wohin, stehe nicht auf dem Zettel. Eine Handynummer habe sie zwar. Sie hatte dort mehrfach angerufen. Aber Neidelbach habe nicht geantwortet.

Groß ließ sich die Telefonnummern der Putzhilfe und Neidelbachs sowie die Adresse der Wohnung Neidelbachs geben und versuchte es mehrfach selbst. Ohne Erfolg.

Sie musste sich ziemlich beeilt haben, denn wenig später stand Janine Siener in Groß' Büro und schaute ihn schuldbewusst – wie er fand – an. »Ich bin so schnell wie möglich gekommen. Ist etwas Wichtiges, oder? Aber ich weiß gar nicht, was Sie noch von mir wollen.«

Hier halfen nur noch Druck und Einschüchterung, war Groß sicher. »So? Das glaube ich Ihnen nicht.«

Die von Dorschd ausgenutzte und belogene junge Frau tat ihm leid, aber er musste unbedingt endlich erfahren, was sie wirklich wusste.

»Setzen Sie sich«, herrschte er sie an. Er selbst stand auf und näherte sich ihr, bis er in voller Größe vor ihr stand und bedrohlich auf sie herabsah. »Nach Paragraf zweihundertachtundfünfzig Strafgesetzbuch können Sie mit einer Freiheitsstrafe bis zu fünf Jahren bestraft werden, wenn Sie durch Ihr Verschweigen wichtiger Details vereiteln, dass der Täter gefasst wird. Wissen Sie das? Ich sage es Ihnen ausdrücklich, denn Sie haben mehrfach wichtige Angaben unterschlagen, als ich Sie befragt habe.«

Kurz davor zu weinen, wimmerte Janine Siener: »Ich habe nichts Böses gewollt. Ich weiß ja nicht, was für Sie wichtig ist.«

»*Was?* Wenn neben der Kellerei eines Ihrer Kunden Ihr Chef gefunden wird, wissen Sie nicht, dass es für uns wichtig sein könnte, dass die beiden Geschäfte gemacht haben und der Tote vermutlich kurz vor seinem Tod in der Kellerei gewesen ist? Und Sie wussten auch nicht, dass es wichtig sein könnte, wenn Sie sowohl mit einem Verdächtigen als auch mit dem Toten ein sexuelles Verhältnis hatten? Und jetzt – und das ist das Schlimmste von allem, weil es uns wertvolle Zeit gekostet hat – werden Sie mir noch sagen, Sie hätten es nicht für wichtig gehalten, dass Konietzka und Grindelsbacher sich kannten? Frau Siener, für wie blöd halten Sie die Polizei?«

Jetzt weinte sie wirklich. »Was, Grindelsbacher? Entschuldigung, aber ich kenne keinen Grindelsbacher.«

Groß nahm einen Stuhl, stellte ihn verkehrt herum vor die Frau, setzte sich und legte die Arme auf die Lehne. »Sie haben doch mit Ihrem Chef kurz über den Raubmord in der Villa Ludwigshöhe gesprochen, wie Sie zugegeben haben. Und da wollen Sie mir erklären, er habe nicht gesagt, dass er den ermordeten Museumswärter kannte? Das ist doch etwas, das jeder Mensch als Erstes sagt, wenn er so etwas erfährt. ›Ich kannte den sogar.‹ Hat Ihr Chef das gesagt oder nicht?«

»Ja, aber den Namen kannte ich nicht«, sagte sie schluchzend.

»Dann will ich jetzt eine sehr gute Erklärung von Ihnen, warum Sie mir dieses für unsere Ermittlungen entscheidende Detail verschwiegen haben, Frau Siener. Oder ich lasse Sie festsetzen wegen Beihilfe.«

Dafür hatte er natürlich keine Handhabe, aber es wirkte. Janine Siener sah ihn mit verheultem Gesicht entsetzt an. »Ich habe doch nichts getan. Sehen Sie … Was soll ich sagen …«

»Sagen Sie einfach die Wahrheit.«

»Ich … Na ja, wenn so etwas passiert, dann ist man ja unsicher. Ich habe mit einem Freund von Johannes gesprochen, wie es weitergeht und was ich machen soll. Er hat mir geraten, ich soll möglichst nichts sagen. Das würde nur Ärger bringen und das Ganze vielleicht ins falsche Licht rücken.«

War er diesem Freund bei seinen Recherchen begegnet, und der hatte ihm auch wider besseres Wissen nichts gesagt? »Welcher Freund von Herrn Konietzka war das?«

Sie sah ihn ängstlich an. »Ist doch egal. Muss ich das sagen? Jedenfalls war das ein Rat, den mir jemand gegeben hat.«

»Wer war es, Frau Siener? Und wehe, es ist nicht wahr.«

»Er heißt Oliver Neidelbach.«

»Das könnte eine Schlüsselfigur für uns sein«, erklärte Badenhop, nachdem ihm Groß von seinem Gespräch mit der Zeugin Siener berichtet hatte. Die hatte schließlich noch erklärt, sie kenne Neidelbach nur flüchtig, weil der manchmal Konietzka angerufen habe und ein- oder zweimal beim Büro vorbeigekommen sei, um seinen Kumpel zu gemeinsamen Unternehmungen abzuholen. Es sei, soweit sie wisse, ein alter Freund von Konietzka gewesen.

Gefragt, wieso sie ausgerechnet ihn um Rat gefragt habe, hatte sie angegeben, Neidelbach habe am Tag nach dem Mord im Büro von Konietzka angerufen und sich erkundigt, ob sie mehr wisse, als in der Zeitung stand. Und da hätten sie eben darüber gesprochen.

Groß hatte mehrfach nachfragen müssen, bis sie zugegeben hatte, in dem Telefongespräch mit Neidelbach erfahren zu haben, dass dieser wohl auch den in der Villa Ermordeten Grindelsbacher von früher gekannt hatte.

»Mit der Polizei nichts zu tun haben wollen ist eine weitverbreitete Begründung für das Verschweigen wichtiger Details«, sagte Badenhop. »Das könnte eine Motivation für die Abmachung der beiden sein. Aber es könnte auch sein, dass der Mann spezielle Gründe hatte, die Sekretärin in diese Richtung zu beeinflussen. Wir müssen ihn unbedingt finden. Möglicherweise haben wir einen weiteren Verdächtigen. Aber wir dürfen ja davon ausgehen, dass wir mehr wissen und vielleicht sogar den Fall gelöst haben, wenn Herr Breitel uns als Lockvogel zu diesem geheimnisvollen Anrufer führt. Hoffen wir, dass dies kein Trittbrettfahrer ist, der sich Geld ergaunern will.«

Badenhop fand, er könnte seinem Freund Stefan Schwörer einen Gefallen tun, und rief ihn an. »Wir haben diese Frau Siener, die Sekretärin von Konietzka, hier ein wenig härter anfassen müssen. Sie hat uns mehrfach wichtige Details verschwiegen und kann froh sein, wenn wir sie nicht nach Paragraf zweihundertachtundfünfzig Strafgesetzbuch belangen. Du willst doch Papiere und Zeugenaussagen von ihr. Ich könnte mir denken, sie ist hilfsbereiter, wenn du ihr klarmachst, dass du bei uns ein gutes Wort für sie einlegen kannst.«

Schwörer war hörbar erfreut. »Hey, das gefällt mir. Wenn sie bereit ist, ein paar klare Aussagen zu machen und diese bei Gericht zu wiederholen, kriegen wir den Dorschd dran.«

Um der Wahrheit und der Strafverfolgung willen ging Badenhop noch einen Schritt weiter. Er fühlte sich nicht ganz wohl dabei, weil er der in Liebesdingen naiven Janine Siener die Illusion einer Zukunft mit Dorschd nehmen würde. Aber irgendwann hätte sie die Wahrheit ohnehin erfahren müssen – und warum nicht in einem Moment, wenn es der Strafverfolgung nützlich war? Außerdem konnte man sie vor diesem Ekel nur schützen. Je schneller sie ihn vergaß, desto besser.

Also gab er Schwörer einen Rat: »Ruf Dorschd an, bevor du zu ihr gehst. Frag ihn aus, wie er die Dame einschätzt, was er von ihr hält. Er wird versuchen, die Schuld auf Konietzkas Büro zu schieben. Er hat aber eine Beziehung zu Janine Siener, nutzt sie aus und macht ihr etwas von großer Liebe vor. Wenn er sich abfällig äußert oder gar auf seine unnachahmliche Art deutlich macht, warum er die Beziehung wirklich aufrechterhält, kannst du mit etwas Geschick diese Information bei der hintergangenen Frau Siener unterbringen. Sie ist dann sicher eher bereit, mit dir zusammenzuarbeiten und dir Munition gegen Dorschd zu liefern, als wenn sie glaubt, der Kerl böte ihr eine Zukunft.«

»Ts, ts, der Badenhop kann ja auch mal gemein sein.« Schwörer bedankte sich und versprach, ihn auf dem Laufenden zu halten.

✳✳✳

Die Strategie des Unbekannten war weniger kompliziert, als sie sich gedacht hatten. Er rief Breitel mehrfach an und ließ ihn an zwei Stellen Zettel suchen, die ihn weiterführten, aber da Breitel von den Polizisten mit Funk ausgestattet worden war, bereitete es ihnen keine Schwierigkeiten, an den Ort in einem

Waldstück bei der Ruine Wolfsburg zu gelangen, wo Breitel den Koffer hinterlassen und sich entfernen sollte.

Merkwürdigerweise hatte Badenhop bereits während des Hin und Her eine Nachricht von einem Handy mit unterdrückter Nummer erhalten: »Kommen Sie, so schnell Sie können, zum Waldweg nördlich der Wolfsburg, dann können Sie Ihren Täter fangen.« Er hatte einen der Beamten schon vorab hingeschickt und wunderte sich nun, dass Breitel tatsächlich dorthin beordert worden war.

Mehrere Polizeibeamte hielten sich, als Spaziergänger verkleidet, auf den Zugangswegen auf und warteten auf den Erpresser. Badenhop hatte kurzerhand Sabine Vogel mitgenommen und spazierte gerade in Richtung Ruine, als Breitel sich meldete.

»Der Koffer liegt dort versteckt, wo er ihn haben wollte. Ich weiß nicht recht, wie der sich das weiter gedacht hat. Als ich ihn gefragt habe, wo das Bild jetzt ist, hat er ganz komisch reagiert und gesagt, ich solle nicht so blöd fragen. Er würde mir in Kürze weitere Anweisungen geben.«

Sonderbare Sache, dachte Badenhop.

Wenige Minuten später sahen sie einen recht beleibten Mann mit einem Kapuzenpulli und übergezogener Kapuze scheinbar gemütlich in Richtung des Verstecks spazieren.

»Sieht aus wie der Verdächtige Ralf Kattel«, gab Badenhop den Beamten als Information. »Zugriff, sobald er sich den Koffer greift. Vorsicht, er könnte bewaffnet sein.«

Badenhop hatte in diesen Minuten wieder eine seiner Grübelphasen. Etwas stimmte nicht. Je mehr er über diesen schmierigen, unsympathischen Menschen nachdachte, desto weniger konnte er sich mit der Vorstellung anfreunden, dass Kattel der Täter war. Sicher war er im Augenblick einer ihrer Hauptverdächtigen. Aber der chaotisch-unberechenbare Kerl schien ihm seinem Wesen nach eher ein Feigling zu sein. Er neigte dazu, sinnlos Versuche des Wegrennens zu unternehmen. Er schrie auf kindliche Art um Hilfe in einer völlig unangebrachten Situation. Zwar war er eine gescheiterte Existenz mit seinen eher hilflosen Anwandlungen als Kunstexperte, den niemand so recht brauchte. War er auch ein Mörder, der kaltblütig in eine Ausstellung marschierte, den Wärter erstach und sich unbemerkt entfernte? Das passte sehr wenig zu seinen übrigen Auftritten.

Aber er konnte sich täuschen, musste Badenhop zugeben. Anlass zum Verdacht hatte Kattel wirklich reichlich gegeben. Der eher eigentümliche und dilettantische Versuch, das gestohlene Werk zu Geld zu machen, passte wieder zum »unfreundlichen Dicken«. War es am Ende doch so gewesen, dass eine zweite Person an dem Raubmord beteiligt gewesen war? Immerhin sah es jetzt so aus, als kämen sie heute einen großen Schritt weiter.

Der korpulente Mann ging am Versteck vorbei, auch wenn Badenhop den Eindruck hatte, er habe seinen Kopf etwas zu auffällig in die Richtung gedreht, in der sich der Koffer befand, den er aber vom Weg aus sicher nicht sehen konnte.

Etwa zwanzig Minuten später kam der Mann den Waldweg wieder zurückgelaufen. Diesmal ging er zielgerichtet auf die Stelle zu und griff sich den Koffer. Unmittelbar danach hörte Badenhop die Beamten die Aufforderung rufen, stehen zu bleiben und die Hände hochzunehmen, was der Mann auch sofort tat.

Er machte sich auf den Weg, um den Täter in Augenschein zu nehmen. Als er um die Biegung des Waldweges kam, hatte einer der Polizisten den Koffer an sich genommen.

Zwischen den Beamten, die ihn festhielten, stand Martin Peust und strahlte. »Wir haben ihn, Herr Kommissar.«

Badenhop wollte seinen Augen und Ohren nicht trauen.

Peusts Äußerungen, er habe bewiesen, dass Breitel der Täter sei, waren so konfus, dass Badenhop ihn ohne weiteren Gesprächsversuch mit zum Präsidium nahm, wo Breitel sich bereits befand, weil Techniker ihn wieder »entdrahteten«.

Was sich dann in mehreren Gesprächen und einer Konfrontation der beiden Männer herausstellte, war der abenteuerliche und gründlich misslungene Versuch des Journalisten, auf eigene Faust den Räuber des Slevogt zu jagen. Aus der Tatsache, dass die Polizei sich für Breitel interessierte, hatte er geschlossen, dieser könnte mit dem Raub zu tun haben. Also hatte er ein Telefongespräch mit der Andeutung gewagt, er wisse, wo sich der Slevogt befinde.

»Dieser Mann ist darauf eingegangen«, betonte er immer wieder hartnäckig, bis ihm seine Fehlschlüsse und die Absurdität der Situation klar wurden.

Das Telefongespräch zwischen den beiden war offenbar bei jedem der zwei Männer anders angekommen. Beide hatten vermutet, der jeweils andere sei im Besitz des Gemäldes. Der zuerst überraschte, dann aber geistesgegenwärtige Breitel ging, wie ihm von Badenhop empfohlen worden war, auf den Anruf ein, weil er annahm, der Täter könnte gefasst werden, während er ihm scheinbar das Geld für das Bild brachte. Der Unglücksrabe Peust, der das Malheur angerichtet hatte, hatte geglaubt, der Täter könne gefasst werden, weil er sich erpressen ließ und bereit war, Geld zu zahlen, damit er, Peust, schwieg.

Badenhop war unglaublich wütend. Seine Kollegen hörten ihn durch zwei Türen Peust anbrüllen. »Ich kann immer noch nicht glauben, Herr Peust, was Sie sich dabei gedacht haben! Das ist ungeheuerlich, verdammt noch mal! Sie provozieren einen Polizeieinsatz mit einem halben Dutzend Beamten, was nicht nur Kosten verursacht, sondern uns auch noch von der Arbeit abhält, die zwei Morde aufzuklären. Es ist nicht zu fassen! Wissen Sie was? Ich werde alles daransetzen, dass Sie zumindest diesen Einsatz bezahlen müssen. Ob Sie sich strafbar gemacht haben, werde ich prüfen lassen.«

Peust war zerknirscht, sah den letzten Punkt jedoch ein wenig anders. »Wenn Herr Breitel Sie nicht informiert hätte, wären Sie gar nicht ausgerückt. Dann hätte sich das Missverständnis zwischen uns beiden schnell aufgeklärt. Ich war sowieso schon ziemlich verwirrt, als er mich fragte, wo nun das Bild sei, nachdem er den Koffer ablegen sollte. Ich bin ja davon ausgegangen, dass er es hat. Aber auf die Idee, dass er denkt, ich habe es, bin ich nicht gekommen.«

»Herr Peust, machen Sie einfach, dass Sie hier rauskommen. Und unterstehen Sie sich, noch einmal unsere Arbeit machen zu wollen. Haben Sie mich verstanden?«

Nachdem Peust durch die Tür gegangen war, hörte Badenhop lautes Lachen aus dem Sekretariat. Seine eigene erbärmlich schlechte Laune war ein Grund mehr, die überbordende Heiterkeit seiner Abteilung zu unterbinden.

Als er Sabine Vogels Reich betrat, fand er Breitel, Hochdörffer und Frau Vogel vor, die vor Lachen Tränen in den Augen hatten.

Hochdörffer sah ihn an, prustete weiter und quetschte dazwischen hervor: »Das war der schärfste Polizeieinsatz der Abteilung für Schwerverbrechen, von dem ich je gehört habe. Mit einer Hundertschaft einen jungen Kater vom Baum zu holen ist nichts dagegen.« Ein neuer Heiterkeitsausbruch war die Folge.

Badenhop konnte nicht mitlachen. Er sah Breitel an und bedankte sich spröde: »Trotzdem vielen Dank für Ihre Mitarbeit. Es hätte unter anderen Umständen auch gefährlich werden können. Jedenfalls«, und dabei lächelte er doch, »können wir Sie aus dem Kreis der Verdächtigen streichen.«

Breitel grinste immer noch, wandte sich aber zum Gehen und sagte in Sabine Vogels Richtung: »Bleibt es dabei?«

Sie nickte.

»Ein Kandidat?«, fragte Hochdörffer frech, als Breitel draußen war.

»Setzen Sie keine falschen Gerüchte in die Welt, Herr Kommissar« drohte Sabine Vogel spitzbübisch, aber ihr Gesichtsausdruck ließ an Hochdörffers Vermutung keinen Zweifel.

## VIERZEHN

»Tach, Herr Dorschd. Schwörer hier. Tja, dumm gelaufen mit dem Primitivo. Wir müssen jetzt mal sehen, wer da was gewusst hat, gell? Wie sieht es denn aus? Haben Sie mit Konietzka noch eine Regelung gefunden, wie damit umgegangen wird, als er noch gelebt hat?«

»Hören Sie, Schwörer, versuchen Sie mir nichts anzuhängen. Wir haben mit Konietzka sehr lange vertrauensvoll zusammengearbeitet. Dass da eine Partie faule Ware war, woher hätten wir das wissen sollen? Das ist Sache von Konietzka gewesen. Aber vielleicht hat nicht einmal er davon gewusst. Wie man hört, war das ja ziemlich geschickt gemacht. Da waren Experten am Werk.«

»Darüber müssen wir noch reden. Aber werden Sie denn jetzt mit dem Büro von Konietzka die Geschichte finanziell regeln? Haben Sie schon mit Frau Siener gesprochen?«

»Mit der kleinen Siener? Was soll ich mit der noch klären? Der Konietzka hat den Wein besorgt, und seine Firma muss dafür geradestehen.«

»Na ja, die Frage wird ja auch sein, was Janine Siener gewusst hat. So etwas kann strafrechtlich relevant werden. Das ist Ihnen vielleicht auch aus persönlichen Gründen nicht egal. Die Buschtrommeln melden da eine Beziehung mit Zukunft.«

»Was soll das denn jetzt? Zukunft? Jetzt fangen Sie auch noch damit an, nur weil wir ein paarmal Spaß zusammen hatten. Wem erzählt die das alles? Spinnt die? Soll das demnächst in der Zeitung stehen oder was? Wir waren ein paarmal im Bett; das geht niemanden etwas an. Sonst hab ich mit der Kleinen nichts am Hut. Ich bin verheiratet.«

»Gut, also da ist zwischen Ihnen und dem Büro Konietzka wegen des Primitivo nichts geklärt. Wollte ich nur wissen. Sie hören noch von mir. Tschüss.«

Unangemeldet betrat Stefan Schwörer wenig später das Büro von Konietzka, begrüßte Janine Siener jovial und mit einem Kompliment über ihre »zauberhafte« Bluse und fläzte sich in einen kleinen Sessel.

»Sie wissen es ja bestimmt: Wir mussten eine Partie Dorschd-Primitivo aus dem Verkehr ziehen, den Sie als Fasswein an die Kellerei Dorschd geliefert haben.«

Janine Siener sah ihn erstaunt an. »Nein, echt jetzt? Also ich habe ihn ja bestimmt nicht geliefert, höchstens Herr Konietzka. Herr Dorschd hat hier angerufen, als Johannes noch gelebt hat. Johannes hat dann erwähnt, es gebe Ärger mit einem Wein, der von uns kam bei der Kellerei Dorschd. Aber die Details hat er nicht mit mir besprochen. Ich bin auch nicht auf dem Laufenden. Ich habe die letzten Tage ziemlich viele Sachen um die Ohren gehabt und war kaum im Büro. Hier liegt noch alles unbearbeitet rum. Ich bin drei Tage zu Hause geblieben nach dem Tod von Johannes. Das ist alles so furchtbar. Ich weiß auch gar nicht, was jetzt aus dem Büro werden soll. Ich verliere wahrscheinlich meine Arbeit.«

»Ich kann gut verstehen, dass Sie sich Sorgen machen. Ja, aber Sie müssen ja jetzt die Sache abwickeln, das geht leider nicht anders. Wissen Sie, als Weinkontrolle prüfen wir ja nicht nur. Wir helfen auch. Sprechen Sie mich ruhig an, wenn sonst niemand da ist.«

»Das ist aber sehr freundlich von Ihnen.«

»Am besten fangen wir gleich mit dieser Primitivo-Geschichte an. Sie müssten dazu von uns eine Nachricht erhalten haben – per Mail und per Brief. Sehen Sie mal nach.«

Sie wühlte in der Post, fand den Brief des Chemischen Untersuchungsamtes und öffnete ihn. »Oh je, das ist ja schlimm. Richtig gefälscht war der Wein?«

Schwörer grinste sie schief an. »Frau Siener, Sie sind ja nicht nur hübsch. Sie sind auch nicht dumm. Also spielen Sie bitte nicht die Naive. Sie müssen doch wissen, was Ihr Chef für Weine nach Deutschland vermittelt. Zumindest stellt Herr Dorschd das so dar, als ob er von allem nichts weiß, weil das

Büro Konietzka sein Vertrauen ausgenutzt hat. Damit wäre er aus dem Schneider – strafrechtlich gesehen.« Schwörer beugte sich nach vorn und bedeutete Janine Siener mit besorgtem Blick, dass sie dann vielleicht nicht aus dem Schneider wäre.

»Das glaube ich Ihnen nicht. Wir haben ein gutes Verhältnis. Er würde nicht uns die Schuld geben.«

»Na ja, ich weiß nicht, was er zu Ihnen sagt. Als ich mit ihm gesprochen habe, hörte sich das nicht so an, als ob er Rücksicht nehmen wollte.«

»Was, wieso?« Sie wirkte plötzlich unglücklich und verunsichert.

»Na ja, er sagte so etwas wie ›Was geht mich die kleine Siener an?‹. Ich meine, man hört ja, dass Sie sich mal näherstanden, aber das scheint nicht mehr so zu sein, oder?«

»Was? Was erzählen Sie da? Sie wissen doch gar nichts. Es geht Sie auch gar nichts an, wie wir zueinander stehen.«

Schwörer hob abwehrend die Hände. »Natürlich. Jesses, ich wollte Ihnen ja keinesfalls zu nahe treten. Wie käme ich dazu! Also ich habe ja schon länger mit dem Dorschd zu tun. Als Weinkontrolleur sieht man sich regelmäßig. Und da redet man schon mal so unter Männern. Nichts Schlimmes.« Er zwinkerte sie an und fühlte sich ein bisschen gemein.

Aber sie biss an. »Was hat er denn gesagt?«

»Ach, wie man halt so redet. Dass ihr halt ein bisschen was gehabt habt, aber nichts Ernstes. Er ist ja verheiratet.«

Schwörer sah, wie sie blass wurde. »Das hat er gesagt?«

»Ja. Warum? Ach Gott, hab ich was Falsches gesagt?«

»Hat er sich wirklich so ausgedrückt?« Ihr Gesicht lief rot an.

»Ist es denn nicht wahr? Hat er nur angegeben, und es war gar nichts?«

»Dieser Dreckskerl.«

»Hören Sie, Jesses, ich sollte mich da gar nicht einmischen. Kommen wir doch zurück zu unserem Problem. Sie haben ja auf unserem Schreiben gesehen, dass es gar kein richtiger Wein war.«

Janine Siener schien ihn nicht zu hören. Sie war mit ihren Gedanken bei dem Mann, der ihr etwas vorgegaukelt hatte, ohne im Traum daran zu denken, auch zu tun, was er versprach. »Er hat gesagt, er wollte sich trennen und mit mir zusammenleben.«

»Frau Siener, herrje, was hab ich da angerichtet? Das tut mir echt leid … Ist das so ein Mensch?« Nun wurde Schwörers Stimme ganz weich. »Aber sehen Sie es mal so: Es ist vielleicht auch besser, wenn Sie wissen, was Sie wirklich von Dorschd erwarten können, gell? Aber ich muss Sie doch fragen: Was glauben Sie, hat Herr Dorschd Ihrem Chef völlig vertraut und wurde reingelegt?«

»Dieser Lügner. Er hat mich ausgenutzt.«

»Hat er Ihnen wirklich eine gemeinsame Zukunft versprochen? Jesses, ich hätte vielleicht doch nichts sagen sollen.«

Ihre Augen blitzten. Ihr Mund verhärtete sich. »Doch. Danke, dass Sie mich aufgeklärt haben. Und an Dorschd ist überhaupt nichts rausgegangen, ohne dass er genau gewusst hat, was los ist. Der Druck ist von ihm gekommen. Johannes hat manchmal gesagt, er weiß nicht, was er noch machen soll. Dorschd wolle immer noch niedrigere Preise, und das ginge ja gar nicht. Sie haben öfter mal gestritten. Ich habe mich nicht eingemischt. Einmal meinte Johannes, der Dorschd bringe ihn noch ins Gefängnis.«

»Hm, das hört sich nicht gut an. Wissen Sie, Frau Siener, es kommt darauf an, wer gewusst hat, dass der Wein nicht in Ordnung war beziehungsweise dass es gar kein richtiger Wein war. Konietzka ist ja tot, und ich denke, ich kann Sie da raushalten als Angestellte. Aber ich muss wissen, ob Dorschd nur Sie betrogen hat oder auch seine Kunden.«

»Dieser Dreckskerl.«

»Ich bräuchte die Rechnung für die Lieferung aus Italien und auch die Rechnung an die Kellerei Dorschd.«

»Ich suche sie Ihnen raus.«

»Das ist sehr freundlich von Ihnen. Wahrscheinlich wird es zum Prozess kommen. Da müssen Sie möglicherweise auch aussagen – und natürlich die Wahrheit, damit auch deutlich wird, dass Sie für die Betrügereien nicht verantwortlich gemacht werden können.«

»Ich habe ja auch nicht gewusst, dass da betrogen wird.«

»Das glaube ich Ihnen, Frau Siener. Ich sehe ja auch, dass Sie ein anständiger Mensch und eine sehr liebe Frau sind. Und ehrlich gesagt: Dieser Dorschd hat Sie gar nicht verdient.«

Mittlerweile hatte sie die Rechnungen gefunden. Schwörer warf einen Blick darauf. Die Preise für den Primitivo lagen deutlich unter dem Marktpreis. Jeder Experte wusste, dass man zu diesem Preis keinen korrekten Wein kaufen konnte. Konietzka hatte es gewusst. Dorschd wusste es auch. Damit könnten sie den rücksichtslosen Gauner endlich drankriegen. Vor allem, wenn Janine Siener im Prozess gegen Dorschd aussagen würde. Und daran hatte er keinen Zweifel.

## FÜNFZEHN

In die Nähe des Lagerschuppens zurückzukehren, in dem er mehrere Tage unter widerlichen Bedingungen gefangen gewesen war, verursachte ihm ein leicht beklemmendes Gefühl. Als er zu der Verabredung mit dem Anderen gegangen war, hatte er die Umgebung kaum beachtet. Ebenso wenig bei seiner Flucht. Heute musste er sich den Ort und das Umfeld genau ansehen und sich ein Versteck aussuchen, an dem er längere Zeit unbemerkt den Eingang des Hinterhofes beobachten konnte.

Erst jetzt, als er zurückkehrte, nahm er wahr, dass sich die Straße im Ludwigshafener Stadtteil Friesenheim befand. Friesenheim! Hier war er geboren, und hier waren die »Eulen« zu Hause, die beste Handballmannschaft der Pfalz. Kaum jemand hätte geglaubt, dass sie mehrere Jahre in der ersten Bundesliga bleiben könnten.

Als Kind hatte er ein paar Jahre lang im Verein Handball gespielt, sogar noch in der A-Jugend. Dann war es ihm zu aufwendig geworden. Dreimal trainieren die Woche wollte er nicht, und in die erste Mannschaft hätte er es sowieso nicht geschafft. Mitglied des Vereins war er immer noch. Recht regelmäßig ging er zu den Spielen in die Eberthalle. Er hatte eine Dauerkarte. Dass sie in der ersten Bundesliga spielten, fand er auch wegen der berühmten Gegner super. Aber im Augenblick durfte er nicht an Handball denken. Er musste sich auf diesen Hinterhof konzentrieren.

Wie sah es hier aus? Die Straße war keine reine Wohnstraße. Neben Wohnhäusern gab es Gewerbeflächen, eine Reifenfirma, ein Matratzenlager, daneben einen etwas heruntergekommenen Spielplatz mit einem Basketballfeld, ein paar angerosteten Metallgeräten und ein paar Bänken. Der Hofeingang, den er beobachten musste, lag zwischen zwei Mehrfamilienhäusern, in deren Erdgeschoss sich auf der einen

Seite ein Versicherungsbüro und auf der anderen eine geschlossene Gaststätte befand.

Der Hof selbst war nur auf den ersten Metern befestigt. Am hinteren Ende des Hauses wurde er breiter bis hin zu dem schmalen Nebengebäude mit dem Raum, in dem er gefangen gewesen war. Dort war der Platz unbefestigt und recht unordentlich. Er erinnerte sich an Abfall, Reste eines Kieshaufens, abgeschnittene Stücke von Baueisen und Holzstücke, die dort herumlagen. Nur der hintere Teil des Nebengebäudes war von der Straße aus zu sehen, die Tür zum Lagerraum nicht.

Als Erstes musste er wissen, ob der Andere bereits da gewesen war. Falls nicht, würde er irgendwann kommen. Das würde er nur feststellen können, wenn er kurz reinging, auch wenn das gefährlich war, falls der Kerl gerade kam.

Er beobachtete etwa eine halbe Stunde lang den Hof, bis er sicher war, dass der Andere sich nicht zufällig drinnen aufhielt. Längere Zeit würde der in diesem Lagerraum nicht bleiben.

Dann ging er rasch in den Hof, lief zu der Tür des Lagerraumes und stieß sie auf. Das Schloss war nicht erneuert worden. Drinnen sah alles aus wie bei seiner Flucht. Die abgerissenen Klebestreifen lagen auf dem Boden um den Stuhl, an dem er tagelang gefesselt gewesen war. Er war ziemlich sicher, dass der Andere bisher nicht zurückgekommen war. Er konnte irgendwo draußen, wo er nicht gesehen wurde, auf ihn warten. Der einzige Platz, an dem er einigermaßen unauffällig den Hofeingang beobachten konnte, war der Spielplatz. Von einer der Bänke aus sah er auch ein Stück der Straße vor dem Hof und den vorderen Teil des Hofes, ohne selbst aufzufallen.

Hier saß er jetzt, hatte ein Brötchen, eine Banane und die Waffe eingesteckt und die Kapuze seiner Jacke über den Kopf gezogen. Neben ihm auf der Bank lag eine Zeitung.

Lesen war praktisch unmöglich. Er durfte den Anderen nicht verpassen. Aber musste er ununterbrochen auf dieses Straßenstück und den Hofeingang starren? Da wurde man ja verrückt. Er versuchte es trotzdem.

Wie sicher konnte er sein, dass der Andere überhaupt zurückkehrte? Wenn er noch nicht da gewesen war seit seiner Flucht – und so sah es ja aus –, musste er irgendwann wieder nach seinem Gefangenen sehen.

Es hatte einen Tag gedauert, bis er sich die Walther beschafft hatte. Vorher hätte er sich nicht in die Auseinandersetzung gewagt. Es müsste ganz schnell gehen, überraschend. Dafür brauchte er eine Schusswaffe. Er hatte noch Glück gehabt, dass ein Kumpel Beziehungen hatte. Trotzdem konnte in dieser Zeit viel passiert sein.

Der Raum dort schien seinem Gegner zu gehören, da er einen Schlüssel dafür hatte. Aber die Sachen, die darin waren, brauchte er die noch? Wenn ja, käme er zurück, um wieder ein Schloss anzubringen. Und er wüsste, dass er sich in Gefahr befand. Er würde aufpassen. Das wäre ein Nachteil.

Egal: Er hatte keine andere Chance, als zu warten. Er musste hoffen, dass er den Anderen hier erwischen konnte. Blöd: Wenn er spätabends kam, würde er ihn womöglich nicht sehen. So lange konnte er hier nicht sitzen. Aber was sollte er sonst unternehmen, um herauszubekommen, wer das Schwein war und wo er wohnte?

\*\*\*

Auf Badenhops Schreibtisch lagen etwa ein Dutzend Akten mit ungelösten Fällen von Gewaltverbrechen im Raum Vorderpfalz aus einem Zeitraum von vor zwölf bis siebzehn Jahren.

Heute nehme ich sie mit nach Hause, dachte er. Normalerweise lehnte er das ab. Natürlich gab es nicht selten Einsätze außerhalb der üblichen Arbeitszeit. Ein Zeuge musste dringend vernommen werden, ein Tatverdächtiger gestellt, ein Tatort besichtigt. Dagegen hatte er sich noch nie gewehrt. Kaum ein Kommissar, den er kannte, würde auf seine Bürozeiten bestehen.

Aber mit den Akten war es etwas anderes. Lagen sie zu Hause auf dem Tisch, war es für ihn, als sei die Berufswelt in seine Privatsphäre eingedrungen, etwas, das er sich und seiner Familie nicht zumuten wollte. Wenn er schon zu Hause war, was angesichts vieler Sondereinsätze eher zu kurz kam, dann wollte er dieses Refugium bewahren. Selbst die Gespräche mit seiner Frau Ingrid oder jetzt mit Katrin über seine Arbeit hatten dann eher privaten, persönlichen Charakter. Doch, man konnte sagen: Die Fälle wurden – wenn überhaupt, denn er war auch privat zu Diskretion verpflichtet – mehr unter dem Gesichtspunkt seiner eigenen Befindlichkeit besprochen. Wie geht es mir bei diesem Fall? Was macht mir Sorgen?

Akten waren Büro. Dass er heute eine Ausnahme machte, lag an der Unzufriedenheit mit seiner Arbeit. Er musste einfach schneller vorankommen.

Gerade als er eine große Kunststoffkiste mit den Papieren und Ordnern vollgepackt hatte, rief Schwörer an.

»Wir haben ihn!«, schrie er ins Telefon. »Dorschd wird angeklagt. Deine kleinen Hintergrundinformationen haben mir sehr geholfen beim Gespräch mit der Dame Siener. Sie ist, glaube ich, richtig motiviert, gegen ihn auszusagen. Ha, endlich! Das wird gefeiert. Und zwar ganz bestimmt nicht mit Dorschd-Wein. Ich will mal wieder in Neustadt im ›Urgestein‹ essen. Das ist so eine einfallsreiche, superkreative Küche, und es gibt eine riesige Weinkarte. Und weil es viele kleine Gänge gibt, kann man ganz viele Weine probieren. Der Sommelier hat ja auch immer ein paar gute Flaschen offen. Na ja, ich bin nicht immer einverstanden mit seiner Auswahl, aber so ist das halt unter Weinkennern. Wie sieht es aus? Ich lade dich und Katrin ein. Am Wochenende?«

»Danke, ich freue mich wirklich darauf«, entgegnete Badenhop. »Und wenn du den Dorschd endlich erwischt hast, feiere ich gern mit. Aber im Moment ist mir so gar nicht nach leiblichen Vergnügungen. Ich weiß nicht, ob ich es genießen könnte. Wenn es dir nichts ausmacht, warten wir, bis die augenblicklichen Fälle erledigt sind. Die liegen mir regelrecht im Magen. Und danach habe ich auch etwas zum Feiern, das kannst du mir glauben.«

»Klar, natürlich. Aber mit der guten Flasche warte ich nicht, bis du deinen Mörder eingefangen hast. Ich glaube, ich mache heute einen älteren Kastanienbusch von Rebholz auf. Von 2010. Ah, der ist zurzeit unschlagbar. Schönen Abend, mein Lieber. Und entspann dich.«

Wenig später machte sich Badenhop zusammen mit Groß auf den Weg nach Ludwigshafen. Der Zeuge Oliver Neidelbach war anscheinend die einzige Person, die sie gefunden hatten, die Konietzka seit vielen Jahren kannte und die bis zu dessen Tod immer noch regelmäßig mit ihm verkehrte. Er würde am ehesten in der Lage sein, die Beziehung zwischen Konietzka und Grindelsbacher in der Vergangenheit aufzuklären.

Nur erreichten sie ihn telefonisch nicht. Sie hatten die Putzhilfe gebeten, sich mit ihnen zu treffen und ihnen aufzuschließen, falls Neidelbach wieder nicht zu Hause wäre. Sie hatte erst eingewilligt, als sie ihr unter erheblichen sprachlichen Schwierigkeiten klargemacht hatten, dass sie weder mit der Ausländerbehörde noch mit dem Arbeitsamt zu tun hatten und auch nicht vorhatten, mit diesen zu sprechen.

»Was haben Sie über Oliver Neidelbach herausgefunden?«, fragte Badenhop, als sie im Auto saßen.

Groß zückte sein Notizheft. »Dreiundvierzig Jahre alt, alleinstehend seit einer Scheidung vor acht Jahren. Ein Sohn, zehn Jahre alt, lebt bei der Mutter. Polizeilich unauffällig, außer vor ein paar Jahren einmal Streit mit seiner Freundin, die behauptet hat, er habe sie geschlagen. Sie zog dann die Klage wieder zurück. Er ist selbstständiger Vertreter für Lederwaren. Die Wohnung gehört ihm. Ein Geschäft hat er nicht, auch kein Büro. Er scheint von zu Hause aus zu arbeiten. Das ist eher eine Art Agentur. Er vermittelt oder verkauft die Waren an Geschäfte im Großraum Pfalz, Mannheim bis Heidelberg. Ich habe ein paar Einzelhändler für Lederwaren angerufen und gefragt. Drei kannten ihn. Er scheint ein recht normaler Geschäftsmann zu sein. Schlechtes hat jedenfalls keiner über ihn gesagt. Ob er sich für Kunst interessiert, hat niemand gewusst.

Unseren Freund Kattel habe ich auch angerufen und gefragt, ob er zufällig einen Oliver Neidelbach kennt. Er meint, er habe den Namen nie gehört. Frau Grindelsbacher kennt ihn auch nicht. Soweit sie sich erinnert, hat ihr Mann den Namen nie erwähnt. Sie meint, sie wüsste das sicher noch, weil Neidelbach so ein komischer Name sei.«

»Das hört sich alles ziemlich harmlos an«, bemerkte Badenhop. »Merkwürdig nur, dass wir ihn nicht anrufen können. Ein Vertreter oder Verkäufer sollte am Telefon zu erreichen sein, wenn man ihn anruft. Das ist, wenn ich es richtig verstehe, ein wesentlicher Teil seines Geschäfts. Es könnte natürlich sein, dass er ein zweites Handy für seine Geschäftsgespräche hat. Trotzdem gefällt mir die Sache nicht.«

Groß schien ähnliche Gedanken zu haben. »Wir wollen nicht hoffen, dass ihm etwas passiert ist und wir bald den dritten Ermordeten finden.«

»Es könnte auch sein, dass er etwas mit der Sache zu tun hat und deshalb nicht gefunden werden will. Schauen wir uns seine Bleibe an, dann wissen wir vielleicht mehr.«

Neidelbachs Wohnung befand sich in einem unscheinbaren, aber bei näherem Hinsehen gut gepflegten Mehrfamilienhaus am Ludwigsplatz. Da die Putzhilfe nirgendwo zu sehen war, sahen sie sich ein wenig um. Auf der anderen Straßenseite befand sich am Eingang des kleinen Platzes ein kleiner Brunnen mit mehreren Bronzefiguren und Weinranken in der Mitte.

Man konnte die Figuren und einige ihrer Körperteile drehen, stellte Badenhop fest. »Bonifatius Stirnberg: Pfälzer Lebensfreude«, las er von einer Bronzetafel am Boden laut vor.

»Sie sind nicht von hier, scheint mir«, sagte ein älterer Herr, der sie wohl beim Betrachten des Kunstwerks beobachtet hatte. »Sehen Sie, hier vorn, das ist eine berühmte Ludwigshafenerin, die Hemshof-Friedel.« Er zeigte auf eine Frauenfigur mit einer Gitarre. »Na ja … also berühmt in Ludwigshafen, gell? Die Friedel war ein Original aus dem Hemshof, eine Straßensängerin. Weil ihr das Sozialamt einmal keine Hilfe zahlen wollte, hat sie sich vor das Rathaus gestellt und ein Schmählied gesungen: ›De Maier is e altes Schwoi / Der stellt mer die Sozialhilf oi / De Müller ausm zweede Stock / Ach, der miese alte Bock / Hot kee Herz – der hot sei Freid / On de Not vunn arme Leid …‹ Ja, das war die Friedel.« Er lachte und ließ sie stehen.

Jetzt sahen sie eine zierliche, dunkelhaarige junge Frau vor dem Hauseingang warten, die sich gleich darauf als Putzhilfe Neidelbachs zu erkennen gab, aber ängstlich darum bat, weder ihren Namen noch ihre Adresse sagen zu müssen. Wahrscheinlich traute sie ihnen nicht. Da Neidelbach auf mehrfaches Klingeln nicht reagierte, schloss sie ihnen auf und verabschiedete sich, offenbar erleichtert, ohne Gefahr für ihren wie auch immer gearteten Status und ohne Sanktion ihrer Schwarzarbeit davongekommen zu sein.

Die recht große Vier-Zimmer-Wohnung war modern, aber unauffällig eingerichtet. Es gab ein geräumiges Bad, ein Schlafzimmer, ein Wohnzimmer, ein Kinderzimmer und ein großes Büro. Die Wohnung war aufgeräumt. In der Küche lagen einige Tage altes Brot und nicht mehr ganz frisches Obst. Im Kühlschrank befanden sich keine verdorbenen Lebensmittel. Allzu lange konnte Neidelbach nicht verschwunden sein.

Das Büro war weniger aufgeräumt als der Rest der Wohnung. Nicht alles war in den reichlich vorhandenen Regalen verstaut. Akten, Kleiderkataloge und Prospekte lagen in Stapeln herum. Durchweg handelte es sich um Geschäftspapiere, außer ein paar Tageszeitungen der letzten beiden Wochen. Badenhop sah sie durch. Die neueste war drei Tage alt.

Einige Muster der Waren, die Neidelbach vertrieb, befanden sich ebenfalls im Büro. An einer mobilen Kleiderstange hing eine Reihe von vorwiegend ledernen Hemden, Jacken und Hosen, die Neidelbach anscheinend ebenso verkaufte wie Schuhe und Stiefel: alles Kleidung, die Badenhop ein wenig an nordamerikanischen Country- und Westernstil erinnerte. Ähnliche Mode – wenn auch nicht nur – fanden sie in Neidelbachs Kleiderschrank. Nichts deutete darauf hin oder sprach dagegen, dass der Bewohner in den vergangenen zwei oder drei Tagen hier gewesen oder dass ihm etwas zugestoßen war.

Im Wohnzimmer sahen sie auf einer Kommode ein Foto eines Mannes und eines etwa achtjährigen Jungen, aufgenommen im Sommer an einem See. Es handelte sich vermutlich um Neidelbach und seinen Sohn. Groß fotografierte das Foto sorgfältig ab.

»Wir können nicht feststellen, dass Neidelbach Opfer eines Verbrechens wurde oder selbst in ein Verbrechen verstrickt ist. Mehr können wir nicht tun«, sagte Badenhop fast bedauernd. »Wir haben kein Recht, hier eine regelrechte Hausdurchsuchung durchzuführen.«

»Und das hier?«, fragte Groß und hielt ein Handy in die Höhe.

»Ist es eingeschaltet?«

»Komplett ausgeschaltet.«

Badenhop zögerte. »Das nehmen wir mit«, sagte er schließlich. »Ich habe immer noch das Gefühl, dass dieser Mann wichtig für unseren Fall sein könnte. Vielleicht finden wir auf dem Handy einen Hinweis, wo er sich befindet, wer ihn in den letzten Tagen angerufen und was er in dieser Zeit gemacht hat. Wenn Geschäftsanrufe eingegangen sind, wissen wir, dass er vermutlich nur dieses Handy besitzt. Dann ist zu vermuten, dass etwas Ungewöhnliches passiert ist, wenn es hier ausgeschaltet herumliegt.«

Beim Verlassen des Hauses warf Badenhop einen Blick auf Neidelbachs Briefkasten. Er war gefüllt mit Zeitungen und Post. Die neueste »Rheinpfalz« hatte nicht mehr hineingepasst. Sie lag auf der Treppe.

\*\*\*

Es war einer dieser warmen und sonnigen Frühlingstage, an denen die Luft mit Blütenduft erfüllt war und sogar die Vögel freudig zwitschernd das Ende des Winters feierten. Spaziergänger tummelten sich auf den Wegen in der Umgebung der

Dörfer. Sie bewunderten die blühenden Blumen und Sträucher und genossen die frische, aber belebend-duftige Luft. Von diesen Tagen schien ein Zauber auszugehen, der viele Hausfrauen erfasste und in ihnen das Bedürfnis weckte, auch in den Wohnungen den Winter endgültig auszutreiben. Der gründliche, traditionelle Frühjahrsputz war eine aktive, arbeitsintensive Option. In früheren Jahrzehnten war er obligatorisch und verbunden mit dem Verpacken der schweren Wintersachen sowie dem Auspacken der farbenfroheren Frühlings- und Sommerkleidung gewesen. Wohlstandsbedingte Veränderungen im Leben der Menschen hatten nicht nur bei der Ernährung den Ablauf der Jahreszeiten verwischt, sondern auch im Umgang mit ihren Wohnungen. Der ganz große Frühjahrsputz gehörte nicht mehr zu den selbstverständlichen Aufgaben für Familien des einundzwanzigsten Jahrhunderts.

Katrin Mellen, die gerade rechtzeitig von der Arbeit in Badenhops Haus kam, um festzustellen, dass die Sonnenstrahlen noch durch das große Terrassenfenster ins Wohnzimmer fielen, entschied sich dafür, den Frühjahrsputz an einem etwas trüberen Tag anzupacken. Da sowieso ihr Umzug von Forst nach Neustadt anstand, erledigte man das am besten in einem Rutsch. Stattdessen öffnete sie die Fenster und ließ die duftende Frühlingsluft hereinströmen.

Sie ging in den Garten, schnitt ein paar Zweige vom blühenden Forsythienstrauch und stellte den Strauß auf die Kommode im Wohnzimmer. Dann setzte sie sich erstmals in diesem Jahr auf die Terrasse, legte eine wärmende Decke über ihre Beine und genoss die letzten Sonnenstrahlen.

Ob sie eingenickt war oder nur gedöst hatte, wusste sie nicht, als sie durch ein lautes Plumpsen im Flur aufgeschreckt wurde, das sich anhörte, als ob jemand ein schweres Paket auf den Boden fallen ließ.

»Ach, wie schön, du hast den Frühling hereingelassen«, rief Badenhop und stand gleich darauf neben ihr. »Wie angenehm, dass du deine Physiotherapiepatienten nicht mit nach Hause bringen kannst. So hast du wenigstens am Abend deine Ruhe vor der Arbeit. Das Glück habe ich heute nicht. Wir müssen unbedingt vorankommen mit den beiden Mordfällen. Ausnahmsweise habe ich Akten mitgebracht. Ich hasse das. Aber nach dem Abendessen muss ich mich dransetzen.«

»Waren es die Akten? Es hat geplumpst wie ein Dreißig-Kilo-Paket. Schade, ich hätte lieber einen Film mit dir angesehen, eine spanische Komödie, die mir ein Kollege empfohlen hat. ›Tok Tok‹, schon davon gehört? Da begegnen sich lauter Leute, die alle einen Tick haben, eine Zwangsstörung. Muss urkomisch sein und nicht bösartig, weil die Leute alle auf ihre Art liebenswert dargestellt werden. Na ja, wir können ihn natürlich auch ein andermal ansehen.«

Badenhop fing an, im Kühlschrank nach Essen zu kramen. Er war auch unabhängig von den Akten wenig geneigt, eine Komödie dieser Art zu sehen, obwohl Katrin, die über ihre Mutter eine enge Beziehung zu Spanien pflegte, ihm schon viele interessante spanische Filme nahegebracht hatte.

»Puh, das verschieben wir auf ein andermal, am liebsten, wenn ich diesen Fall aus dem Kopf habe. Ich hoffe, das dauert nicht mehr lange.«

»Wirst du Zeit haben, beim Umzug zu helfen?«

Aber natürlich, dachte er sofort, ging zu ihr hin und nahm sie in die Arme. »Hör mal, es tut mir leid, wenn ich unaufmerksam oder verschlossen bin, weil ich den Kopf voll habe. Aber selbstverständlich helfe ich beim Umzug. Ich freue mich ja auch, dass du endlich ganz hier sein wirst.«

»Schön.« Sie lächelte ihn kokett an und gab ihm einen Klaps auf den Po. »Das wollte ich ja nur hören.«

✳✳✳

Stundenlang hatte er dagesessen und die Straße vor dem Hofeingang beobachtet. Außer ein paar neugierigen Kindern hatte niemand den Hof betreten. Er überlegte: Vor zwei Tagen war er abgehauen. Länger als zwei Tage hatte der Andere ihn nie allein gelassen. Wenn sich daran nichts änderte, müsste das

Schwein heute noch auftauchen. Oder wollte der ihn einfach in dem Kabuff verrecken lassen? Möglich, aber er glaubte es nicht. Der Typ hatte den Eindruck gemacht, als wollte er das Erlebnis genießen, ihn fertigzumachen. Konnte er ihn von hier aus erkennen? Sicher, der gedrungene Körper, die lockigen Haare, die Bewegungen würde er nie vergessen nach allem, was passiert war.

Es dämmerte. Gab es im Hinterhof einen Bewegungsmelder? Er wusste es nicht. Wenn nicht, brächte die Dunkelheit Unwägbarkeiten für beide Seiten mit sich. Zielen mit der Walther war unter diesen Bedingungen schwieriger.

Mehr als eine halbe Stunde wollte er nicht mehr warten. Er hatte Hunger. Es wurde kalt. Die Nacht konnte er sowieso nicht hier verbringen.

Die Dunkelheit kam schneller, als er vermutet hatte. Die Straßenlampen gingen an. Kein Licht im Hinterhof. Er fing an zu frieren. Sollte er nicht doch gehen?

Plötzlich war der Andere da. Er überquerte die Straße, ging zielgerichtet im Lichtkegel einer Straßenlampe auf den Hofeingang zu und verschwand um die Ecke, die nicht mehr einsehbar war.

Er musste schnell hinterher. Der Kerl würde sich vermutlich sofort wieder aus dem Staub machen, wenn er sah, dass sein Gefangener geflüchtet war.

Hastig verließ er seinen Beobachtungsposten. Sein Herz pochte. Er fühlte sich zittrig, unsicher, als ob ihn alle Kraft verließ. Wenn das nur gut ging!

Nicht dass er sich vor Auseinandersetzungen fürchtete, auch nicht vor handgreiflichen Problemlösungen. Aber erschießen? Er hatte so etwas noch nie gemacht. Und wenn der Andere auch eine Schusswaffe hatte? Wahrscheinlich nicht, sonst hätte er ihn nicht niedergeschlagen, sondern bedroht und gefesselt. Egal, nicht zu viel nachdenken – es musste sein, und zwar jetzt.

Er lief über die Straße in den Hofeingang und entsicherte die Walther in seiner Jackentasche. Dass man den Schuss hören würde, musste er in Kauf nehmen. Das Risiko, in diesem

Hinterhof gesehen zu werden, war gering. Er musste nur anschließend so unauffällig wie möglich aus dem Hof spazieren.

Einen Bewegungsmelder gab es nicht. Der Andere hatte auch kein Licht eingeschaltet, falls eines vorhanden war. Im Hof war es dunkel. Als er um die Ecke lugte, sah er gerade noch, wie sein Gegner in dem Raum verschwand und die Tür wieder schloss. Ein schmaler Lichtstreifen flammte hinter der angelehnten Tür auf.

Jetzt schnell den Hof überqueren und so nah wie möglich bei der Tür sein, um aus kurzer Distanz zu schießen, falls er gleich wieder herauskam.

Den Blick auf den Türstreifen gerichtet, hastete er über den Hof. Das Brettstück, das er nach drei Schritten mit dem Fuß anstieß, hatte er nicht gesehen. Beinahe wäre er gestürzt. Schlimmer war das laute Geräusch, mit dem es zur Seite flog und an einen leeren Plastikbehälter krachte. Sofort ging die Tür auf. Er war noch sieben oder acht Meter entfernt, riss aber in Panik die Walther aus der Tasche und schoss. Die Kugel schepperte drinnen im Raum an einen Metallgegenstand. Er hatte das Schwein nicht getroffen.

Nun war die Tür wieder geschlossen. Das Licht im Lager wurde ausgeschaltet. Er spürte, wie ihn der Mut verließ. Was sollte er tun? Aufgeben und abhauen? Aber es hatte sich nichts geändert: Er oder ich, dachte er. Er musste sich einen Ruck geben.

Nach dem Schuss gab es in der Umgebung keine Reaktion. Kein Fenster wurde geöffnet, niemand kam gelaufen. Sehen konnte man ihn in dem dunklen Hof kaum. Er konnte weitermachen. Er hatte noch eine Chance.

Langsam näherte er sich der Tür. Von drinnen war nichts zu hören. Hatte sein billiges Prepaidhandy eine Lichtfunktion? Er blieb stehen und sah nach. Ja! Er würde die Tür mit dem Körper aufstoßen, die Walther in der rechten, das Handy in der linken Hand, und sofort auf den Kerl schießen.

Die Türöffnung befand sich nahe bei der Wand auf der rechten Seite des Raumes. Konnte der Dreckskerl hinter der

Tür stehen? Ja, also musste er sie mit aller Kraft so schnell nach hinten stoßen, dass er den Anderen für eine oder zwei Sekunden einquetschte. Wenn er ihn dann nicht im Raum sah, würde er sofort hinter die Tür schießen.

Krachend flog die Tür auf, als er sich dagegen warf. Krachend? Scheiße, sie ließ sich nicht ganz öffnen, weil sie gegen die Ecke eines Regals stieß. So entstand hinter der Tür ein freier Raum, hinter dem sein Gegner sich in Schutz gebracht hatte und nicht eingequetscht war.

Den Bruchteil einer Sekunde war er überrascht und stand unbeweglich, als die Tür gegen ihn flog, sodass er ins Schwanken geriet. Noch bevor er sich umdrehen und schießen konnte, spürte er einen harten Schlag auf seinen Arm, der nach unten zuckte. Beinahe wäre ihm die Walther aus der Hand geflogen. Dann wurde er von einem kräftigen Körper zur Seite gestoßen und erneut mit einem Brettstück geschlagen. Er konnte den Arm mit der Walther nicht mehr rechtzeitig hochreißen. Der Andere stürzte aus der Tür und rannte über den Hof. Sofort schoss er zweimal und hörte einen Schmerzensschrei. Doch der Typ lief weiter um die Hausecke und verschwand.

Er jagte sofort hinterher. Im Hof und auf der Straße war niemand zu sehen. Er zog die Kapuze wieder über den Kopf, steckte die Walter in die Jacke, verließ den Hof und sah sich auf der Straße um. Nichts. Wohin war der Kerl verschwunden?

Verdammt – sein Plan war schiefgegangen. Der Andere würde ganz bestimmt vorerst nicht noch einmal hierher zurückkommen. Wie sollte er ihn finden? Er wusste nicht, wie der hieß, und schon gar nicht, wo er wohnte. Er konnte schließlich nicht warten, bis der wild gewordene Idiot zu seiner Wohnung kam.

Frustriert machte er sich auf den Weg zu seinem Hotel.

Den Schatten, der sich aus einem Hauseingang löste und ihm folgte, bemerkte er nicht.

***

Es kostete Badenhop einige Stunden, die mitgebrachten Akten zu sichten.

»Ein Kaleidoskop von Verbrechen«, antwortete er gedankenverloren, als Katrin zwischendurch fragte, wie er vorankomme.

Ein unbekannter Toter auf einem Parkplatz an der Autobahn, eine grausam ermordete Prostituierte, ein Überfall auf einen Juwelierladen, bei dem der Juwelier lebensgefährlich verletzt worden war und jetzt im Rollstuhl saß, eine vergewaltigte und ermordete Studentin, die nach dem Diskothekenbesuch auf dem Heimweg gewesen war. Sie mussten mit erheblichem Arbeitsaufwand die ganzen Angehörigen überprüfen, um festzustellen, ob es womöglich Verdächtige gab, die aus Mangel an Beweisen nicht verurteilt wurden. Aber warum dann die Racheakte nach so langer Zeit, wenn dies das Motiv für den Täter war?

Doch jetzt hielt Badenhop eine Fallbeschreibung in der Hand, die ihn stutzig machte. Eine junge Frau war im Ebertpark in Ludwigshafen überfallen, vergewaltigt und getötet worden. Das allein hätte den Fall nicht wesentlich von den anderen unterschieden. Zwei Aspekte erinnerten ihn allerdings an die aktuellen Morde. Die junge Frau, eine kurdische Türkin namens Aynur Barakaz, war mit ihrem Bruder zusammen auf dem Heimweg von der Eröffnung einer Kunstausstellung gewesen. Die Täter hatten die Geschwister zuerst angepöbelt und beleidigt, dann den Mann niedergeschlagen und schwer verletzt, schließlich die junge Frau geschlagen und vergewaltigt, sodass sie später an inneren Verletzungen gestorben war. Die drei Männer waren anscheinend ebenfalls bei der sehr gut besuchten Ausstellungseröffnung gewesen. Der Bruder der Ermordeten hatte sie dort nicht gesehen, erinnerte sich aber daran, dass sie angefangen hätten, ihn zu provozieren, indem sie fragten, was dumme Kümmeltürken bei einer anspruchsvollen kulturellen Veranstaltung verloren hätten. Die drei Männer wurden nie gefunden.

Kunst? Türkisches/kurdisches Opfer? Eine Person im Niqab? War das alles Zufall?

Badenhop stöhnte. Die Rassisten und Islamhasser hatten in den letzten Tagen etwas Ruhe gegeben. Wenn doch die Person im Niqab der Täter oder die Täterin gewesen sein sollte? Ein später Racheakt? Wenn es so war, musste etwas passiert sein, das der lange zurückliegenden Tat wieder Aktualität verschafft hatte.

Der Bruder der Getöteten hatte den Angriff überlebt. Er würde ihn morgen früh sofort aufspüren müssen. Dieses unaufgeklärte Verbrechen könnte eine heiße Spur sein. Er musste es sich als Erstes vornehmen.

Genug für heute, dachte er und wollte gerade ins Bad gehen, als das Telefon klingelte. Nach zweiundzwanzig Uhr?, überlegte er auf der Suche nach dem Mobilteil. Das konnte nur eine sehr dringende berufliche Angelegenheit sein oder Hendrik, der regelmäßig um diese Zeit anrief.

»Hallo, Papa, was machen die Bösewichte?«

Badenhop freute sich über den Anruf, auch wenn er todmüde war. »Die Bösewichte, wie du es nennst, sind aktiver, als es mir gefällt. Vor allen Dingen verstehen sie ihr Handwerk und lassen sich nicht so leicht erwischen. Das ist aber hier nicht anders als bei euch da oben. Was gibt es denn Neues in Hamburg?«

Hendrik war kein Freund langer Reden. »Schule läuft gut, und Hamburg ist spitze. Ich rufe an, weil ich trotzdem Lust auf Provinz habe. Haha. Also im Ernst, ich würde euch gern mal wieder sehen, dich und meinen missratenen Bruder. Mama hat gemeint, ich soll mich einfach an einem Wochenende in den Zug setzen.«

Jan Badenhop hatte sich angewöhnt, die keinesfalls ernst gemeinten spitzen Bemerkungen Hendriks in Bezug auf seinen älteren Bruder zu überhören. Deshalb sagte er nur: »Ja, mach das doch.«

»Könnte ich. Na ja, aber ich finde es kacke, dass ihr euch nicht mal aussprecht, so Auge in Auge. Ich habe Mama bequatscht, dass sie mitfahren soll. Sie war nicht so begeistert. Sie meinte, sie hätte nichts dagegen, dich zu treffen. Es gäbe auch noch das eine oder andere zu bereden. Aber deine neue Flamme, da hat sie ein Problem, glaube ich.«

»Wir finden eine Lösung. Du, ich bin hundemüde. Und außerdem, mein Sohn, deine Mama und ich sprechen durchaus miteinander. Aber ich verstehe, was du meinst. Weißt du was, ich rufe sie an, okay? Möchtest du mit Jens sprechen?«

»Ja, gib den Loser mal her, wenn er noch nicht pennt.«

## SECHZEHN

Das Handy dieses Oliver Neidelbach hatte sie nicht viel weitergebracht. Außer dem Anruf im Büro von Konietzka, von dem sie durch die Aussage von Janine Siener schon wussten, hatte es in den vergangenen drei Wochen keinerlei auffällige Gespräche gegeben. Sie mussten hoffen, mit dem Fall der Vergewaltigung und des Mordes an der jungen Kurdin den richtigen Riecher gehabt zu haben.

Es war kein Problem, den damals bei dem Überfall schwer verletzten Bruder der ermordeten Kurdin ausfindig zu machen. Er lebte noch immer im Ludwigshafener Stadtteil Hemshof und besaß eine kleine Autowerkstatt im selben Viertel.

Egid Barakaz war verheiratet, hatte zwei halbwüchsige Kinder und war polizeilich nie aufgefallen. Am Telefon der Familie meldete sich seine Frau, Helin Barakaz. Ihre Bestürzung darüber, dass die Polizei etwas von ihrem Mann wollte, war sogar am Telefon deutlich zu spüren. Badenhop beruhigte sie. Es liege überhaupt nichts gegen ihn vor. Sie hätten nur eine Frage zu einer lange zurückliegenden Tragödie in der Familie.

Ihre Bestürzung wich einer aufgeregten Nervosität: »Oh ja, ich glaube, ich weiß, was Sie meinen. Mein Mann hat lange darunter gelitten, dass er seine Schwester Aynur nicht schützen konnte. Haben Sie die Mörder endlich gefunden?«

Badenhop bedauerte, ihr in dieser Hinsicht nichts Neues sagen zu können, und ließ sich die Handynummer ihres Mannes geben, der in seiner Autowerkstatt gar kein Festnetz besaß. Auch Egid Barakaz machte einen nervösen Eindruck, als er erfuhr, dass die Polizei mit ihm sprechen wollte, sagte aber sofort, Badenhop könne in der Werkstatt vorbeikommen, er sei den ganzen Tag da.

»Das Einzige, das wir haben«, rekapitulierte Badenhop während der Fahrt, »ist diese merkwürdige Tatsache, dass sowohl der damalige wie auch der aktuelle Fall in Verbindung mit Kunst steht und dass uns in Edenkoben die Frau im Niqab aufgefallen ist, während das Opfer damals eine junge Muslima war. Das alles muss nichts heißen. Wenn aber die beiden Fälle tatsächlich zusammenhängen, ist der Bruder der Ermordeten, der Automechaniker, vermutlich der Erste, der einen Grund für Blutrache beziehungsweise einen Ehrenmord hätte. In diesem Fall wäre er jetzt gewarnt. Warum der Racheakt erst Jahre nach der Ermordung seiner Schwester passiert ist, müssen wir dann herausfinden.«

»Wie haben die Leute auf Ihren Anruf reagiert?«, fragte Groß.

»Sowohl die Frau als auch ihr Mann haben beunruhigt gewirkt. Das könnte darauf hindeuten, dass wir uns wirklich der Lösung nähern. Es kann aber auch die ganz normale Nervosität sein, die viele Leute befällt, wenn sich plötzlich die Polizei bei ihnen meldet und etwas von ihnen will.«

Beim Autobahnkreuz Ludwigshafen, als sie in den Zubringer zur Stadt einbogen, ließ Groß ein sonderbares »Hm« hören, was bei Badenhop den Eindruck hinterließ, sein Assistent habe womöglich schwerwiegende Überlegungen zum aktuellen Fall angestellt. Er fragte ihn deshalb, ob er eine Idee zur Rolle des türkischen Mechanikers habe. Etwas überrascht musste er feststellen, dass sich Groß' Gedanken stattdessen um das pfälzische Wesen an sich gedreht hatten.

»Nein, sorry, ich habe an etwas ganz anderes gedacht. Ist nicht so wichtig, aber immer wenn ich hier auf der Autobahn kurz vor Ludwigshafen bin, habe ich das Gefühl, ich verlasse die Pfalz. Natürlich ist Ludwigshafen ein Teil der Pfalz, genau wie Kaiserslautern oder Pirmasens. Trotzdem, wenn man wie ich an der Weinstraße geboren ist, neigt man dazu – aber vielleicht geht es auch nur mir so –, die Weinstraße und den Wald daneben mit der Pfalz zu identifizieren. Kaiserslautern natürlich auch, vor allem wegen des FCK, aber Ludwigshafen, das ist eine Industriestadt, die ja auch erst so richtig im neunzehnten Jahrhundert entstanden ist. Ist ja auch ziemlich unansehnlich, vom Stadtbild her, meine ich. Hm, sogar Mannheim kommt mir pfälzischer vor, hat ja auch eine sehr lange gemeinsame Geschichte. Andererseits, hm, viele Pfälzer, die von weiter nach Ludwigshafen zur BASF arbeiten gehen, haben ein sehr inniges Verhältnis zu dieser Firma und zu dieser Stadt. Die Aniliner, hat mir mein Vater immer erzählt, waren früher ein ganz eigener Schlag Pfälzer. Ach, egal, wahrscheinlich ist das nur so ein persönlicher Eindruck.«

Badenhop wunderte sich über die lange Rede seines Assistenten, der nur selten in dieser Art vor sich hin blubberte. Die Gedanken von Groß waren ihm durchaus nicht fremd. Er selbst hatte kein besonderes Verhältnis zu den etwas größeren pfälzischen Städten.

»Ich verstehe, was Sie meinen. Wenn man als Hamburger sagt: ›Ich fahre in die Pfalz‹, dann meint man vermutlich tatsächlich die Weinstraße und nicht Ludwigshafen oder Zweibrücken, obwohl es sicher falsch wäre, den Reiz der Region nur auf die Weinstraße zu reduzieren.«

»Ja, will ich ja auch nicht.« Groß lachte kurz auf. »Zum Glück hat mich kein Ludwigshafener gehört.«

»Keine Angst, ich verrate Sie nicht. Aber was Sie sagen, hat in gewisser Weise auch mit unserer aktuellen Arbeit zu tun. Um zu unserem Fall zurückzukommen: Der Anteil türkischstämmiger – oder kurdischer, das wird ja verwaltungsmäßig nicht unterschieden – Bewohner ist in Ludwigshafen erheblich größer als an der Weinstraße. Ich habe mich ein wenig informiert, als ich vor einiger Zeit einen Fachartikel zur Kriminalität in verschiedenen Ludwigshafener Stadtteilen gelesen habe. Es ist naheliegend, dass sich in einem Milieu wie dem des multikulturellen Stadtteils Hemshof, wo sich diese Autowerkstatt befindet, nicht nur die Sprache der Zugewanderten, sondern auch ihre Kultur und vielerlei Traditionen besser erhalten haben als in einem weniger von Ausländern geprägten Umfeld entlang der Weinstraße. Das gilt leider auch für das Rechts- und Unrechtsverständnis, das sich nicht immer mit unserem und unseren Gesetzen deckt. Wir müssen das bedenken, wenn wir jetzt mit dem türkischen, genauer gesagt, kurdischen Mann wegen des unaufgeklärten Überfalls auf ihn und seine Schwester sprechen.«

Das war die Theorie. Davon abgesehen war Badenhop tatsächlich erst ein Mal im Ludwigshafener Stadtteil Hemshof gewesen. Mit seiner Frau hatte er das Restaurant »Atable« besucht, das am Rand des Stadtteils lag und als französisches Restaurant zum eher arabisch-multikulturellen Viertel einen ganz anderen Aspekt von Internationalität beitrug. Für den Hemshof war das beste Restaurant der ganzen Stadt mit schickem Interieur und hervorragender Weinkarte eher ein ziemlich aus der Reihe fallendes Detail. Mittlerweile hatte das Ehepaar, ein Koch und eine Sommelière, das Lokal nach Freinsheim verlegt.

Sie mussten von ihrem Parkplatz aus ein paar Straßen weit zu Fuß gehen, und Badenhop sah ein wenig mehr von dem außergewöhnlichen Stadtviertel als damals. Er war überrascht von der gemütlichen Vorstadtatmosphäre mit kleinen Plätzen und Häusern verschiedener Epochen der vergangenen hundertzwanzig Jahre, darunter sogar ein renoviertes Jugendstilhaus in der Seilerstraße.

Um sich vom hohen Immigrantenanteil des Stadtteils auf seine Art zu überzeugen, besah er sich aus Neugierde einige Häuser lang alle Namen der Klingelschilder.

»Wirklich erstaunlich«, sagte er mehr zu sich selbst. »In fünf Häusern mit etwa dreißig Klingelschildern habe ich nur einen einzigen deutschen Namen gelesen. Eine ganz andere Pfalz, das muss man sagen.«

Fast überrascht war er, dass Groß darauf einging. »Ein Freund von mir ist Lehrer an der Gräfenauschule da vorn um die Ecke. Da gibt es in manchen Klassen fast keinen deutschen Schüler. Deutsch als Fremdsprache.« Er lachte. »Im Hemshof wohnen ja schon seit Jahrzehnten viele Immigranten, vor allem Türken. Die Leute haben hier Erfahrungen mit dem Thema. Es wird viel gemacht für die Integration mit Einrichtungen wie einem Treff International oder einem Internationalen Frauentreff, und es gibt alle möglichen interkulturellen Vereine.«

»Sie scheinen sich ja bestens auszukennen, Herr Groß.«

»Eigentlich nicht, aber mein Kumpel erzählt im Freundeskreis immer mal wieder Geschichten aus dem Hemshof. Der Ortsvorsteher ist übrigens neuerdings türkischstämmig. Der Vorgänger war ein Italiener, Antonio Priolo. Ein legendärer Typ, jedes Kind kannte den hier. Ist noch nicht lange gestorben.«

Sie betraten die Werkstatt mit dem Namen »Auto-Egid« durch ein großes zweiflügeliges Eisentor mit undurchsichtigem Sicherheitsglas. Die kleine Arbeitsstätte, an der zwei Männer an zwei verschiedenen Autos zugange waren, öffnete sich nach hinten zu einem Hof, der sofort Badenhops Aufmerksamkeit erregte. Unter einem überdachten Carport sah er ein knallgelbes Auto, das ihn an seine Kindheit erinnerte.

»Entschuldigen Sie, dass ich Sie so empfange«, sagte ein muskulöser Mann um die vierzig Jahre in akzentfreiem Deutsch und zeigte auf seine ölverschmierte Mechanikerkleidung. »Ich bin Egid Barakaz.«

Badenhop war ganz verzaubert, sagte wie abwesend: »Guten Tag«, und deutete auf den Wagen im Carport. »Das ist doch ein DKW Junior, nicht wahr? Darf ich ihn mal ansehen? Gehört der Ihnen?«

»Ja, natürlich, kommen Sie.« Barakaz führte die beiden nach hinten.

Badenhop lief mehrfach um den Wagen, sah hinein, bewunderte die alten, perfekt gepflegten Ledersitze, die Gangschaltung am Lenkrad, die makellose Karosserie. »Mein Onkel in Hamburg hatte einen DKW Junior, als ich ein kleiner Junge war. Das war damals eigentlich schon ein Oldtimer. Sie wurden ja nur bis 1963 gebaut. Es muss um 1975 gewesen sein. Ich war noch klein, spürte aber, dass dieses Auto etwas ganz Besonderes war. Ich konnte gar nicht oft genug mitfahren. Es war das erste Auto, dessen Namen ich als Kind wusste. Haben Sie ihn schon lange, Herr Barakaz?«

Der Mechaniker legte stolz den Arm auf das Autodach und streichelte es unwillkürlich mit kleinen Bewegungen. »Ich habe es vor einem Jahr gekauft und nach und nach hergerichtet, wenn ich ein wenig Zeit hatte. Es war sehr viel daran zu machen. Ich will es demnächst durch den TÜV bringen und anmelden.«

»Wunderschön«, sagte Badenhop. »Aber wir sind natürlich nicht wegen des Wagens gekommen. Wo können wir uns unterhalten?«

Barakaz ging wieder in die Werkstatt, wandte sich dem zweiten Mann zu, der am Motor eines Passats hantierte, sagte etwas auf Türkisch oder Kurdisch und zeigte in Richtung eines kleines Büroraumes. Entschuldigend hob er die Hände. »Ist nicht sehr groß und nicht sehr gemütlich. Aber da können wir sprechen.«

Er holte einen Hocker aus einem winzigen Duschraum, stellte ihn Groß hin und setzte sich hinter einen mit allerlei Papieren beladenen Schreibtisch. Es gab nur einen weiteren Stuhl, den Badenhop benutzte.

»Was kann ich für Sie tun?«, fragte Egid Barakaz, als sie saßen.

Badenhop erklärte, sie hätten in den vergangenen Tagen eine Reihe von Akten alter, nicht aufgeklärter Fälle gelesen und seien auf den gestoßen, dessen Opfer Barakaz und seine Schwester geworden waren. Sie wollten sich da noch ein genaueres Bild machen und hätten daher einige Fragen. Barakaz solle doch bitte noch einmal erzählen, was damals geschehen sei.

Der Mann atmete tief ein und nickte bedächtig, wie um sich dessen zu versichern, was er zu sagen hatte. »Das ist lange her, aber ich werde es nie vergessen. Meine Schwester Aynur ist ein paar Jahre jünger als ich gewesen. Sie war eine sehr kluge Frau. Sie hatte zuerst einen Beruf gelernt und dann später noch Abitur gemacht, weil sie studieren wollte. Kunst. Sie konnte wunderbar zeichnen. Sie hat sich auch engagiert für die Gründung eines Internationalen Kulturzentrums, die Fontäne. Das gibt es bis heute. Die tatsächliche Gründung hat sie leider nicht mehr erlebt.«

»Ich verstehe Ihre Trauer und Ihre Wut, Herr Barakaz. Was ist genau bei dem Überfall passiert?«

»Ich bin an diesem Abend mit ihr zu einer Ausstellungseröffnung im Hack-Museum gegangen. Auf dem Weg nach Hause haben drei Kerle die ganze Zeit blöde Sprüche gemacht und uns beleidigt. So Sprüche über Türken halt und auch über meine Schwester. Was wir im Hack-Museum zu suchen hätten. Ich habe natürlich auch geantwortet. Die Situation ist immer aggressiver geworden. Beim Danziger Platz sind sie dann hergekommen und haben meine Schwester angefasst und dabei weiter blöde Sprüche gemacht. Als ich sie verteidigen wollte, haben zwei von ihnen mich zusammengeschlagen und getreten, vor allem einer, der besonders aggressiv war. Ich bin wieder aufgestanden, aber sie haben mich wieder geschlagen. Beim zweiten Hinstürzen bin ich mit dem Kopf an eine Parkbank gestoßen und ohnmächtig geworden. Sie haben meine Schwester geschlagen und in der Nähe der Straßenunterführung dort vergewaltigt. Sie hat noch gelebt, als wir gefunden wurden. Aber sie ist am nächsten Tag an inneren Verletzungen gestorben.«

»Sie wurden auch verletzt, Herr Barakaz. Was ist Ihnen damals passiert?«

»Ich hatte das Handgelenk und zwei Rippen gebrochen. Da hat mich einer von den Männern getreten, als ich zum ersten Mal am Boden lag. Außerdem hatte ich am Fuß starke Prellungen und eine schwere Gehirnerschütterung vom Sturz auf die Bank. Ich war eine Weile ohnmächtig. In dieser Zeit haben sie meine Schwester weggeschleppt.«

»Die Täter wurden nie gefasst?«

»Nein.«

»Es gab nicht einmal Verdächtige, die verhört wurden, habe ich den Akten entnommen.«

»Nein.«

»Würden Sie die Männer wiedererkennen, wenn sie Ihnen begegnen?«

Badenhop hatte das Gefühl, dass der Mann bei dieser Frage

unruhig wurde. »Warum fragen Sie? Haben Sie einen Verdächtigen gefunden?«

»Nein, Herr Barakaz, aber beantworten Sie bitte meine Frage. Würden Sie die Männer wiedererkennen?«

Etwas war mit Egid Barakaz passiert. Seine Augen flackerten. Aber seine Antwort war überraschend klar: »Einen davon schon, der besonders aggressiv war. Er war erheblich böser als die beiden anderen mit seinen Sprüchen. Er hat auch angefangen, meine Schwester anzufassen und danach mich zu treten. Die anderen beiden ... weiß ich nicht ... Sie sahen nicht besonders aus.«

»Ach, und der eine sah besonders aus?«

Nun fühlte sich Egid Barakaz sichtlich unwohl. Badenhop hatte den Eindruck, ihm sei etwas herausgerutscht, das er lieber nicht gesagt hätte.

»Ich weiß nicht, ich glaube, ich würde ihn erkennen.«

Badenhop beugte sich nach vorn und betonte eindringlich: »Herr Barakaz, bitte: Was war besonders an dem Mann?«

Barakaz wand sich und sah auf den Boden. »Sein Gesicht kann ich nicht vergessen, weil er sich besonders ekelhaft verhalten hat. Sonst sah er ganz normal aus. Groß, kräftig. Nur ...«

»Nur was, Herr Barakaz?«

Als ob er sich plötzlich entschieden hätte, sah Barakaz Badenhop direkt an und flüsterte fast: »Es ist gar nichts Besonderes eigentlich an dem Mann. Nur war er ein wenig anders gekleidet. Mit so einer Jacke aus Wildleder und Cowboystiefeln. Ja, daran erinnere ich mich, weil er mich damit noch getreten hat, als ich zum ersten Mal hingefallen war. Diese Cowboystiefel und das Gesicht des Mannes werde ich niemals vergessen.«

Auch Groß schien, wie ein rascher Blick dem Kommissar versicherte, die Veränderung des Mannes gespürt zu haben. Badenhop glaubte, dass sie auf dem richtigen Weg waren. Wenn Barakaz ihr Mann war, mussten sie jetzt sehr vorsichtig agieren.

»Herr Barakaz, ich muss Sie jetzt etwas fragen, das nicht vierzehn Jahre zurückliegt. Wo waren Sie am Morgen des 22. März und in der Nacht vom 23. auf den 24. März?«

Der Mann erschrak. Badenhop sah, dass seine Hände zitterten. Nervös und blass geworden fingerte er auf dem Schreibtisch herum.

»Aber was wollen Sie von mir? Bin ich für etwas verdächtig? Ich habe nichts getan. Warten Sie … Ich weiß es nicht auswendig. Da muss ich in meinem Kalender nachsehen. Einen Moment … Ja, am 24. steht nichts drin. Da war ich bestimmt zu Hause bei meiner Familie … und am 22. … Ja, da hatte ich auch keinen Termin …«

Groß richtete sich bereits zugriffsbereit auf, vielleicht etwas vorschnell, aber auch Badenhop lag die Frage auf der Zunge, ob Barakaz die Herren Grindelsbacher und Konietzka kenne. Doch dann fuhr der Mann fort: »Ah, ich sehe gerade, am 21. haben wir einen Bruder meiner Frau in Kassel besucht. Dann sind wir am 22. morgens … äh … nicht wahr, morgens wollten Sie wissen? Ja, da sind wir von Kassel zurückgefahren. Ich glaube, so um zwölf Uhr waren wir wieder hier.«

Wenn das stimmte, war Barakaz nicht ihr Mann. Aber Badenhop war sich sicher, dass er etwas wusste. Er hatte auch das Gefühl, er selbst habe etwas übersehen. Was war es nur? Es würde ihm hoffentlich bald einfallen.

Groß hatte sich wieder gesetzt. »Herr Barakaz, kennen Sie zwei Männer namens Grindelsbacher und Konietzka?«

Jetzt war die Stimme wieder klar. »Nein.«

Groß versuchte eine andere Spur: »Ihre Schwester hat sich für Kunst interessiert. Da könnte es sein, dass sie andere Leute kannte, die sich ebenfalls für Kunst interessieren und die uns bei unseren Nachforschungen begegnet sind. Wissen Sie, ob sie einen gewissen Ralf Kattel kannte? Er ist viel in der Kunstszene unterwegs. Oder kennen Sie ihn?«

»Nein, diesen Namen habe ich noch nie gehört. Zumindest habe ich keine Erinnerung daran. Ich glaube nicht, dass meine Schwester jemand mit diesem Namen kannte. Das wüsste ich.«

Groß zeigte ihm das Foto Kattels. »Hier, kennen Sie diesen Mann?«

»Nein, ganz bestimmt nicht.«

Einen weiteren Aspekt wollte Badenhop noch abklären. »Herr Barakaz, ich will Ihnen und Ihrer Familie in Ihrem religiösen Empfinden nicht zu nahe treten. Sie sind Muslime. Versteht sich Ihre Familie als sehr streng religiös? Wird in Ihrer Familie besondere Kleidung getragen?«

Es war, als ginge ein innerer Ruck durch den Befragten. Er setzte sich aufrecht und sah Badenhop in die Augen, als wenn er sich dazu durchgerungen hätte, etwas besonders Wichtiges zu sagen. »Wir sind gläubig, Herr Kommissar. Wir beten zu Allah. Aber wir respektieren andere Religionen, vor allem das Christentum. Die deutsche Kultur und die deutschen Gesetze gehören zu diesem Land, in dem wir aufgenommen wurden und in dem wir leben. Hier, diese Autowerkstatt hat viele deutsche Kunden. Sie fragen wahrscheinlich wegen der Frauen. Unsere Frauen tragen die Kleidung, die ihnen gefällt. Meine Frau zum Beispiel trägt auf der Straße ein Kopftuch. Meine Schwester hat das nicht getan.«

»Das bedeutet, in Ihrer Familie wird Niqab oder Burka nicht getragen?«

»Nein, niemand von unserer Familie bedeckt sein Gesicht. Aber wir respektieren auch, wenn jemand dies tut.«

Badenhop war noch nicht zufrieden. Etwas stimmte nicht an den Reaktionen des Mannes. »Herr Barakaz, wie alt ist Ihr Vater, und haben Sie weitere Geschwister? Oder hat Ihre Frau noch Familie hier in der Gegend?«

Natürlich waren noch Verwandte da. Die Eltern lebten noch, ebenso die Eltern der Frau. Die beiden Männer waren sechsundsechzig und neunundsechzig Jahre alt. Eine weitere Schwester von Barakaz lebte mit ihrem Ehemann und zwei Kindern in Mannheim. Badenhop kam insgesamt auf vier Männer, die in der Nähe wohnten und die vermutlich körperlich in der Lage gewesen wären, allein oder gemeinsam die Rache für den Tod der jungen Türkin zu begehen. Er sah, dass er jedoch im Moment nicht weiterkam, auch wenn er immer sicherer war, dass Egid Barakaz etwas wusste und verschwieg. Es war notwendig, alle Männer der Familie zu überprüfen, und mit Sicherheit hatten nicht alle für die beiden Tatzeiten ein Alibi. Aber das war völlig normal.

Er ließ sich die Namen und Adressen der Verwandten geben und entschied sich für einen letzten Versuch. »Herr Barakaz, Sie könnten uns möglicherweise dabei helfen, das Verbrechen an Ihrer Schwester aufzuklären, aber auch zwei weitere Morde, die am 22. und 24. März begangen wurden. Sie haben Familie. Sie haben sich hier ein Geschäft aufgebaut. Setzen Sie das nicht alles aufs Spiel, indem Sie uns wichtige Tatsachen verschweigen. Bitte beantworten Sie mir die Frage: Haben Sie in den vergangenen Wochen einen der Täter gesehen und erkannt?«

Nun schien es geradezu, als ob ein innerer Kampf Egid Barakaz fast zerriss. »Nein«, sagte er dennoch mit bebender Stimme, bemüht darum, gefasst zu klingen.

Für Badenhop bestand kein Zweifel daran, dass er bei dieser Antwort gelogen hatte.

»Der Mann hat Angst und weiß etwas«, sprach Groß bei der Rückfahrt aus, was auch Badenhop dachte. »Die Frage ist nur, *was* er weiß. Vielleicht wird er durch die Familie unter Druck gesetzt.«

»Ich halte das auch für denkbar«, pflichtete Badenhop bei. »Es ist möglich, dass er etwas weiß, aber ein Familienmitglied schützen will, wie es im vorderasiatischen Verständnis von Ehre und Familie üblich ist. Wenn die Kurden wirklich herausbekommen haben, wer die Täter von damals waren, halte ich es für nicht unwahrscheinlich, dass sie Rache und die Herstellung der Ehre der Ermordeten über deutsche Gesetze stellen. Leider. Dabei ist der Einzige, der die Täter damals gesehen hat und wiedererkennen könnte, unser Zeuge Egid Barakaz. Und der hat anscheinend ein Alibi. Bei allen anderen aus der Familie hätte es ein ungewöhnlicher Zufall sein müssen, dass sie auf die Identität eines der Täter von damals stoßen. Ich sehe keine Möglichkeit, wie. Vor allem stellt sich die Frage, wie sie dann herausfinden, wer die anderen Täter waren und wie sie sie finden.«

»Das würde bedeuten«, folgerte Groß, »der Automechaniker hat einen der Täter wiedererkannt und hat es den anderen der Familie erzählt. Grindelsbacher und Konietzka wären also zwei der damaligen Vergewaltiger gewesen. Und Barakaz fährt am Mordtag weg, damit er ein Alibi hat.«

»So einfach ist es nicht«, sagte Badenhop. »Wenn er einen der damaligen Täter gesehen hat, Grindelsbacher oder Konietzka oder den dritten Mann: Wieso sollte er dann wissen, wer der zweite oder gar der dritte ist, der übrigens mit Sicherheit in Lebensgefahr schwebt?«

Sie erwogen weiter die Konstellationen, die sich aus der Situation ergeben könnten, kamen aber zu keinem anderen Schluss.

Kurz vor Neustadt schlug Badenhop mit der Hand auf das Lenkrad. »Ha, das ist es! Die ganze Zeit hatte ich das Gefühl, dass ich etwas übersehen habe. Natürlich: die Cowboystiefel! Neidelbach! Er handelt mit Lederwaren in diesem amerikanischen Country-Stil! Das muss es sein. Nach ihm haben wir Barakaz natürlich nicht gefragt, weil wir ihn bisher nur als einen Bekannten von Konietzka kennen. Der brutalste der Täter trug Kleidung, die unser verschwundener Zeuge Neidelbach vertreibt? Der wiederum ein Freund des ermordeten Konietzka ist? Das kann doch kein Zufall sein! Neidelbach muss den Mann kennen, oder er ist es selbst.«

Groß nickte eifrig. »Klar, das ist logisch! Womöglich ist er untergetaucht, als er festgestellt hat, dass seine beiden damaligen Kumpane ermordet wurden und er der Nächste wäre, der von Teilen einer arabischen Großfamilie gejagt wird.« Er warf einen kurzen Blick zu seinem Chef. »Vielleicht lebt er aber auch nicht mehr.«

Badenhop traf zwei Entscheidungen. »Wir brauchen eine Fahndung nach Neidelbach, und wir laden den Automecha-

niker ins Präsidium vor. Vorher müssen wir seine Alibis und
die seiner Verwandten überprüfen.«

*\*\**

An Arbeit war an diesem Tag nicht mehr zu denken. Egid
packte seine Sachen zusammen und ging nach Hause, wo
seine Frau sofort die Kinder aus dem Zimmer schickte und
ihn streng ansah.

»Egid, die Polizei hat nach dir gefragt. Was ist mit dir los?
Sag es mir endlich. Sag mir, was dich die ganze Zeit bedrückt
und was die Polizei von dir will.«

Die Polizisten werden nicht lockerlassen. Sie sind schon
viel zu nahe an die Lösung gekommen und werden bald alles
herausfinden, sagte er sich. Er selbst hatte dazu beigetragen,
indem er ihnen in seiner Gewissensnot den Hinweis gegeben
hatte, dass die beiden Ermordeten sich von früher kannten.
Auch jetzt, bei diesem Verhör, war er unschlüssig gewesen, ob
er nicht einfach alles erzählen sollte, was er wusste. So wie es
in diesem Land, das sie aufgenommen hatte, richtig gewesen
wäre. Aber er musste trotzdem seine Familie schützen – auch
wenn jemand etwas gemacht hatte, das unrecht war.

Egid wollte nicht, dass alles herauskam und seine Frau
es dann erst erfahren würde, womöglich von der Polizei. Er
musste mit ihr reden. Jetzt.

Er sah sie an. »Es ist etwas Schlimmes passiert, Helin, etwas
ganz Schlimmes.«

»Sag es mir, Egid. Sag es mir, vielleicht wird es dann leichter
für dich.«

Sie hatte recht. Er hätte es sowieso gleich ihr erzählen sollen und nicht ihm. Vielleicht war es noch nicht zu spät. Also
erzählte er ihr alles.

Als beide eine Weile weinend dagesessen hatten, schüttelte
Egid den Kopf und sagte: »Ich glaube, ich habe so viel falsch
gemacht. Es war schon falsch, ihm zu erzählen, dass der Mann
in die Werkstatt gekommen ist. Damit hat das Unglück begon-

nen, weil ich so schockiert war, den Mann zu sehen. Ich musste mit jemandem reden. Ich hätte mit dir sprechen müssen, Helin. Ich hätte es vielleicht auch der Polizei sagen sollen, aber nicht ihm. Ich hätte wissen können, dass er sich rächen will. Ich wollte nur mit ihm besprechen, was wir machen. Ich war ja auch nicht sicher, ob die Polizei den Mann und die beiden anderen einsperrt, nur weil ich ihn beschuldige. Deshalb habe ich zuerst mit ihm geredet. Er hat uns schon oft gut beraten.«

»Deine Überlegungen waren nicht falsch.«

»Doch, es hat sich gezeigt, dass es falsch war. Als der erste Tote gefunden wurde, war klar, was er vorhatte. Dann konnte ich nichts mehr richtig machen. Ich konnte ihn nicht der Polizei verraten. Ich konnte ihn auch nicht abhalten. Ich habe mit ihm geredet, aber du kennst ihn ja. Er ist schwierig, seit dieser Zeit. Er hat nicht mehr auf mich gehört. Aber ich durfte auch nicht einfach zusehen. Ich konnte nichts mehr richtig machen, alles war falsch.«

»Ich verstehe dich, Egid«, antwortete Helin leise. »Ich liebe dich. Ich weiß, dass du ein guter Mensch bist.«

Egid sah sie traurig an. »Heute habe ich wieder etwas falsch gemacht, als diese Polizisten in der Werkstatt waren. Sie werden herausfinden, was passiert ist. Wir können sie nicht davon abhalten. Es ist nur die Frage, ob sie es rechtzeitig herausfinden. Es geht um Leben und Tod. Jeder der beiden will den anderen töten. Der andere weiß, wer es auf ihn abgesehen hat. Er hat eine Pistole. Er hat schon auf ihn geschossen und ihn am Arm verletzt. Ich hätte den Polizisten die Namen sagen sollen, damit sie eingreifen können und nicht noch jemand sterben muss, vielleicht sogar jemand von uns. Von der Familie.«

»Er wird sehr lange ins Gefängnis gesteckt, wenn sie ihn finden. Kann er nicht weggehen, irgendwohin?«

»Wo soll er hingehen? Irgendwo in der Welt ein neues Leben beginnen? Er wird es nicht tun, schon deshalb nicht, weil er es zu Ende bringen will. Er hat es sich in den Kopf gesetzt. Was danach kommt, ist ihm egal, hat er gesagt. Er will die Ehre meiner Schwester retten und ihren Tod rächen.«

»Dann müssen wir ihm helfen, damit der andere ihn nicht tötet.«

»Ja, Helin. Wie können wir ihm helfen? Ich will keine Waffe in die Hand nehmen. Es ist nicht der richtige Weg. Aber er ist verrückt. Er will nicht aufhören. Er geht nicht einmal mehr ans Telefon. Vielleicht brauchen wir wirklich die Polizei. Dass sie beide finden.«

»Sie werden ihn einsperren.«

»Ja. Vielleicht ist es aber das Beste für ihn.«

\*\*\*

Überraschend an der Besprechung mit Karin Welsch war weniger die Tatsache, dass die wie immer perfekt gekleidete, frisierte und geschminkte Karrierefrau die Arbeit der Ermittler und die heiße Spur in Richtung Ludwigshafen nur mit einem eher herausgepressten »Das wurde aber auch Zeit« kommentierte. Erstaunlich war, dass sie den Kommissaren eine Frist setzte.

»Das hat jetzt alles lange genug gedauert. Es muss vermieden werden, dass wir ohne konkrete Ergebnisse und Festnahmen in der türkischen Bevölkerung Ludwigshafens für Unruhe sorgen. Gefallen kann uns die Entwicklung sowieso nicht, weil am Ende vermutlich diejenigen recht behalten, die gleich der Person im Niqab die Tat anhängen wollten. Ich möchte aus all diesen Gründen, dass wir in den nächsten Tagen, also noch in dieser Woche, die Sache abschließen können.«

»Warum unbedingt in dieser Woche? Gibt es denn am Wochenende etwas Besonderes?«

Hochdörffers Frage war so scheinheilig, dass die anderen Anwesenden – von der Staatsanwältin abgesehen – ein Grinsen unterdrücken mussten. Jedermann wusste, dass Karin Welsch am Samstag beim Parteitag einen sicheren Listenplatz für die Landtagswahl anstrebte. Ein gerade erfolgter Abschluss des Falles und entsprechende Presseberichte wären natürlich zur Profilierung der Kandidatin sehr hilfreich.

Groß war ein wenig peinlich berührt wegen der durchsichtigen Darbietung Hochdörffers und zog, wie immer, wenn er sich unwohl fühlte, seine Krawatte etwas fester.

Die Staatsanwältin reagierte kühl auf die kleine Provokation Hochdörffers. »Ich habe Ihnen schon gesagt, warum es jetzt schnell gehen muss. Wenn es Montag wird, bricht die Welt auch nicht zusammen, Herr Hochdörffer. Ich sage nur, es wird Zeit. Wir sollten nicht den Eindruck erwecken, als würden wir den Schuldzuweisungen der Rechten nachlaufen, ohne dass wir im Milieu der muslimischen Zuwanderer wirklich ein Ergebnis anzubieten haben. Ich hoffe, das ist deutlich genug. Wenn Sie jedenfalls bei diesem Neidelbach oder nach der erneuten Vernehmung des Herrn Barakaz in dessen Wohnung einen Durchsuchungsbeschluss brauchen, sehe ich kein großes Problem.«

Sie wandte sich gerade zum Gehen, als ihr anscheinend noch etwas einfiel. »Ich habe übrigens, Herr Badenhop, Ihren Einsatz im Wald bei Neustadt mit großem Interesse verfolgt. Der eine oder andere mag das erheiternd gefunden haben, ich nicht. Einen absurderen Akt, die Ermittlungsbehörden lächerlich zu machen, habe ich bisher nicht erlebt und möchte es auch nicht noch einmal erleben. Ich hätte größte Lust, den durchgeknallten Journalisten, auf den Sie reingefallen sind, strafrechtlich zu belangen. Der einzige Grund, warum ich es nicht mache, ist, dass die Blamage dieser Behörde dann an die Öffentlichkeit gezerrt wird.«

Ohne ein weiteres Wort verließ sie den Raum.

»Wo sie recht hat, hat sie recht«, brummte Badenhop selbstkritisch, als Karin Welsch draußen war.

Hochdörffer schlug ihm kameradschaftlich auf die Schultern. »Nimm's nicht so tragisch. Ist dumm gelaufen. Woher hättet ihr wissen sollen, dass dieser Peust dahintersteckt? … Aber lustig war's doch.« Er fing an zu lachen.

»Deine Frohnatur möchte ich haben«, moserte Badenhop und verließ den Besprechungsraum.

## SIEBZEHN

Er glaubte nicht, dass er den Anderen jemals zuvor gesehen hatte, war sich aber nicht sicher. Keinesfalls wusste er, wer der war. Er hatte es nicht geschafft, ihn aus dem Weg zu räumen, und musste sich überlegen, wie er den Kerl finden konnte. Es musste alles über diesen Automechaniker gelaufen sein, bei dem er den Stoßdämpfer hatte austauschen lassen. So ein bescheuerter Zufall! Der musste ihn erkannt haben. Anders konnte es nicht sein. Es war ja sonst niemand dabei gewesen damals. Das Mädchen war tot.

Ja, tot. Scheiße, warum hatte das passieren müssen? Grindelsbacher hatte sich danach kaum noch bei ihnen blicken lassen. Er hatte sowieso die Hosen voll gehabt und ihnen anschließend völlig hysterisch Vorwürfe gemacht. Tatsächlich hatte er sich nicht besonders beteiligt, außer mit Sprüchen. Gut, er hatte das Mädchen ein bisschen festgehalten. Aber Spaß hatte er nicht wirklich bei der Aktion gehabt. Die beiden anderen am Ende auch nicht mehr, als das Mädchen tot war. War ja nicht beabsichtigt gewesen. Ein bisschen grob anfassen schon, damit sie Ruhe gibt. Aber töten wollten sie das junge Ding nicht.

Genützt hatte es Grindelsbacher nichts. Jetzt war er genauso tot wie Konietzka. Der Andere hatte nicht gefragt, wer von ihnen besonders zugelangt hatte, damals am Danziger Platz.

Der Automechaniker! Zu Hause hatte er noch einen alten Zeitungsartikel liegen über diese Sache damals. Als er nach der Flucht kurz in seiner Wohnung gewesen war, hatte er ihn herausgesucht und durchgelesen. Da stand der Name des Türken: Egid Barakaz. Und genau bei dem latschte er in die Werkstatt und ließ seinen Stoßdämpfer machen.

Er hatte nicht mitbekommen, dass der Türke ihn erkannt hatte. Die Reparatur hatte der Knoblauchfresser ohne Probleme erledigt. Teuer war es auch nicht gewesen. Aber dann?

Anscheinend hatte der falsche Hund hinterher einen auf ihn angesetzt, der ihn in die Falle lockte und der sie alle drei fertigmachen sollte.

Er war sich sicher: Der einzige Weg, den Anderen zu finden, führt über den Automechaniker. Der muss den Namen und die Adresse wissen. Aber er wird den Anderen garantiert gleich warnen. Das muss er verhindern. Ihn irgendwo einsperren, wie es der Andere mit ihm gemacht hatte? Oder ihn ganz aus dem Weg räumen – nein, das wäre noch mal ein Mord. Wenn er den Anderen erwischt, der ihn töten wollte, ist es nur Selbstverteidigung, Notwehr sozusagen. Und mit dem Mädchen damals kann man immer noch auf Unfall machen, wenn es überhaupt herauskommt. Aber zu dem Automechaniker hingehen muss er, ihn irgendwo abpassen, die Walther an den Kopf halten und die Informationen herauspressen, die er braucht, notfalls ein bisschen mit Gewalt nachhelfen.

So hatte er sich das jedenfalls gedacht. Er war mit dem Taxi, das er zum Hotel kommen ließ, zu der Autowerkstatt gefahren, um zu beobachten, wann der Türke rauskam und wohin er ging. Irgendwo hätte er sich ihm genähert und ihn mit der Walther in einen Hauseingang oder in eine ruhige Ecke dirigiert. Aber es war nur der zweite Mechaniker gekommen, der anscheinend angestellt war.

Konnte er den ansprechen? Oder wusste der auch Bescheid? Er musste es riskieren.

Er ging hin und fragte nach seinem Chef. Er habe noch etwas mit ihm zu besprechen wegen der Reparatur.

Aber der Mann sagte nur: »Chef heute nicht da. Weiß nicht, wann wieder in Werkstatt. Vielleicht morgen.«

\* \* \*

Sie mussten diesen Egid Barakaz hart befragen. Der Mann durfte den Verhörraum nicht verlassen, ohne ihnen alles gesagt zu haben, was er wusste.

Die Fahndung nach Neidelbach lief. Die Überprüfung der

verschiedenen Mitglieder der kurdischen Familie hatte wie erwartet keine eindeutigen Ergebnisse gebracht. Nur, dass Barakaz selbst tatsächlich zum Zeitpunkt des Mordes in der Villa auf dem Weg von Kassel nach Ludwigshafen gewesen war, konnte zweifelsfrei bestätigt werden. Die anderen männlichen Mitglieder der Familie hatten teilweise Alibis, teilweise nicht. Eine gemeinschaftliche Tat wäre jedenfalls möglich gewesen.

Groß hatte auch Janine Siener erneut angerufen und gefragt, ob Neidelbach noch mal mit ihr Kontakt aufgenommen habe. Sie hatte etwas verdruckst reagiert, nach einem genauen Zeitpunkt gefragt und sich um eine klare Antwort gedrückt, sodass Groß ihr kurzerhand erklärt hatte, sie müsse jetzt zu Hause bleiben und auf ihn warten. Er käme sofort vorbei.

Badenhop hatte sich noch einmal die Akte des damaligen Überfalls angesehen. Der Fall lag vierzehn Jahre zurück, und die Beschreibung der Täter durch den Zeugen Barakaz war nicht sehr exakt. Die Personen konnten sich verändert haben. Die Merkmale der drei Männer, die Barakaz genannt hatte, waren jedoch nicht so, dass sie auch nur in einem einzigen wesentlichen Punkt den Personen Grindelsbacher, Konietzka und Neidelbach widersprochen hätten. Sie konnten es der Beschreibung nach gewesen sein – und sie waren es nach Badenhops Überzeugung auch.

Während er noch in die Akte vertieft war, hörte er die Stimme des kurdischen Automechanikers auf dem Flur.

Gleich darauf kam Sabine Vogel in sein Büro und machte ein fragendes Gesicht. »Herr Barakaz ist da. Aber er hat seine Frau mitgebracht. Was soll ich mit ihr machen?«

Badenhop war überrascht, fand jedoch, es sei kein Fehler, sie gegebenenfalls auch befragen zu können. Er verließ sein Büro, sah das Ehepaar auf dem Flur stehen, begrüßte sie und wandte sich an die Sekretärin: »Frau Vogel, führen Sie Herrn Barakaz bitte in den Verhörraum. Ich komme gleich. Frau Barakaz, schön dass Sie mitgekommen sind. Vielleicht haben wir auch ein paar Fragen an Sie. Sie müssen solange hier draußen warten.«

Die Frau warf einen Blick in die Richtung, in die ihr Mann mit Sabine Vogel verschwunden war, und sah dann ernst und traurig zu Badenhop. »Herr Kommissar, ich bitte Sie, tun Sie meinem Mann nichts. Er ist ein guter Mensch. Er hat niemandem etwas getan. Das müssen Sie glauben. Ich bitte Sie.«

Badenhop wollte sie nicht verschrecken, wollte ihr aber auch nichts vormachen. »Frau Barakaz, Sie möchten sicher genau wie wir alle, dass die Mörder Ihrer Schwägerin gefunden werden, allerdings durch uns. Die Bestrafung hat durch die staatlichen Organe zu erfolgen, nicht durch Privatpersonen. Was wir von Ihrem Mann wollen, ist lediglich, dass er uns sagt, was er weiß. Deshalb haben wir ihn hierherbestellt.«

Die Frau nickte stumm. Badenhop sah die tiefe Trauer in ihrem Blick. Sie tat ihm leid.

Sabine Vogel hatte dem Zeugen im Verhörraum bereits einen Kaffee angeboten. Er sah erwartungsvoll zu Badenhop und Hochdörffer, als sie hereinkamen, und wollte sofort anfangen zu reden. Badenhop beschwichtigte ihn, erledigte zunächst die Formalien des Verhörs und klärte ihn über seine Rechte auf. Er nahm sich Zeit dafür und legte auf die Details besonderes Gewicht, um dem Zeugen die Brisanz und Bedeutung seiner Situation deutlich zu machen. Doch schon nach weniger als einer Minute des Verhörs wusste er, dass das Gespräch anders laufen würde, als er erwartet hatte.

Auf die Einleitung Badenhops, er habe den Eindruck, dass Barakaz bei ihrem ersten Gespräch nicht immer die Wahrheit gesagt hatte, antwortete der Mann sofort: »Ja, Sie haben recht. Heute möchte ich das wiedergutmachen. Ich habe mit meiner Frau gesprochen. Wir müssen dem Gesetz folgen, auch wenn wir den Schutz der Familie in diesem Fall aufgeben müssen. Ich kann die Verantwortung nicht mehr tragen für das, was passiert ist und was noch passieren könnte. Es wird auch für unsere Familie besser sein. Ich hoffe das.«

»Das ist sehr erfreulich, Herr Barakaz. Ich stelle Ihnen deshalb gleich eine Frage erneut, bei der ich glaube, dass Sie bei unserem letzten Gespräch etwas verschwiegen haben. Also noch einmal: Haben Sie oder jemand aus Ihrer Familie in den letzten Wochen einen der damaligen Täter getroffen oder auf andere Weise erfahren, wer es ist?«

Barakaz nickte und sah Badenhop schuldbewusst an. »Ja.«

»Bitte erklären Sie uns, was genau passiert ist.«

Wieder war Egid Barakaz aufgeregt und zitterte ein wenig, aber Badenhop glaubte nicht, dass er diesmal etwas verbergen wollte. »Ich habe Ihnen gesagt, dass mir einer der drei Männer aufgefallen war, weil er besonders brutal war und weil er mich mit seinen Stiefeln getreten hat, als ich schon am Boden lag. Dieser Mann ist vor zwei oder drei Wochen zu mir in die Werkstatt gekommen und hat seinen Wagen reparieren lassen. Er hat neue Stoßdämpfer gebraucht. Ich habe ihn erkannt. Er hat mich sicher nicht erkannt. Ich habe ihn ja damals nicht interessiert.«

»Und Sie wissen jetzt, wie er heißt und wo er wohnt?«

»Er wollte eine Rechnung mit Adresse und so weiter.«

»Wie heißt der Mann?«

»Oliver Neidelbach.«

»Das haben wir uns gedacht. Wir suchen bereits nach ihm. Er ist seit Tagen nicht mehr in seiner Wohnung gewesen. Herr Barakaz, wissen Sie, ob er noch lebt?«

Egid Barakaz erschrak. »Ich habe ihn nicht getötet, ganz bestimmt nicht, Herr Kommissar.«

»Das war nicht meine Frage, Herr Barakaz. Wissen Sie, ob er noch lebt?«

»Ich weiß es nicht genau. Aber er ist in Lebensgefahr, ebenso wie …« Er verstummte und sah vor sich auf den Tisch.

»Wie wer?«

»Boris Kiefer.«

Badenhop hatte diesen Namen gelesen, vermutlich in der Akte des Falles. »Boris Kiefer? Wer ist das? Erklären Sie uns bitte den Zusammenhang?«

»Ja. Boris Kiefer war mit meiner Schwester Aynur verlobt. Das war am Anfang schwierig, weil er Christ ist und meine Schwester Muslimin war. Aber wir haben ihn sehr geschätzt.

Die Familie wollte einen Weg suchen, wie das Paar zusammenleben konnte. Dazu ist es durch den Mord an meiner Schwester nicht mehr gekommen, aber wir betrachten ihn immer noch als ein Mitglied unserer Familie. Wir sind sehr eng befreundet und sprechen über sehr viele Dinge, die wir nicht verstehen. Es ist nicht immer leicht für Kurden in Deutschland. Wir konnten uns oft an Boris wenden, weil er die Gesellschaft hier besser kennt als wir, obwohl wir schon lange hier leben. Wir fragen ihn oft um Rat.«

»Und so war es auch in diesem Fall?«

»Ja. Wahrscheinlich habe ich deshalb einen ganz großen Fehler gemacht. Nachdem ich einen der Täter wiedererkannt hatte, habe ich es Boris erzählt. Ich wollte mit ihm sprechen, weil ich dachte, er weiß am besten, was man in so einem Fall machen kann. Ich habe nicht damit gerechnet, dass er so extrem darauf reagiert. Er hat gleich gesagt, es wäre gar nicht sicher, dass die Polizei diesen Neidelbach einsperrt. Der würde wahrscheinlich behaupten, nach all den Jahren könnte ich mich gar nicht mehr erinnern, dass er das war. Es wäre Aussage gegen Aussage. Und wir würden immer noch die anderen beiden nicht kennen. Wir haben lange darüber geredet, was am besten ist. Am Ende hat er gesagt, dass er sich überlegt, was zu tun ist.«

»Sonst haben Sie mit niemandem darüber gesprochen, dass Sie Oliver Neidelbach als einen der Täter von damals erkannt haben?«

»Mit keinem Menschen, bis gestern. Gestern habe ich mit meiner Frau gesprochen und ihr alles erzählt.«

»Sie haben mit keinem anderen Mitglied Ihrer Familie darüber gesprochen?«

»Nein.« Etwas hilflos und leise fügte Egid Barakaz hinzu: »Ich habe auch Angst gehabt.«

»Wovor?« Badenhop wusste nicht, wohin das führte. »Hat man Sie bedroht?«

»Nein, niemand hat mich bedroht. Aber … Ich hatte Angst, dass vielleicht jemand Boris hilft. Wo unsere Eltern herkommen, hätte man das erwartet. Das gilt auch für meine Familie. Es ist mir sehr schwergefallen, den Erwartungen unserer Tradition nicht zu entsprechen.« Er sah scheu zu Badenhop und schien sich zu schämen, dass er die Werte seiner Vorfahren verriet.

Badenhop verstand. Der innere Kampf dieses Mannes musste schrecklich gewesen sein. Er ließ sich die Adresse von Boris Kiefer geben und verständigte sich kurz mit Hochdörffer, der umgehend die Durchsuchung und Überwachung von Kiefers Wohnung und eine polizeiliche Überprüfung des vermutlichen Täters veranlasste.

»Was ist weiter passiert?«, fragte er Egid Barakaz.

»Ich habe Boris ein paarmal angerufen und ihn gefragt, ob er sich schon etwas überlegt hat. Aber er war nicht ehrlich, leider. Er hat immer gesagt, er braucht noch etwas Zeit. In Wirklichkeit hat er schon etwas unternommen. Schließlich hat er gesagt, er wüsste jetzt auch, wer die beiden anderen sind. Er hat mir die Namen gesagt. Aber am Anfang wollte er mir nicht sagen, wie er die Namen herausbekommen hat. Da habe ich schon befürchtet, dass etwas mit ihm nicht stimmt. Ein oder zwei Tage später waren die beiden tot.«

»Hat er Ihnen das gesagt?«

»Nein, ich habe es zufällig im Radio gehört. Wir lassen immer das Radio laufen in der Werkstatt. Ich habe sofort gewusst, dass er das war. Es war ganz furchtbar. Ich wusste gar nicht, was ich machen sollte.«

»Der andere Mann in Ihrer Werkstatt weiß auch nichts?«

»Nein. Ich habe getan, als wenn nichts wäre. Er hat nichts gemerkt.«

»Warum haben Sie uns nichts gesagt, Herr Barakaz? Sie kennen einen Mörder und verschweigen es der Polizei.« Erst jetzt sah Badenhop, dass Egid weinte.

»Es ist eine schlimme Situation«, sagte er unter Tränen. »Man kann tun, was das Gesetz verlangt, aber dann verrät man ein Mitglied der Familie. Das ist eine sehr schwere Entscheidung. Ich habe das nicht gekonnt.«

»Haben Sie uns die Nachricht geschickt, dass die beiden Ermordeten sich von früher kannten?«

»Ja. Damit habe ich dem Gesetz geholfen, aber doch kein Mitglied meiner Familie verraten.«

Der arme Mann macht den hilflosen Versuch, in zwei Welten gleichzeitig zu leben, dachte Badenhop. Der archaischen, unter allen Umständen die Familie zu schützen, und der neuen, in der Gesetze und bürgerliche Pflichten anders definiert waren. Er verstand seinen inneren Konflikt. Er hatte Ähnliches bereits in seiner Hamburger Zeit erlebt.

»Es ist gut, dass Sie jetzt gekommen sind, Herr Barakaz. Vielleicht ist es noch nicht zu spät, und es gibt keine Toten mehr. Haben Sie mit Herrn Kiefer in den letzten Tagen noch einmal gesprochen?«

»Seit einigen Tagen nicht mehr. Er hat mir bei unserem letzten Telefongespräch dann doch erzählt, dass er diesen Oliver Neidelbach gefangen genommen und ihn gezwungen hat, die Namen der anderen beiden zu nennen. Neidelbach wollte er nicht sofort töten, weil er der brutalste der Täter gewesen ist, die seine Braut vergewaltigt und ermordet haben. Ich weiß nicht, was er mit ihm vorhatte. Aber Neidelbach konnte fliehen. Das ist das Letzte, was ich weiß. Man konnte kaum noch vernünftig mit Boris reden. Ich habe versucht, ihm zu sagen, dass es nicht recht ist, was er macht. Aber er wollte nicht hören.«

»Seitdem haben Sie nicht mehr mit ihm gesprochen? Wie lange ist das her?«

»Es war, glaube ich, vor drei oder vier Tagen. Ich weiß nicht, was jetzt passiert. Er war völlig verändert, als ich zuletzt mit ihm telefoniert habe. Es ist alles wieder bei ihm hochgekommen von damals, seine Wut, seine Trauer. Er will meine Schwester unbedingt rächen, egal was mit ihm selbst geschieht. Ich habe ihn kaum wiedererkannt. Er hat mir nur eine Nachricht geschickt, dass der Mann mit den Cowboykleidern auf ihn geschossen und ihn am Arm verletzt hat. Jetzt ist Boris verschwunden. Ich bin einmal zu seiner Wohnung gegangen, aber er war nicht da. Er geht auch nicht mehr ans Telefon.«

»Herr Kiefer hat ja, wie Sie sagen, einen sehr guten Kontakt zu Ihrer Familie, die nicht nur aus Ihnen, Ihrer Frau und Ihren Kindern besteht. Halten Sie es für möglich, dass er andere Familienmitglieder angesprochen hat, um ihm zu helfen? Bitte überlegen Sie das genau, Herr Barakaz, und sagen Sie mir die Wahrheit.«

Die Antwort kam direkt und ohne nachzudenken. »Ich bin hierhergekommen, Herr Kommissar, weil ich reinen Tisch machen und Ihnen alles sagen will, was ich weiß. Ich bin mir ganz sicher, dass Boris niemand sonst gefragt hat. Es weiß auch niemand aus der Familie von der ganzen Sache. Sehen Sie, ich war damals betroffen. Ich habe meine Schwester verloren. Mich haben sie geschlagen und verletzt. Wenn er gewollt hätte, dass jemand mitmacht, hätte er mich zuerst gefragt. Nein, er hat sicher keinen gebeten, ihm zu helfen. Er will das allein durchziehen.«

Für Badenhop fügte sich endlich alles zusammen, nur waren draußen immer noch zwei Männer unterwegs, die sich anscheinend gegenseitig töten wollten, der eine, um seine Verlobte zu rächen, der andere, um sich zu verteidigen und womöglich einen Mitwisser zu beseitigen. In diesem Fall wäre auch Egid Barakaz in Gefahr, zumindest wenn Neidelbach damit rechnete, dass Barakaz zur Polizei ging.

»Boris Kiefer hat sich also, wenn ich Sie richtig verstehe, einen Niqab besorgt, hat Karl Grindelsbacher in der Villa Ludwigshöhe und einen Tag später Johannes Konietzka in einem Weinberg bei Ranschbach erstochen. Neidelbach will er ebenfalls ermorden, aber der ist geflohen. Ist das richtig?«

»Ja, so ist es gewesen. Es ist schrecklich.«

»Das Gemälde hat er in der Ausstellung nur mitgenommen, um die Polizei in die Irre zu führen, damit es wie ein Kunstraub aussieht?«

»Darüber habe ich nicht mit ihm gesprochen. Aber Boris hat auch ein sehr schwieriges Verhältnis zu Kunst. Das war schon damals so, als meine Schwester noch lebte. Er wollte nicht, dass sie sich intensiv mit Kunst beschäftigt und

Freunde hat, die davon leben. Er wollte auch nicht, dass sie Kunst studiert. Er war der Meinung, das seien alles Leute, zu denen sie – also er und meine Schwester – nicht passen. Er hat gemeint, viele dieser Leute seien Schmarotzer und Angeber. Nach dem Überfall auf uns und nach dem Tod meiner Schwester ist das noch schlimmer geworden. Wir sind ja von einer Kunstausstellung gekommen, und die drei Männer sind auch dort gewesen. Er hat die ganzen Künstler und diese – wie sagt man? – Kunstszene gehasst. Man konnte nicht gut mit ihm darüber reden. Als ich mit ihm gesprochen habe, nachdem er die beiden Männer getötet hatte, da hat er gesagt, der Ort, diese alte Villa, hat ihm gut gefallen, weil es mitten in so einer blöden Ausstellung gewesen ist. Also … Ich weiß nicht, was er mit dem Gemälde gemacht hat. Es ist wertvoll, nicht wahr?«

Das Gemälde war jetzt nicht die wichtigste Baustelle, fand Badenhop. Das merkwürdige Verhältnis des Täters zur Kunstszene erklärte womöglich die Tatsache, dass sich ein Ausdruck des Slevogt-Gemäldes in der Jackentasche des toten Konietzka befunden hatte. Es konnte aber auch sein, dass Konietzka sich das Bild ausgedruckt hatte, als er recherchierte, wie sein ehemaliger Kumpel ermordet worden war.

»Das Gemälde interessiert uns im Augenblick weniger. Wir müssen verhindern, dass weitere Menschen getötet werden. Hat Herr Kiefer Familie? Ist er verheiratet? Gibt es Kinder?«

»Boris lebt allein. Wir sind seine Familie. Wir haben ein sehr enges Verhältnis gehabt die ganze Zeit. Was er jetzt macht, verstehe ich nicht. Es ist schrecklich. Seine Eltern leben nicht mehr. Er hat einen Bruder. Der wohnt in Berlin. Er sieht ihn nicht sehr oft.«

»Was macht Herr Kiefer beruflich? Ist er irgendwo angestellt? Vielleicht weiß ja bei seiner Arbeitsstelle jemand, wann er zuletzt dort war?«

»Er ist nicht angestellt, sondern selbstständig. Er macht so Innenausbau. Rigips, Zwischenwände, Isolierungen, solche Sachen. Das macht er meistens allein. Wenn es etwas Größeres ist, holt er sich Helfer dazu, Bekannte, die öfter mit ihm arbeiten. Das kommt aber nicht so oft vor.«

Das könnte eine Möglichkeit sein, ihn zu finden, dachte Badenhop. »Wenn er selbstständig ist, hat er sicher außer seiner Wohnung noch ein Lager oder eine Art Werkstatt. Wissen Sie, wo das ist?«

»Ja, das stimmt. Es gibt einen Lagerraum für sein Material und für seine Werkzeuge.«

Badenhop ließ sich die Adresse geben. Hochdörffer sorgte sofort dafür, dass auch diese Adresse durch eine Streife überprüft wurde.

»Oliver Neidelbach haben Sie nicht mehr gesehen oder mit ihm gesprochen, seit er sein Auto bei Ihnen abgeholt hat? Sie haben ihm auch nicht zu erkennen gegeben, dass Sie wissen, wer er ist?«

»Nein, ich habe ihn nicht mehr gesehen. Ich habe auch nichts zu ihm gesagt wegen damals. Ich glaube nicht, dass er mich erkannt hat.«

»Herr Barakaz, es ist aber gut möglich, dass er mittlerweile erfahren hat, wer Sie sind, entweder von Boris Kiefer oder auf andere Art. In diesem Fall sind Sie und Ihre Familie in Gefahr. Er weiß jetzt, dass Sie ihn ins Gefängnis bringen können, weil Sie damals Zeuge waren. Offenbar ist Oliver Neidelbach ja bewaffnet.« Man sollte ihnen eigentlich Personenschutz geben, dachte Badenhop, wusste aber, dass die Bedrohung nicht offensichtlich genug war, um damit durchzukommen.

Sie beendeten das Verhör und brachten Barakaz nach draußen, wo seine Frau wartete und ihn sorgenvoll und fragend ansah.

Staatsanwältin Karin Welsch hatte umgehend Fotos von Boris Kiefer und Oliver Neidelbach an die Medien gegeben. Im begleitenden Text wurde darauf hingewiesen, dass die dringend verschiedener Morde Verdächtigen von der Polizei gesucht wurden. Die Bevölkerung wurde um Hinweise auf ihren Aufenthalt gebeten. Die Suche nach den mutmaßlichen Tätern stehe im Zusammenhang mit den Morden in der Villa Ludwigshöhe und in einem Weinberg bei Ranschbach. Es werde vermutet, dass die beiden bewaffneten und gefährlichen Männer sich in Ludwigshafen oder in der Umgebung der Stadt aufhielten.

Nur fünfzehn Minuten nach dem Mailversand dieser Information klingelte bei Badenhop das Telefon. »Martin Peust – legen Sie bitte nicht auf«, sagte die Stimme am anderen Ende der Leitung.

Der hatte Badenhop gerade noch gefehlt. »Herr Peust, wir haben hier zu tun und keine Zeit für einen Ihrer Einfälle. Ich habe Ihnen gesagt, dass Sie sich an Frau Welsch wenden müssen, wenn Sie weitere Informationen haben wollen.«

»Ich will nur die Bestätigung, dass dies die beiden Täter sind und es sich dabei nicht um Muslime handelt.«

»Herr Peust, interpretieren Sie unsere Mitteilungen nicht, wie es Ihnen gefällt. Die Bestätigung kann ich Ihnen nicht geben, weil es auch nicht stimmt, was Sie mutmaßen. Richtig ist allerdings, dass beide Gesuchte unseres Wissens keine Muslime sind.«

»Es sind nicht die Täter?«

»Herr Peust, die Situation ist komplizierter, als Sie denken. Schreiben Sie, was in der Pressemitteilung der Staatsanwaltschaft steht. Damit helfen Sie uns. Und noch mal: Ich kann Ihnen nicht mehr sagen. Sprechen Sie mit der Staatsanwältin. Guten Tag.« Badenhop legte auf.


Was hatte das zu bedeuten? Martin Peust sah auf das Leberwurstbrot auf seinem Schreibtisch und dachte nach. Das ging am besten, wenn er einen ordentlichen Bissen nahm und kaute.

Nach Angaben der Polizei waren beide Männer dringend der Morde verdächtig, die im Zusammenhang mit den Morden in der Villa und in Ranschbach standen? Aber die beiden waren nicht die Täter der beiden Mordfälle? Wie das? Bedeutete es, dass im Zusammenhang mit den beiden Morden noch weitere Tötungsdelikte begangen worden waren? Steckte da eventuell eine ganze Kunsträuberbande dahinter? Oder gar ein Banden-krieg? Sollte er doch die Staatsanwältin anrufen?

Peust nahm noch einen großen Bissen und sah nach der Telefonnummer in der Pressemitteilung der Staatsanwalt-schaft. Dann tippte er die Nummer in sein Gerät. Als die Se-kretärin ihn nach seinem Namen gefragt und weiterverbunden hatte, war tatsächlich Karin Welsch am Telefon.

»Herr Peust, ich nehme an, Sie wollen sich für Ihre unsäg-liche Aktion im Neustadter Wald entschuldigen, ja?«

Nein, wollte er eigentlich nicht, aber er sagte: »Ja, das tut mir wirklich leid. Es war keine gute Idee. Aktuell hätte ich noch ein paar Fragen zu den Morden in Edenkoben und Ransch-bach und zu Ihrer Pressemitteilung. Glauben Sie denn, dass die Täter noch vor der Aufstellung der Landtagsliste Ihrer Partei gefasst sind?«

»Ich glaube nicht, Herr Peust, dass diese beiden Ereignisse miteinander in Verbindung gebracht werden sollten.«

»Hm.« Peust steckte sich das letzte Stück Leberwurstbrot in den Mund und vernuschelte die nächsten Sätze ein wenig. »Schollten vielleicht nicht, aber schie werden. Und dasch wissen schie natürlich arch.« Er machte kauend eine Pause. Karin Welsch sagte nichts. »Aber, grmm, kommen wir doch zu dem Fall zurück. Wenn die Presse dazu beitragen kann, dass die Verdächtigen schneller gefasst werden, tut sie das natürlich.«

»Guten Appetit, Herr Peust. Am besten helfen Sie uns, wenn Sie die Mitteilung verbreiten, die wir Ihnen geschickt haben, und keine Eigeninitiativen starten.«

»Sicher, Frau Staatsanwältin. Nur könnte Ihr Text missver-standen werden. Da wollte ich um Klärung bitten. Es liest sich so, als seien die beiden Gesuchten die Mörder in Edenkoben und in Ranschbach. Waren es also doch zwei verschiedene Fälle und zwei verschiedene Täter?«

Karin Welsch schien einen Augenblick nachzudenken. »Nein, es ist nicht so, wie Sie vermuten. Es gibt nach unserem aktuellen Erkenntnisstand in Ranschbach und Edenkoben nur einen Täter, der für beide Gewalttaten verantwortlich ist. Es gibt aber einen zweiten des Mordes verdächtigen Mann aus einem unaufgeklärten älteren Fall. Es hat sich gezeigt, dass diese beiden Fälle zusammenhängen.«

»Um welchen älteren Fall handelt es sich, und wie hängen die beiden Fälle zusammen?«

»Es geht um einen mehr als zehn Jahre zurückliegenden Mord, den mehrere Täter begangen haben. Mehr kann ich Ihnen nicht sagen, und ich bitte Sie dringend, das auch nicht zu interpretieren.«

Hier war nicht mehr zu erfahren. Peust beendete das Gespräch und überlegte, wie er die Informationen zu einem spannenden Artikel verarbeiten konnte.

✳✳✳

Kevin Groß brachte von seinem Besuch bei Janine Siener nicht nur die nach mühsamer Befragung herausgefundene Information mit, dass Neidelbach sich bei ihr gemeldet und eindringlich verlangt hatte, dass sie seine Freundschaft mit Konietzka vor der Polizei verheimlichen solle. Groß' Hinweise, dass es um Leben und Tod gehe und Neidelbach vermutlich ein Mörder war, hatten ihre Bereitschaft, die Wahrheit zu sagen, befördert.

Interessanter war, dass Neidelbach sie auch gefragt hatte, ob er notfalls mal ein paar Tage bei ihr unterkommen könne, weil er sich in seiner Wohnung nicht mehr sicher fühle. Janine Siener hatte es bejaht, ohne zu fragen, warum er das wolle. Er habe sich aber inzwischen nicht mehr bei ihr gemeldet.

Die Frage, ob sie mit ihm auch eine Beziehung habe oder hatte, hatte sie empört abgewehrt. Was Groß von ihr glaube! Sie kenne Oliver Neidelbach kaum. Es sei ein Freund von Johannes Konietzka gewesen. Deshalb habe sie ihm gesagt, er könne bei ihr auf dem Sofa schlafen, mehr nicht.

Groß hatte ihr eingeschärft, sie solle ihn ruhig kommen lassen, wenn er wieder anrief, aber unbedingt sofort die

Polizei benachrichtigen. Verängstigt hatte sie dies zunächst abgelehnt. Wenn Neidelbach wirklich ein Mörder war, wolle sie ihn ganz bestimmt nicht in ihre Wohnung lassen. Groß hatte ihr versprochen, ihn noch vor Betreten des Hauses von der Polizei abfangen zu lassen. Es bestünde keine Gefahr für sie.

Das Verhältnis mit Dorschd sei übrigens beendet, hatte sie Groß noch ungefragt mitgeteilt. Sie sei auch bereit, im Prozess gegen ihn auszusagen. Sie habe das Herrn Schwörer bereits gesagt. Sie wolle ja den Behörden helfen, wo sie nur könne.

Groß kommentierte diese Bemerkung gegenüber Badenhop mit dem Satz: »Fällt ihr leider spät ein.«

Wenig später lagen auch die ersten Berichte der Streifenpolizisten aus Ludwigshafen vor. Boris Kiefer war nicht in seiner Wohnung angetroffen worden, bei deren Durchsuchung die Beamten einen Niqab gefunden hatten. Die Wohnung mache nicht den Eindruck, dass sie längere Zeit unbewohnt gewesen sei, meldeten sie nach Neustadt. In der Küche habe recht frisches Brot gelegen.

In Kiefers Schlafzimmer hatten die Beamten Slevogts »Selbstbildnis mit Strohhut« entdeckt. Es war dem ersten Anschein nach unbeschädigt. Die Beamten hatten das Bild an sich genommen.

»Ein erster Fahndungserfolg«, kommentierte Hochdörffer trocken. »Immerhin haben wir das gestohlene Gemälde zurückerobert. Die Generaldirektion Kulturelles Erbe Rheinland-Pfalz wird uns ewig dankbar sein. Jetzt müssen wir nur noch zwei Mörder jagen, die sich gegenseitig umbringen wollen.«

Boris Kiefers Wohnung wurde jetzt überwacht. Sie konnten ihn sofort festnehmen, wenn er sie betreten wollte.

In Kiefers Lagerraum hatten die Beamten einen Mann festgenommen. Wie sich herausstellte, handelte es sich um einen Obdachlosen, der auf der Suche nach einem Schlafplatz den Hinterhof betreten und die offene Lagertür entdeckt hatte. Der Tatort war dementsprechend verändert. Dennoch waren auf dem Boden noch die Reste von Klebebändern gefunden worden. Auch das ursprünglich innen befestigte Türschloss, das gewaltsam abgeschlagen worden war, lag auf dem Boden. Aus einem Farbeimer im Regal gegenüber der Eingangstür war weiße Wandfarbe gesickert, weil der Eimer offenbar von einer Kugel getroffen worden war.

Den Raum hatten die Beamten notdürftig gesichert und versiegelt, bis die Spurensicherung ihn überprüfen konnte.

✳✳✳

Oliver Neidelbach verfluchte den Tag, an dem ihnen diese Türkin gestorben war, weil sie ein wenig Spaß mit ihr haben wollten. Zuerst hatten sie ja gar nichts von der gewollt. Das hatte sich so aufgeschaukelt, weil die beiden ihnen blöde Antworten gegeben hatten. Er hatte am Ende wohl zu fest zugeschlagen, um sie gefügig zu machen.

Verdammt, das war so lange her! Wegen der Geschichte von vor fünfzehn Jahren saß er jetzt hier in der Scheiße. Wieso hatte er kürzlich ausgerechnet in dieser Autowerkstatt landen müssen? Nur weil ihm ein Kumpel den Kerl als besonders preiswert und zuverlässig empfohlen hatte.

Er hatte einen unglaublichen Hass auf den blöden Automechaniker, der ihm den Killer auf den Hals gehetzt hatte. Sollte er ihn doch aus dem Weg räumen, einen Mord riskieren? Er wog ab: Wenn es klappte mit den beiden, hatte er für immer seine Ruhe. Oder aber die Polizei drehte durch nach einem Mord an einem fleißigen türkischen Automechaniker. Schwierige Entscheidung. Er verschob sie.

Neidelbach konnte an diesem Tag nichts mehr unternehmen. Er musste bis morgen im Hotel warten und dann erneut bei der Werkstatt vorbeigehen, um Namen und Adresse des Anderen zu erfahren. Zum Glück wusste der nicht, wo er untergekommen war. Wahrscheinlich überwachte er seine Wohnung.

Er hätte gern gewusst, wo er ihn mit der Walther getroffen

hatte. Oder war der Schrei nur Überraschung gewesen? Immerhin war der Kerl weitergelaufen und verschwunden gewesen, als er wenige Sekunden später auf die Straße gekommen war. Wenn er ihn richtig verletzt hatte, konnte das Arschloch ihn nicht mehr verfolgen. Egal, er musste aufpassen und so tun, als sei der Andere noch genauso gefährlich wie vorher. Jetzt war wichtig, erst mal auszuschlafen und morgen so früh wie möglich den Automechaniker aufzusuchen.

Nachdem ihm der dritte Mann, dieser Neidelbach, am Tag zuvor mit einem Taxi entwischt war, obwohl er stundenlang in der Nähe der Pension auf ihn gewartet hatte, wollte Boris Kiefer kein Risiko mehr eingehen. Das Einfachste war, ihn direkt im Hotel zu erledigen.

Er checkte ein und fragte den Portier, ob sein Freund Oliver Neidelbach schon da sei. Der Mann sah nach und bejahte. Auf die Frage, ob er ihm die Zimmernummer sagen könne, sagte der Portier jedoch, nein, das dürfe er nicht, aber er könne ihn anrufen und …

»Nein danke, stören Sie ihn bitte nicht. Ich sehe ihn ja morgen früh beim Frühstück.« Blöd, nun musste er bis zum nächsten Tag warten.

Wie sollte er nun vorgehen? In Neidelbachs Zimmer konnte er nicht vordringen, wenn er nicht den Portier mit Gewalt zwingen wollte, ihm die Nummer zu sagen – und das wollte er keinesfalls. Aber wo konnte er die Sache zu Ende bringen und unerkannt entwischen? Im Frühstücksraum vielleicht?

Er warf einen Blick hinein. Die Idee gefiel ihm nicht. Das war hier eine Pension für Berufstätige, die alle recht früh zum Frühstück kamen. Ob er Neidelbach hier unbemerkt treffen konnte, schien ihm zweifelhaft. Sollte er sich die ganze Zeit in dem Raum herumdrücken, bis sein Opfer kam und ihn am Ende sah und erkannte? Kein guter Plan. Besser wäre es, früh aufzustehen, auszuchecken und in der Nähe des Hauses zu warten, bis Neidelbach rauskam. Dann müsste er hoffen, dass gerade nicht allzu viel auf der Straße los war und er nach wenigen Schritten und einem raschen Stich entwischen konnte.

\*\*\*

»Rede mit ihr«, hatte seine Mutter ihm ebenso geraten wie Katrin.

Also rief Badenhop Ingrid an. Es war nicht das erste Mal, seit sie nach Hamburg abgereist war. Sie konnten problemlos sachliche Angelegenheiten regeln, auch über die Jungs sprechen sowie über aktuelle, mehr oder weniger bedeutende Geschehnisse plaudern. Sogar nach den jeweiligen Befindlichkeiten war mehrfach von beiden Seiten gefragt worden. So viel Vertrautheit war trotz der Verletzungen, die er ihr zugefügt hatte, selbst von ihrer Seite noch vorhanden, dass derartige Fragen ernsthaft – und nicht nur höflich – beantwortet wurden. Er wusste die damit gezeigte Fairness und Selbstdisziplin Ingrids außerordentlich zu schätzen.

Ingrid hatte ihm – noch waren sie verheiratet – anfangs deutlich gemacht, dass ihre Rückkehr nach Hamburg mit großen Schmerzen und Enttäuschungen einhergegangen war. Andererseits hatte sie nach den ersten schwierigen Wochen zugegeben, dass ihr die äußeren Bedingungen in ihrer geliebten Großstadt und das Vorhandensein alter Freunde geholfen hatten, über die schlimmsten Tage hinwegzukommen. Allein in der Pfalz zu bleiben wäre für sie undenkbar gewesen.

Badenhop hatte einmal Jens nach Hamburg begleitet, hatte selbst bei einem Freund übernachtet und war mit Ingrid zum Abendessen ausgegangen. Ganz entspannt hätten sie wohl den Abend nicht genannt, aber sie hatten sich ausgesprochen. Es war kein wirklich böses Wort gefallen. Die Verletzungen vor allem bei Ingrid waren dennoch unübersehbar.

Vorwürfe und bissige Bemerkungen in Richtung des Mannes, der sie verlassen hatte und die sie anfangs kaum vermeiden konnte, waren mit der Zeit seltener geworden. Das Thema Katrin Mellen blieb freilich in unausgesprochenem Einvernehmen ausgespart. Bisher. Nun ging es darum, ob Ingrid mit ihrem Sohn nach Neustadt reisen und womöglich ihrer Nachfolgerin begegnen würde.

»Ich freue mich sehr, dich zu sehen, Ingrid«, sagte Badenhop. »Jens natürlich auch. Er war ja nur dreimal in Hamburg. Du wirst vermutlich nicht hier im Haus übernachten wollen. Aber ihr könnt bei meiner Mutter bleiben, die euch beide liebt und vermisst. Oder ich suche euch ein schönes Hotelzimmer. Und wenn du unser Haus vermeiden möchtest, treffen wir uns in einer Weinstube, gehen wandern, oder Mutter kocht uns etwas.«

»Ich weiß, dass das irgendwann auf mich zukommt, Jan, wenn wir unser Verhältnis entspannen oder, wie soll ich sagen, einigermaßen normalisieren wollen. Dazu gehört ja auch deine Partnerin. Aber ich bin mir nicht sicher, ob ich schon so weit bin. Natürlich kann man es so machen, wie du vorschlägst. Aber Neustadt, deine Mutter, du: Das wird Gefühle und Erinnerungen wecken, vor denen ich mich fürchte. Andererseits habe ich auch kein gutes Gefühl dabei, in die Pfalz zu fahren und deine Partnerin Katrin die ganze Zeit nur als unsichtbares Gespenst im Hintergrund zu erleben. So wäre das nämlich bei deinem Vorschlag. Lieber wäre mir, ich könnte mit ihr im selben Raum sein und ihr in die Augen sehen, ohne sie ihr auszukratzen. Aber ich weiß nicht, ob ich es kann und ob ich es mir antun möchte.«

Ingrid hatte recht. »Wenn wir es so machen, dass ihr euch gleich zu Anfang ganz kurz begegnet, euch begrüßt und wir dann mit den Jungs weggehen, können wir eine allzu verkrampfte Situation vielleicht vermeiden«, erwiderte Badenhop. »Wäre das eine Möglichkeit? Du musst es wissen, Ingrid, ganz allein du. Überlege es dir. Ich würde mich freuen.«

»Ich denke darüber noch mal nach und melde mich dieser Tage. Bis dann. Gib Jens einen Kuss von mir.« Sie legte auf.

Mit Katrin hatte er schon gesprochen. Ihr fiele eine Begegnung naturgemäß erheblich leichter, aber sie ging noch einen Schritt weiter. Nach allem, was Badenhop von ihr erzählt habe, sei Ingrid eine kluge und interessante Person: »Alle Beteiligten können nur gewinnen, wenn sich ein entspanntes Verhältnis zwischen ›deinen beiden Frauen‹ entwickelt.« Sie habe höchstens Angst, dass sie sich Ingrid unterlegen fühlen könnte und gar nicht mehr verstünde, was Jan an ihr selbst fände.

Da hatte Badenhop erleichtert gelächelt, sie geküsst und entgegnet: »Davor habe ich gar keine Angst.«

✳✳✳

Oliver Neidelbach stand früh auf, wollte keine Zeit verlieren und ging nach unten in den Frühstücksraum. Zwei Exemplare der Zeitung, die er üblicherweise las, während er seinen Kaffee trank, lagen am Portiersschalter. Eine davon nahm er mit und legte sie zusammen mit seinem Zimmerschlüssel auf seinen Tisch. Dann bediente er sich an dem kleinen Büfett.

Als er zurückkam, sich setzte und die Zeitung auseinanderfaltete, erstarrte er. Gleich auf der ersten Seite unten links war eine Suchmeldung der Polizei mit zwei Fotos abgedruckt: Er und Boris Kiefer – so hieß der Andere also – wurden wegen Mordes gesucht.

Das durfte nicht wahr sein! Wie war die Polizei auf seinen Namen gekommen? Hatte der türkische Automechaniker doch gequatscht? Wo hatten sie das Foto her? Damit hatte sich seine Situation komplett verändert, keinesfalls zum Guten. Die Polizei suchte ihn. Er musste verschwinden.

Oder sollte er sich stellen und auf Strafmilderung hoffen? Wenn er dann noch sagen könnte, dass der Tod der Türkin eher ein Unfall gewesen war und die beiden anderen die Haupttäter bei der Vergewaltigung gewesen waren und er das gar nicht gewollt hatte? War ja egal, ob es stimmte, sie waren ja tot. Ginge das?

Und dieser Boris Kiefer … Aber es war zu spät. Statt den Typen zu finden und auszuschalten, musste er jetzt vor allem verhindern, dass die Polizei *ihn* fand. Wenn überhaupt, sollte es so aussehen, dass er freiwillig zur Polizei ging. Kiefer konnte ihm erst mal egal sein. Der wurde ja selbst gesucht. Natürlich durfte er ihm nicht über den Weg laufen.

Er brauchte Zeit zum Nachdenken. Aber nicht hier. Hier konnte ihn jederzeit jemand erkennen, wenn sein Bild in der Zeitung war. Er musste raus hier. So schnell wie möglich.

Hektisch las er den Text des Zeitungsartikels.

*Die Abteilung Schwerverbrechen der Neustadter Polizei bittet die Bevölkerung um Mithilfe bei der Suche nach zwei mutmaßlichen Mördern, die sich in der Vorderpfalz, wahrscheinlich im Raum Ludwigshafen aufhalten. Boris Kiefer (linkes Foto) und Oliver Neidelbach sind beide in Ludwigshafen wohnhaft und derzeit auf der Flucht.*

*Die Suche nach den beiden Männern steht im Zusammenhang mit dem spektakulären Mord an einem Museumsaufseher und gleichzeitigem Kunstraub in der Villa Ludwigshöhe in Edenkoben sowie dem Mord an einem Freinsheimer Weinhändler im südpfälzischen Ranschbach. Dabei ist nach Angaben der Polizei nur einer der beiden Männer für diese beiden Morde verantwortlich. Es gebe aber eine Verbindung zu einem früheren Gewaltverbrechen, für das wohl der zweite Täter verantwortlich ist. Genaueres war bei der Staatsanwaltschaft nicht zu erfahren.*

*Sicher scheint allerdings, dass es sich keinesfalls – wie in rechten und rassistischen Kreisen vorschnell behauptet worden war – um muslimische Täter oder um islamistisch motivierte Morde handelt. Zu der Frage, ob es sich bei der Person im Niqab, die sich zur Zeit des Mordes in der Villa aufgehalten hatte, um den verkleideten Täter handelt, war keine Auskunft zu erhalten.*

*Die Polizei bittet um Hinweise auf den Aufenthalt der Gesuchten, weist aber darauf hin, dass die beiden Männer gewalttätig und vermutlich bewaffnet sind.*

»Früheres Gewaltverbrechen«. Ja, Scheiße.

Hastig steckte er sich einen Apfel und ein Brötchen in die Tasche, nahm die Zeitung mit und erklärte im Vorbeigehen dem Portier, dass er die Rechnung fertig machen solle. Dann ging er auf sein Zimmer, packte seine Sachen zusammen, warf die Zeitung in den Abfalleimer, damit zumindest dieses Exemplar von niemandem gelesen wurde, und ging nach unten.

Die zweite Zeitung lag aufgefaltet auf dem Tisch des Portiers, der seine Zimmerrechnung fertiggestellt hatte und freundlich lächelte, aber nichts sagte. Wusste er etwas? Hatte er ihn erkannt? Er musste es riskieren, bezahlte betont gemächlich und ging nach draußen. Ein Taxi hatte er nicht vor das Haus bestellt wie gestern. Es war ihm zu gefährlich. Taxifahrer verfolgten üblicherweise die Suchmeldungen der Polizei. Er würde die paar Straßen bis zu seinem Auto laufen müssen.

Nervös fühlte er, ob die Walther noch in seiner Jackentasche steckte. Vom schönen Frühlingswetter der vergangenen Tage war nichts mehr geblieben. Kalter Wind wehte durch die Straßen. Es nieselte, als ob der November zurückgekommen wäre.

Der Anruf erreichte Badenhop noch zu Hause. »Eine Pension in Ludwigshafen meldet, dass die beiden Gesuchten heute Nacht bei ihnen übernachtet haben!«, schrie der Wachhabende ins Telefon. »Sie sind aber beide schon weg!«

Beide im selben Hotel? Das wurde ja immer kurioser.

Badenhop rannte aus dem Haus, rief Groß an, holte ihn ab und raste mit ihm in Richtung Ludwigshafen. »Falls das noch eine Weile geht, was wir nicht hoffen, sollten wir bei der Polizeidirektion Ludwigshafen eine Einsatzzentrale einrichten, bis wir die beiden endlich haben.«

»Das hätten wir vielleicht gestern schon machen sollen.«

Badenhop nahm die Kritik an. »Ja. Aber wir konnten ja nicht sicher sein, dass die Flüchtigen in der Stadt bleiben. Wenn es so ist, müssen wir neben Kiefers Wohnung auch die von

Neidelbach überwachen. Und Barakaz, bei dem könnte Kiefer oder Neidelbach auftauchen.«

Die Wunde am Oberarm schmerzte, behinderte Boris Kiefer jedoch nicht in seinen Bewegungen. Er hatte an diesem Morgen etwa eine halbe Stunde lang die Pension beobachtet, bis er endlich Neidelbach durch die Tür treten sah. Der letzte noch lebende Mörder seiner Braut trug eine Sporttasche über den Schultern, sah sich unsicher um und ging langsam weg von der Stelle, an der Kiefer sich verborgen hatte. Er musste folgen, um eine günstige Stelle abzuwarten.

Boris Kiefer nahm das Messer aus seinem Rucksack, versteckte es unter seiner Jacke und zog den Rucksack wieder an. Dann folgte er seinem Widersacher.

Er würde schnell sein müssen, so schnell, dass Neidelbach keine Gelegenheit mehr hatte, nach seinem Revolver zu greifen. Und wenn es ihn selbst erwischte, dann war es eben so. Er hatte alles versucht, seine geliebte Aynur zu rächen, die diesen Kunstidioten, die ja angeblich so geistvoll waren, in die Hände gefallen war. Zwei hatte er geschafft. Den dritten hatte er vor sich, komme, was wolle.

Entschlossen folgte er seinem Opfer.

Drei Abzweigungen weiter steuerte Neidelbach auf den Parkplatz eines Supermarktes zu, der um diese Uhrzeit noch geschlossen war und auf dem nur ein einziger Wagen stand. Der Teil des Parkplatzes, auf dem das Auto geparkt war, befand sich in einer Baulücke zwischen zwei Häusern.

Keine schlechte Stelle, dachte Kiefer, beschleunigte seine Schritte und näherte sich seinem Gegner, der jetzt das Auto erreicht und gerade den Schlüssel ins Schloss gesteckt hatte.

Als Neidelbach den auf ihn zustürzenden Mann bemerkte, drehte er sich rasch um, sodass seine Sporttasche zwischen ihn und Kiefer geriet und dessen ersten Stich abfing. Dabei rutschte die Tasche von Neidelbachs Schulter, der sie nun wie einen Schild vor sich hielt und einen weiteren Stich damit abwehrte. Dann machte er blitzschnell zwei Schritte nach vorn und stieß Kiefer damit gegen die Brust, sodass dieser überrascht nach hinten stolperte. Dabei fiel sein Messer zu Boden. Als er sich bückte, um es rasch wieder zu ergreifen, warf Neidelbach die Sporttasche nach ihm, griff in seine Jacke und zog den Revolver.

»Ich mach dich fertig, du Arschloch«, presste er zwischen den Zähnen hervor, entsicherte die Waffe und begann zu schießen.

Boris Kiefer versuchte, so schnell wie möglich wieder auf die Beine zu kommen, erreichte aber sein Messer nicht und wollte fliehen. Eine Kugel pfiff an ihm vorbei und riss ein Loch in den Verputz des Nachbarhauses. Fast gleichzeitig mit dem Knall des zweiten Schusses spürte Kiefer einen heftigen Schlag auf seinen Oberschenkel, bevor er die schützende Hausecke erreichte. Er hatte es vermasselt. Wenn Neidelbach ihm folgte, konnte er ihn erschießen. Todesangst schnürte ihm die Kehle zu.

Doch nichts dergleichen geschah. Er hörte die Autotür zuschlagen und den Motor anspringen. Dann wurde Gas gegeben. Der Wagen fuhr auf der anderen Seite aus dem Parkplatz.

Hier durfte er nicht bleiben. Die Schüsse waren sicher gehört worden. Er schleppte sich zurück zu seinem Messer, steckte es ein und befühlte sein Bein. Es blutete stark, aber anscheinend war kein Knochen verletzt. Er musste versuchen, das Bluten zu unterdrücken und zu seiner Wohnung zu kommen, um sich dort zu verbinden.

Er kramte ein Päckchen Papiertaschentücher aus seinem Rucksack, riss den Inhalt heraus und presste die Taschentücher gegen die Wunde. Dann machte er sich auf den Weg zur nächsten Bushaltestelle.

Scheiße, das war knapp, dachte Neidelbach. Was war mit diesem Kerl los? Gab der immer noch nicht auf? Oder wusste er noch gar nicht, dass sie beide von der Polizei gesucht wurden?

Er hatte eine Sekunde erwogen, seinem Gegner nachzujagen und ihn endgültig zu erledigen, hatte sich aber instinktiv dagegen entschieden. Das war richtig gewesen. Je länger er blieb, desto gefährlicher wurde es für ihn, vor allem wenn er einen weiteren Schuss abgab. Er hatte seinen Verfolger erwischt. Das war beruhigend. Der Idiot konnte kaum noch flüchten. Früher oder später würde er der Polizei in die Hände fallen. Ihm konnte er nichts mehr anhaben.

Oliver Neidelbach war ein paar Straßen weitergefahren und hatte dann angehalten. Was war da jetzt passiert? Wieso hatte der Kerl ihn gefunden? Woher wusste der, wo er war? Er musste ihm irgendwie gefolgt sein. Wann? Nach der Schießerei in dem Hinterhof? Von dort war er zum Hotel gegangen.

Was mochte als Nächstes kommen? Die Adresse dieses Boris Kiefer brauchte er nicht mehr herauszufinden. Sollte er trotzdem bei diesem Automechaniker vorbeifahren, ihm die Walther unter die Nase halten und ihm eine ordentliche Abreibung verpassen? Lust dazu hatte er wirklich. Der hatte ihm das alles eingebrockt. Die ganze alte Geschichte noch einmal aufzukochen! Die war doch längst vergessen gewesen! Blöder Türke.

Halt: Er wurde von der Polizei gesucht, und die konnte sich denken, dass er womöglich dem Türken seine Geschwätzigkeit heimzahlen wollte. Wenn sie den überwachten, säße er in der Falle.

Irgendwann erwische ich dich, dachte er. Wenn Gras über die Sache gewachsen ist.

Er entschied, Janine Siener anzurufen.

»Hallo, Janine. Hier ist Oliver. Ich nehme dein Angebot an, ein paar Tage bei dir unterzukommen. Ist das okay? ... Ja? ... Hör mal, du hast vielleicht gelesen, dass die Polizei mich sucht. Da ist eine ganz blöde Geschichte passiert, vor einigen Jahren. Ich kann es dir erzählen, wenn ich da bin. Mach dir deswegen keine Gedanken. Ich muss nur ein paar Tage verschwinden, bis sich das aufklärt, ja?«

Wenn er nicht in die Autowerkstatt ging, brauchte er dann die Walther noch? Er wurde ja jetzt nicht mehr bedroht. Und wenn man ihm auf die Pelle rückte? Janine als Geisel nehmen? Dazu konnte die Walther sicher nicht schaden. Aber dann würden sie ihn erst recht jagen. Geiselnehmer! Lieber nicht. Besser, sich als braver Bürger darzustellen, der nur einmal mehr oder weniger unschuldig in eine kriminelle Sache reingeraten war, sich aber sonst nie etwas hatte zuschulden kommen lassen. Vielleicht kam er dann mit einer Bewährungsstrafe durch.

Andererseits: Man wusste nie, wozu eine Knarre gut sein konnte.

Lange konnte es Boris Kiefer nicht mehr aushalten, wenn die Wunde nicht bald versorgt wurde. Zwar konnte er mit den Papiertaschentüchern und dem Stoff der Hose das Bluten einigermaßen aufhalten, aber es schmerzte entsetzlich, vor allem als er die zwei Stufen des Omnibusses hochmusste. Es war schwierig, nicht aufzufallen, deshalb setzte er sich einem Mann gegenüber, der in seine Zeitung vertieft war. Der schien seine Umgebung nicht zu beachten.

Endlich ein bisschen ausruhen. Das tat gut. Er spürte, wie er sich entspannte. Sogar die Schmerzen im Bein ließen nach.

Der Versuch, die Sache zu Ende zu bringen, war gründlich schiefgegangen. Dieser Neidelbach hatte ihn schon zum zweiten Mal angeschossen. Er brauchte eine andere Waffe als das Messer. Das Schwein sollte außerdem nicht nur einfach sterben. Aynur hatte mehr verdient. Es sei der Schlimmste von den dreien gewesen, hatte Egid gesagt. Das war ein Grund, ihn erst mal leiden zu lassen, bevor er ihm den Rest gab. Und die Öffentlichkeit sollte erfahren, was sich da für heruntergekommene Typen in der Kunstszene herumtrieben.

Seine ursprüngliche Idee war gut gewesen, ihn in seinem Lager sterben zu lassen, ihn zum Danziger Platz zu schaffen, ihm das Gemälde um den Hals zu hängen und das Foto an die Zeitung zu schicken, damit alle sehen konnten, um was es ging.

Warum hatte er nur nicht besser aufgepasst, als er das elende Schwein zum zweiten Mal gefesselt hatte? Dann wäre das alles nicht passiert. Man hätte diesen Vergewaltiger und Mörder zusammen mit dem Gemälde dort gefunden, wo man auch seine Aynur gefunden hatte. Stattdessen saß er hier verletzt im Bus.

Sein Blick streifte unwillkürlich über die Zeitungsseite, die der Mann ihm gegenüber vor sich hochhielt. Was war das? Ein Foto von ihm! Die Polizei suchte ihn! Wie konnte das sein? Hatte Egid ihn verraten? Egid, der Brave, der sich nichts traute in diesem Land, das er so bewunderte. Ein lieber Mensch, der ihm aber sogar Vorwürfe gemacht hatte, weil er, ein Deutscher, seine Schwester rächen wollte. Oder hatte sich Egid in seiner Angst jemandem anvertraut, und der hatte ihn verraten?

Das wird sich später aufklären, dachte er. Aber was soll ich jetzt machen? Kann ich überhaupt nach Hause? Wartet die Polizei dort schon auf mich?

Es fiel ihm zunehmend schwer, nachzudenken. Er war abgespannt, müde. Vielleicht war es besser, zur Autowerkstatt zu fahren, nicht zu seiner Wohnung. Doch, Egid konnte ihm helfen.

Boris Kiefer schloss für einen Augenblick die Augen.

✳✳✳

Der Inhaber und der Portier der Pension waren untröstlich darüber, dass sie nicht mehr zum Ergreifen der Gesuchten beitragen konnten, aber beide Delinquenten hatten brav ihre Rechnung bezahlt und waren verschwunden. Wieso die zwei Todfeinde in derselben Pension übernachtet hatten, ohne dass es zu Blutvergießen gekommen war, verstand Badenhop nicht. Immerhin war klar, dass beide noch am Leben waren.

Ein Anwohner in der Nähe eines Supermarkts in Friesenheim hatte eine Schießerei gemeldet, aber auch mitgeteilt, dass auf der Straße nichts mehr zu sehen sei. Eine Streife entdeckte zwei Kugeln sowie auf den Boden getropftes Blut neben einer Hauswand. Von den beteiligten Personen gab es keine weitere Spur. Ob die Auseinandersetzung mit den beiden Gesuchten zu tun hatte, war nicht zu erkennen.

✳✳✳

Der Anruf von Janine Siener erreichte Kevin Groß mitten in einer Lagebesprechung, die sie kurzfristig in einem Besprechungsraum der kleinen Pension abhielten. Aufgeregt teilte sie ihm mit, Neidelbach habe gerade angerufen und sein Kommen angekündigt. Ob sie sich denn wirklich darauf verlassen könne, dass er abgefangen wurde, bevor er ihre Wohnung betreten und ihr am Ende etwas antun konnte. Ob sie schon mal alle Türen abschließen und nicht öffnen solle, falls er klingelte?

Das sei eine gute Idee, beruhigte Groß sie, verabschiedete sich sofort aus der Besprechung und rannte zum Wagen. Die Polizeisirene konnte er bis kurz vor Freinsheim benutzen und alles aus dem Wagen herausholen. So wäre er wahrscheinlich vor Neidelbach bei Janine Siener. Der Gesuchte musste eher verkehrsgerecht fahren, um nicht aufzufallen.

Unterwegs rief Groß wie vereinbart die Polizei in Bad Dürkheim an, damit diese umgehend eine Einsatztruppe in einem neutralen Wagen nach Freinsheim schickte und die Beamten, wenn Janine Siener nicht zu lange mit dem Anruf gewartet hatte, auf jeden Fall früher als Neidelbach vor Ort waren.

Groß stellte den Wagen kurz vor der Altstadt ab und verständigte sich mit der Streife sowie mit Janine Siener, die ihm bestätigte, dass Neidelbach noch nicht eingetroffen war. Er schickte einen der Beamten zur Sicherheit und zur Beruhigung der hypernervösen Frau in die Wohnung.

Mehrere Personen passierten in den nächsten dreißig Minuten das Haus in der Haintorstraße gegenüber dem Weg, der rund um die Altstadt an der weitgehend erhaltenen Stadtmauer entlangführte. Niemand erregte ihre Aufmerksamkeit. Mal kam eine Mutter mit ihrem kleinen Mädchen vorbei, ein andermal waren es einzelne ältere Herren sowie kleine Gruppen von Eltern mit Kindern, die vermutlich zum Kindergarten gingen – nichts Besonderes.

Eine schöne Ecke in diesem Kleinstädtchen mit seinen historischen Gebäuden, dachte Groß, als er sich beim Warten ein wenig langweilte.

Manchmal, wenn er Besuch von alten Freunden aus seiner Studienzeit erhielt, fuhr er mit ihnen die paar Kilometer von Neustadt nach Freinsheim. Dann liefen sie den historischen Fußweg zwischen den Häuserwänden und der Stadtmauer, und er freute sich, wenn sie die romantischen engen Gässchen bewunderten. Wenn es sich ergab, ging er mit ihnen essen, am liebsten in die »Weinstube Weinreich«, wo man im Sommer so schön im Innenhof sitzen konnte und wo es neben einfallsreichen, modern-ländlichen Gerichten Weine aus den meisten interessanten Dörfern der ganzen Weinstraße gab.

Jetzt kam ein Mann die Straße entlang, der eine Jacke trug, darunter anscheinend einen Kapuzenpulli. Er hatte eine Sporttasche über die Schulter geworfen und die Kapuze des Pullis über den Kopf gezogen.

Das könnte Neidelbach sein, dachte Groß und schaltete innerlich auf höchste Alarmstufe.

Der Mann ging auf das Haus zu, in dem Janine Siener wohnte, lief aber dann daran vorbei. Doch nicht.

Längeres Warten barg eine gefährliche Komponente der Abnutzung und des Aufmerksamkeitsverlustes. Groß merkte, dass seine Gedanken abschweiften. Er betrachtete die hübschen Häuser in der unmittelbaren Umgebung des Wagens, in dem er mit den anderen Beamten saß. Häuser aus ganz unterschiedlichen Epochen, mal ein Fachwerkhaus, mal ein repräsentatives Haus aus der Barockzeit, ein eher langweiliges Haus aus den sechziger Jahren – mehrere hundert Jahre auf wenigen Metern. Groß fühlte sich auf einmal schläfrig. Überwachung und die damit verbundene Warterei gehörten zu den blödesten Jobs in seinem Beruf.

Vielleicht war er deshalb überrascht, als der Kapuzenmann zurückkam, sich umsah, ohne die tief in ihre Sitze gedrückten Beamten zu bemerken, und auf den Eingang zu dem Haus zusteuerte, in dem Janine Siener wohnte. Sein Gesicht war nicht zu erkennen, aber als er die Namen auf den Klingelschildern studierte, wusste Groß: Jetzt ging es los. Das war ihr Mann.

Er gab den Beamten im anderen Fahrzeug ein Zeichen zum

Aussteigen, öffnete ruhig die Tür seines Wagens und verließ
selbst gemächlich, aber innerlich höchst angespannt das Auto.

✻✻✻

Die BG Klinik in Ludwigshafen war eine der bekanntesten
Unfallkliniken der Pfalz. Sie war spezialisiert auf die Akutver-
sorgung und Rehabilitation schwer verletzter und berufser-
krankter Menschen. Der Krankenwagen, der den ohnmächtig
gewordenen Mann aufgenommen und seine Wunde notdürftig
versorgt hatte, brachte ihn unmittelbar in diese Klinik. Ein
Fahrgast hatte den Busfahrer darauf aufmerksam gemacht, dass
ein bewegungsloser Mann im Bus in sich zusammengesunken
war, der außerdem aus einer Wunde am Bein blutete. Der Bus
hatte seine Fahrt unterbrochen, bis der Krankenwagen eingetroffen war.

In dieser Situation stellte die Notaufnahme nicht viele Fragen. Der Mann hatte offenbar viel Blut verloren. Seine ganze
Hose war blutdurchtränkt. Papiere hatte der Verletzte nicht
dabei, aber es ging alles recht schnell: Blutdruck messen, um
den Blutverlust einschätzen zu können, Wunde desinfizieren,
Blutung stillen, so gut es ging, Verband anlegen. Bei genauerer
Betrachtung der Wunde stellte der Arzt fest, dass es sich um
eine Schusswunde handeln musste. Wie in solchen Fällen üblich, wurde die Polizei informiert. Boris Kiefer, noch immer
ziemlich benommen, bekam das mit. Die Polizei würde vermutlich nicht sofort kommen, aber bald. So lange durfte er
nicht im Krankenhaus bleiben.

Nach der Behandlung wurde er auf eine Station gebracht
und lag nun im Krankenzimmer zusammen mit einem älteren
Herrn, der vor sich hin döste.

Boris Kiefer war wieder einigermaßen wach und klar im
Kopf. Er musste den richtigen Zeitpunkt herausfinden, um
hier abzuhauen. Aber wo waren seine Sachen? Sie hatten ihm
die Jacke und die Hose aus- und eines dieser lächerlichen,
hinten offenen Krankenhaushemden angezogen. Womöglich

waren seine Kleider und sein Rucksack in einem Spind hier im Zimmer. Die blutgetränkte Hose auch? Er klingelte nach der Krankenschwester.

»Na, was haben Sie denn angestellt?«, fragte die junge Pflegerin, als sie das Zimmer betrat. »Sie haben sich irgendwo herumgetrieben, wo geschossen wird, oder? Das sollten Sie künftig vermeiden. Wenn Sie dazu in der Lage sind, müssen wir ein paar Formulare ausfüllen und festhalten, wer Sie überhaupt sind und so weiter. Kriegen Sie das schon wieder hin zusammmen mit mir?«

Was sollte er sagen? Natürlich musste er mitspielen. Aber er durfte ihnen nicht sagen, wer er war. Anscheinend hatte bisher niemand bemerkt, dass sein Konterfei auf der ersten Seite der Zeitung abgebildet war.

Er nannte der Pflegerin einen falschen Namen, Hans Settelmaier, und die Adresse eines Kunden, bei dem er vor drei Wochen zwei Kinderzimmer renoviert hatte. Anschließend fragte er, wo seine Sachen seien.

»Die sind im Schrank. Ihrer hat einen gelben Punkt. Nur die Hose fehlt. Die war erstens völlig blutig, und außerdem musste sie aufgeschnitten werden, um Ihre Wunde zu versorgen. Ihr Handy haben wir hier auf den Nachttisch gelegt. Sie sollten Angehörige benachrichtigen, damit die Ihnen zumindest eine Hose vorbeibringen. Sie bleiben heute noch hier und können vielleicht morgen schon wieder nach Hause. Sie haben eine Fleischwunde, die stark geblutet hat. Aber Sie hatten Glück. Es wird nichts zurückbleiben, wenn die Wunde abgeheilt ist.«

Dass er keine Hose hatte, gefiel Boris Kiefer überhaupt nicht. Wie sollte er ohne Hose abhauen? »Kann ich laufen, auf Toilette gehen und runter an den Kiosk?«

»Im Prinzip ja, aber es besteht die Gefahr, dass die Wunde wieder anfängt zu bluten, wenn sie nicht stillgehalten wird.«

»Dazu brauche ich aber eine Hose.«

»Eine Toilette haben Sie hier direkt nebenan in Ihrem Bad. Sie müssen sich nicht anziehen. Das Zimmer können Sie mit diesem Krankenhaushemd verlassen und sich hier auf der Station bewegen, bis Ihnen ein Angehöriger Sachen vorbeibringt. Je schneller er da ist, desto schneller haben Sie eine Hose. Aber auch das Anziehen der Hose kann im Moment noch dazu führen, dass die Wunde wieder stärker zu bluten anfängt. Sie sollten das vermeiden, Herr Settelmaier.« Die junge Frau lächelte ihn an und verließ das Zimmer.

Kiefer betrachtete den dösenden Rentner im Bett gegenüber, der etwas weniger kräftig als er gebaut war. Es half nichts, er musste es versuchen.

Ein Blick in Richtung der Spinde zeigte ihm, dass sein Bettnachbar vermutlich nicht bemerken würde, wenn er eine Hose aus dessen Spind nahm. Wenn er sie nicht ganz zubekam, müsste er sie offen lassen und nur mit dem Gürtel einigermaßen befestigen. Pulli drüber – das sollte gehen.

Die Wunde schmerzte, als er sich aufsetzte.


Mit der Meldung über den Mann mit einer Schusswunde hatte das Krankenhaus der Polizei klugerweise ein Foto des Verletzten übermittelt. Es dauerte nicht lange, bis er als Boris Kiefer identifiziert war. Sein Konterfei hing schließlich in jeder Polizeistation der Pfalz und war in der »Rheinpfalz« von heute abgebildet.

Wenige Minuten später hatte Jan Badenhop gewusst, dass einer der beiden Gesuchten mit einer Schussverletzung in der BG Klinik eingeliefert worden war und dort versorgt wurde.

»Wir fahren sofort hin«, hatte er angeordnet und sich mit zwei Beamten zu einem Streifenwagen begeben.

Fünfzehn Minuten später standen sie im Foyer der Klinik und wurden von der Krankenschwester begrüßt, die mit dem Verletzten vor wenigen Minuten gesprochen hatte. Sie reagierte ziemlich erschrocken, als sie erfuhr, dass der Mann der gesuchte mutmaßliche Mörder Boris Kiefer war.

»Er hat einen anderen Namen genannt und wahrscheinlich auch eine falsche Adresse. Aber das ist ja klar.« Sie lächelte unsicher.

Als Nächstes kam es für Badenhop darauf an, die Umstände zu klären, um Kiefer ohne Gefährdung Unbeteiligter festnehmen zu können. »Es handelt sich um einen Mann, der vermutlich zwei Menschenleben auf dem Gewissen hat. Er ist also gefährlich. Seine Sachen wurden durchsucht. Er hat wohl keine Waffe mit auf dem Zimmer, oder?«

»In seinem Rucksack befand sich ein Messer, so eine Art recht großes Pfadfindermesser. Wir haben es in Verwahrung genommen. Weitere Waffen hatte er nicht dabei.«

»Wie hat er auf Sie reagiert? Wirkt er misstrauisch, aggressiv, oder verhält er sich ruhig?«

»Eigentlich wie ein ganz normaler Patient. Er hat gefragt, ob er im Haus herumlaufen kann. Ich habe ihm empfohlen, es nicht zu tun. Zu mir war er freundlich.«

»Wie eingeschränkt ist er in seinen Bewegungen?«

»Die Wunde ist verbunden. Sehr eingeschränkt ist er nicht, aber schnelle Bewegungen verursachen ihm Schmerzen. Es ist nicht zu empfehlen, dass er viel läuft, weil die Blutung wieder beginnen könnte.«

»Aber er ist transportfähig?«

»Das schon.«

»Gut.« Badenhop nickte zufrieden und wies die Beamten an, einen Krankentransport zum nächstgelegenen Justizvoll-zugskrankenhaus zu bestellen. Die Krankenschwester bat er, einen Rollstuhl für den Transport zu besorgen, machte sich aber sofort mit ihr gemeinsam auf in Richtung der Kranken-station. Als er unterwegs erfuhr, dass Kiefer mit einem weite-ren Patienten im Zimmer lag, bat er darum, diesen unter dem Vorwand einer Untersuchung unverzüglich aus dem Zimmer zu entfernen.

Als sie den Flur der Station erreichten, wurde bereits das Bett mit dem älteren Herrn aus dem Zimmer geschoben. Ba-denhop ging wie unbeteiligt vorbei und warf einen Blick durch die offen stehende Tür. Kiefer saß auf seiner Bettkante und beobachtete die Vorgänge um ihn herum aufmerksam. Die Krankenpfleger schlossen die Tür wieder.

Kiefer kannte ihn nicht. Auf Krankenhauspersonal reagierte

er neutral bis freundlich. Das Einfachste war, sich ihm als Arzt zu nähern.

Er beorderte die beiden Beamten neben die Tür des Krankenzimmers, bat die Stationsschwester um einen Arztkittel und um eine weiße Hose, zog sich rasch um, klopfte an die Tür des Krankenzimmers, öffnete sie, ohne eine Reaktion abzuwarten, und ließ sie offen stehen, damit die Beamten, die von drinnen nicht zu sehen waren, hören konnten, was im Zimmer geschah.

Boris Kiefer stand vor einem offenen Schrank und hatte sich gerade eine Hose herausgenommen.

»Sie sind Herr Settelmaier?«, fragte Badenhop.

Kiefer nickte.

»Bitte setzen Sie sich wieder. Sie sollten besser nicht herumlaufen.« Badenhop zeigte auf das leere Bett.

»Was geschieht jetzt?« Kiefer behielt die Hose in der Hand, bewegte sich aber langsam in Richtung seines Bettes und ließ sich vorsichtig darauf nieder.

Badenhop registrierte mit Genugtuung, dass es Kiefer nicht leichtfiel, das verletzte Bein zu bewegen. Er wollte ihn in einer möglichst hilflosen Situation vor sich haben, wenn er erfuhr, dass sein Besucher kein Arzt war, und bat ihn deshalb: »Bitte legen Sie sich hin.«

Kiefer hängte die Hose über das Kopfende des Bettes und hob die Beine, was ihm sichtlich Schmerzen bereitete. Badenhop fasste unter seine Füße und half ihm, sich auf das Bett zu legen. Dann war es so weit.

»Ihre Verletzung ist eine Schusswunde. Das Krankenhaus musste das der Polizei melden. Draußen vor der Zimmertür stehen zwei Polizeibeamte, die wissen möchten, wo diese Wunde herstammt. Ich rufe die beiden jetzt. Kommen Sie bitte herein!«

Die Beamten kamen mit gezogener Waffe ins Zimmer. Kiefer, der sich rasch aufsetzen wollte, sank wieder auf das Bett zurück. Offensichtlich war ihm klar, dass er keine Fluchtchance hatte. Dennoch machte er einen Versuch, den Unschuldigen zu spielen.

»Was wollen Sie? Warum bedrohen Sie mich? Nehmen Sie

die Pistolen weg. Ich bin auf der Straße angeschossen worden. Ich weiß gar nicht, warum.«

Badenhop brachte die Sache zu Ende. »Stellen Sie sich bitte nicht dumm. Wir wissen auch, dass Sie nicht Settelmaier heißen. Sie sind Boris Kiefer. Ich bin Kommissar Jan Badenhop. Wir nehmen Sie fest unter dem dringenden Verdacht, Karl Grindelsbacher und Johannes Konietzka ermordet zu haben. Sie werden von uns jetzt in das Krankenhaus einer Justizvollzugsanstalt überführt. Ich rate Ihnen, keine Schwierigkeiten zu machen. Sie sind schwer verletzt und haben keinerlei Chance zu entkommen.«

Kiefer resignierte. »Hat Egid mich verraten?«, fragte er leise.

\*\*\*

Oliver Neidelbach sah sich skeptisch um, weil es ihm wohl eigenartig vorkam, dass von zwei Richtungen aus insgesamt drei Männer auf ihn zukamen. Wie Groß leicht verärgert bemerkte, fasste einer von ihnen gerade hinter sich an sein unter einer Lederjacke verstecktes Pistolenhalfter, was das Misstrauen des Gesuchten wohl endgültig weckte. Er wandte sich plötzlich um und rannte quer über die Straße in einen kleinen gepflasterten Fußweg, der an der Stadtmauer entlangführte und den die Beamten noch nicht erreicht hatten, um ihm den Weg zu verstellen. Das laut gerufene »Bleiben Sie stehen oder ich schieße!« des Polizisten hielt ihn nicht auf.

Der rennt durch den engen Stadtmauergang, dachte Groß. Blöd, dass wir so weit von dem Haus weg parken mussten, als wir gewartet haben. Aber der läuft mir nicht weg.

Er spurtete sofort los und folgte dem Flüchtigen, der nach wenigen Metern seine Sporttasche fallen ließ, die ihn beim Laufen behinderte. Als durchtrainierter, regelmäßiger Läufer musste sich Groß nicht sonderlich anstrengen, um die Distanz zwischen ihnen zu verkürzen. Die beiden Beamten folgten mit gewissem Abstand. Einer von ihnen hatten allerdings nicht allzu viel Puste, wie sich schnell herausstellte.

»Bleiben Sie stehen, Herr Neidelbach, wir erwischen Sie so oder so!«, rief Groß.

Der an einigen Stellen weniger als zwei Meter breite Weg zwischen Stadtmauer und Hauswänden verlief im Zickzack. Schwer einsehbar, schoss es Groß durch den Kopf. Er war nicht einmal überrascht, dass Neidelbach nach einer Ecke nicht mehr vor ihm zu sehen war. Die nächste scharfe Biegung war ja nicht weit.

Groß rannte weiter. Die kleine Nische, in der Neidelbach stand, hatte er in der Eile und immer mit Blick geradeaus in den Gang nicht beachtet. Der Verfolgte brauchte nur einen weiten Schritt nach vorn zu machen, um Groß ein Bein zu stellen. Wie ein gefällter Baum stürzte der Läufer höchst unsanft auf das Pflaster. Sein Knie und sein Ellenbogen schmerzten. Neidelbach hastete weiter.

Noch bevor Groß nach einer Schocksekunde wieder stand, überholte ihn der sportlichere der beiden Polizisten und nahm die Verfolgung auf. Groß eilte hinterher, trotz stechender Schmerzen im Knie.

Der Verfolgte durchlief jetzt ein recht gerades Stück des schmalen Ganges. Groß hörte den Beamten erneut brüllen: »Stehen bleiben, oder ich schieße!«

Neidelbach rannte unbeirrt weiter. Der Beamte zog im Lauf seine Waffe und gab einen Warnschuss ab. Dann blieb er stehen und schoss in Richtung des Flüchtigen.

Groß hörte den Getroffenen aufschreien und sah ihn stürzen. »Feuer einstellen«, befahl er, unter Schmerzen zu dem Kontrahenten aufschließend. Gleichzeitig schrie der Polizist, der geschossen hatte: »Liegen bleiben und Hand aus der Tasche!«

Dann ging alles blitzschnell. Neidelbach gab nicht auf. Er reagierte wie ein gereizter Stier: wütend, kopflos und ohne Rücksicht auf Konsequenzen. Er griff in seine Jacke, hielt plötzlich eine Schusswaffe in der Hand und fluchte: »Ihr Scheißkerle habt mich getroffen!« In derselben Sekunde feuerte er wild in Richtung der Polizisten.

Die erste Kugel hörte Groß durch den engen Gang pfeifen. Die zweite traf den jungen Polizisten am linken Arm. Ein Schrei und weitere Schüsse hallten durch den Gang, diesmal aus der Waffe des Polizisten. Entsetzt sah Groß, dass mehrere Kugeln in den Körper des am Boden Liegenden einschlugen. Seinen laut gerufenen Befehl »Feuer einstellen!« schien der Schütze nicht mehr zu hören. Groß riss dem völlig außer Kontrolle geratenen Beamten den Arm hoch und keuchte: »Um Gottes willen, hören Sie auf!«

Neidelbach bewegte sich nicht mehr.

## ACHTZEHN

Badenhop fühlte sich nicht wirklich in Feierstimmung ob des gelösten Falles, auch wenn er froh war, dass die Jagd auf die beiden Mörder ein Ende hatte. Einige Umstände drückten seine Stimmung. Vor allem der Tod Oliver Neidelbachs durch die Schüsse eines Beamten und der anschließende psychische Zusammenbruch des jungen Polizisten, der ihn erschossen hatte, machten ihm zu schaffen. Er haderte mit sich, weil er das Argument des Personalmangels akzeptiert hatte, als es darum gegangen war, die Straße vor dem Haus von Janine Siener besser abzusichern und Fluchtversuche zu unterbinden. Andererseits war er froh, dass die Festnahme des zweiten Täters glimpflich abgelaufen war. Angesichts der Tatsache, dass sich Boris Kiefer vorher nie etwas hatte zuschulden kommen lassen, erstaunte Badenhop die Kaltblütigkeit, mit der er seine beiden Opfer ermordet hatte. Rachegelüste wegen des gewaltsamen Todes seiner früheren Freundin in Verbindung mit einem neurotischen Hass auf die Kunstszene hatten aus ihm einen Mörder gemacht.

Auch Egid Barakaz tat ihm leid, den sein Gewissensdilemma so gequält hatte und der sich verantwortlich fühlte für das Schicksal des Freundes.

Barakaz hatte Badenhop gebeten, bei ihm vorbeikommen zu dürfen. Badenhop tat ihm den Gefallen, auch wenn er nicht genau wusste, was der Mann von ihm wollte.

Als er Barakaz in seinem Büro begrüßte, nahm dieser seine Hand in beide Hände und drückte sie lange. »Ich will Ihnen danken«, sagte er, »dafür, dass Sie mich gezwungen haben, die Wahrheit zu sagen. Es war richtig. Und jetzt ist es auch für Boris das Beste. Aber ich werde mir sehr lange Vorwürfe machen wegen meiner Fehler. Ich hätte ihn abhalten müssen. Ich hätte besser auf ihn aufpassen sollen. Ich hätte ihm gleich sagen müssen, dass Hass und Rache nicht der richtige Weg sind. Bevor er auf falsche Ideen kam. Damit muss ich jetzt leben.« Doch dann hellte sich sein Gesicht ein wenig auf. »Aber wissen Sie, Herr Kommissar, das ist nicht der einzige Grund, warum ich Sie gebeten habe, hierherkommen zu dürfen. Wenn Sie ein paar Minuten Zeit haben, möchte ich Ihnen etwas zeigen. Dafür müssten Sie mit mir nach draußen kommen.«

Auf dem Parkplatz des Präsidiums stand der gelbe DKW Junior, blank poliert, perfekt gepflegt und angemeldet mit Nummernschild, geradezu strahlend wie ein neues Auto.

»Wie schön er ist«, entfuhr es Badenhop.

Egid Barakaz war unübersehbar stolz auf sein Auto. »Ich möchte Sie einladen, eine kleine Runde mit mir zu fahren, wenn Ihre Zeit es erlaubt. Ich habe von Ihnen gehört, dass Sie sehr gute Erinnerungen an diese Marke haben.«

Badenhop war versucht abzulehnen. Während der Arbeitszeit ... Aber was sollte es, das war eine einmalige Gelegenheit, und Barakz freute sich, ihm dieses Geschenk machen zu können.

»Gern, es wird eine wunderbare Rückkehr in meine Jugend sein.«

Als er in dem Wagen saß, war Badenhop wieder der kleine Junge in Hamburg, der staunend dem Schnurren des Motors zugehört hatte, während er neben seinem Onkel im breiten Kunstledersitz fast versunken war und den großen Mann ehrfürchtig beobachtet hatte, wie er lenkte, schaltete, bremste, blinkte, beschleunigte. Alles war spannend und ein wenig abenteuerlich gewesen. Herrlich, wie der Wagen über die Straße geglitten war.

Sie fuhren die Weinstraße entlang durch Hambach, Diedesfeld und Maikammer und kehrten über Kirrweiler und Lachen-Speyerdorf nach Neustadt zurück. Egid Barakaz erzählte von seiner Kindheit, wie er seinem Vater geholfen hatte, wie sie als Kurden ihre Heimat verlassen hatten und nach Deutschland gekommen waren und welche Bewunderung er diesem Land, das die Heimat seiner Familie geworden war, entgegenbrachte. Er erzählte auch von dem Wagen, dessen Zustand beim Kauf und den technischen Schwierigkeiten, den Oldtimer wieder auf Vordermann zu bringen.

Badenhop verstand nur wenig von Motoren und Autos, aber er hörte gespannt zu. Als er sich von Egid Barakaz verabschiedete, ergriff nun er dessen Hand mit beiden Händen.

»Sie haben mir eine sehr große Freude gemacht, Herr Barakaz. Ich hoffe, Ihre Familie wird noch lange das Vergnügen haben, mit diesem Auto spazieren zu fahren. Bitte grüßen Sie Ihre Frau.«

Auf dem Flur des Präsidiums begegnete er Bernd Hochdörffer. Der sah Badenhop an, schüttelte den Kopf und meinte: »Du strahlst ja wie ein Kind unterm Weihnachtsbaum. Macht dich der Ausgang deiner Verbrecherjagd so glücklich?«

»Nein, ein Auto«, antwortete Badenhop und ließ den Kollegen lächelnd im Unklaren.

Alle waren bereits im Besprechungsraum versammelt. Nur Karin Welsch fehlte. Sabine Vogel hatte den obligatorischen Sekt und genügend Gläser mitgebracht. Groß wurde bedauert wegen seiner Knieverletzung, die ihn für einige Wochen am Langstreckenlauf hinderte. Glücklicherweise handelte es sich nur um eine schmerzhafte Verstauchung. Ausnahmsweise unterließ sogar Bernd Hochdörffer seine sonst üblichen Sticheleien, weil die Umstände des Einsatzes mit der tödlichen Schießerei und der Traumatisierung des jungen Kollegen kaum Anlass zu Späßen boten.

Das unverwechselbare Klackern der High Heels auf dem Flur kündigte die Ankunft der Staatsanwältin an. Sabine Vogel machte sich flugs an der noch geschlossenen Sektflasche zu schaffen, als die diesmal in – politisch nicht ganz neutralem, wie Badenhop auffiel – Hellgelb und Blau gekleidete Karin Welsch ihren gewohnt resoluten Auftritt hatte.

»Meine Dame, meine Herren, der endlich abgeschlossene Fall hat uns einige Mühe bereitet. Das ist angesichts der Tatsache, dass er sich als außerordentlich verwickelt gezeigt hat, kein Wunder. Bedauerlicherweise hat der Täter von Edenkoben und Ranschbach letztlich doch erreicht, dass alle Vergewaltiger, die er aus Rache am Tod seiner Freundin ermorden wollte, wirklich nicht mehr leben. Obwohl der Fall mit Beteiligten wie dem wirren Kunstexperten Kattel oder dem Journalisten Peust und seinem Detektivspiel im Neustadter Wald auch kuriose Aspekte hatte, so bleibt doch vor allem die Bösartigkeit und Gewaltbereitschaft der Täter in Erinnerung. Das gilt für beide Fälle, für den aktuellen wie für den damaligen Mord an der jungen Kurdin. Ihnen allen möchte ich danken, dass Sie mit einem Einsatz, der weit über das übliche Maß hinausging, zur Lösung beigetragen haben.«

Hochdörffer sah zu Badenhop, den Karin Welschs sonst so seltenes Lob doch ein wenig überraschte. Badenhop wusste aber auch aus Presseberichten, dass sie gerade eine Art Abschiedsrede hielt, was mit ihren nächsten Sätzen deutlich wurde.

»Bevor ich Ihnen Persönliches mitzuteilen habe, möchte ich noch etwas zu dem in der Villa Ludwigshöhe gestohlenen Gemälde sagen. Es wurde bekanntlich in Boris Kiefers Wohnung gefunden. Kunstexperten haben festgestellt, dass es kleinere, aber leicht zu behebende Schäden erlitten hat. Es befindet sich bereits wieder an seinem Platz in der Villa. Und nun zu meinem persönlichen Anliegen: Vielleicht konnten Sie schon der Presse entnehmen, dass mich die Delegiertenversammlung der Partei, für die ich mich seit einigen Jahren engagiere, auf einen sicheren Platz in der Liste der Landtagskandidaten gewählt hat. Sie werden sich also nach der anstehenden Wahl nicht mehr mit mir herumärgern müssen. Die nächsten drei Monate bleibe ich Ihnen freilich noch erhalten. Und nun lassen Sie uns das Glas erheben auf den gelösten Fall. Ich werde dieses Ritual bei meiner neuen Tätigkeit vermissen.«

Wie üblich blieb Karin Welsch nicht sehr lange. Niemand bedauerte, dass die Abteilung den Rest des Sektes ohne sie trinken musste.

»Sag mal«, wandte sich Hochdörffer an Badenhop, »weil die

Welsch den gerade erwähnt hat: Was ist eigentlich aus diesem Ralf Kattel geworden?«

Badenhop grinste und schüttelte dabei den Kopf, als wenn er immer noch nicht verstünde, was sich der »iwwerzwerche Kattel« – wie Groß ihn einmal in bestem Pfälzisch bezeichnet hatte – alles geleistet hatte. »An den Verbrechen war er ja wirklich völlig unbeteiligt. Aber er hat sich auch durch seinen Anwalt nicht davon abhalten lassen, die Polizei wegen angeblicher Schikanen zu verklagen.« Wie sich wenige Tage später herausstellen sollte, war er selbstverständlich damit gescheitert, trug aber mit seiner Polizeiallergie dauerhaft zur Erheiterung des Kommissariats bei.

Sabine Vogel hatte ebenfalls eine Mitteilung zu machen. Sie klopfte mit ihrem Glas an die leere Sektflasche, um sich Gehör zu verschaffen. »Also ich habe eine Einladung von Sven, also vom Weingut Breitel zu überbringen. Als kleine Entschädigung für die Zeitverschwendung im Wald – wobei er ja eigentlich nichts dafür konnte – möchte er alle zu einer Weinprobe mit kleinem Imbiss ins Weingut einladen. Wir müssen uns nur auf einen Temin einigen.«

Dagegen hatte niemand von ihnen etwas einzuwenden, im Gegenteil.

»Peust ist sicher auch eingeladen, oder? Der war ja beteiligt«, witzelte Hochdörffer, der sich mit einem Zwinkern in Richtung Sabine Vogel eine weitere Bemerkung nicht verkneifen konnte: »Hab ich's doch gleich gesagt. Junges Glück.«

Sabine Vogel entgegnete nichts, lächelte aber versonnen vor sich hin.

✳✳✳

»Ha! Gewonnen! Wir haben ihn!«, rief Stefan Schwörer schon zur Begrüßung seinen Freunden entgegen. Es war beileibe nicht der erste Weinfälscher, den der Weinexperte vor Gericht gebracht und eine Verurteilung erreicht hatte. Aber bei Fred Dorschd war es ihm eine besondere Befriedigung, den

Kellereibesitzer, dem er schon lange auf der Spur war, endlich für seine Schummeleien dranzukriegen.

Andererseits hätte es nicht einmal eines gewonnenen Prozesses bedurft, um den fidelen Stefan Schwörer zu einem gemeinsamen Abendessen zu bewegen. Dazu brauchte es keinen besonderen Anlass, wenngleich der Besuch des hoch angesehenen Restaurants »Urgestein« unweit des Neustadter Marktplatzes schon etwas Besonderes war.

Praktischerweise hatten Schwörer und Badenhop den Restaurantbesuch auf den Abend nach Katrin Mellens Umzug von Forst nach Neustadt gelegt. Schwörer und seine Partnerin hatten ihnen geholfen. Deshalb entspann sich ein kleiner Disput darüber, wer am Abend wen einladen durfte – Schwörer wegen der gewonnenen Verhandlung oder Katrin und Badenhop als Dank für die Umzugshilfe. Man einigte sich darauf, dass der Kommissar und seine Partnerin das Essen und Schwörer mit seiner Freundin die Weine übernahmen.

Der rieb sich schon die Hände. »Gefällt mir gut. Freie Bahn bei der Weinauswahl. Da werden wir ein paar feine Fläschchen entkorken.«

So kam es schließlich auch. Nach dem doch ein wenig anstrengenden Umzugstag war die ganze Gesellschaft voller Vorfreude, Jens und Badenhops Mutter inklusive, als sie zunächst den hübschen Innenhof bewunderten, den sehenswerte alte Stadthäuser umschlossen. Das Restaurant selbst nutzte den Hof als Terrasse, aber auch als Bühne für hin und wieder stattfindende Jazzkonzerte.

Nicht nur Badenhop gefiel das Experimentelle an der Küche, die muntere Verknüpfung scheinbar unverträglicher Zutaten, etwa beim furiosen Frühlingssalat mit Lachs, Estragoneis, kalter Sauerampfercreme, Verveine-Gel und grünen Kräutern. Erstaunt und erfreut erlebten sie, dass hier auch die Verbindung von Jakobsmuscheln mit weißer Schokolade, Banane und Petersilie gelang – cremig-süße Exotik nach dem Motto: So könnte man in Indien Jakobsmuscheln zubereiten.

Die unübersehbare Begeisterung des Oberkellners, der

mit allergrößtem Vergnügen allerlei Pfälzer Weine zu diesem oder jenem Gang empfahl und zu jedem ein Geschichtchen bereithielt, wurde ein wenig ausgebremst durch Schwörer. Der stöberte wie ein Minenhund durch die Weinkarte, bestellte zuerst einen holzfassgereiften Riesling von Knipser, dann einen köstlichen Chardonnay Grande Reserve von Bernhard Koch und ließ schließlich noch den tiefgründig-geheimnisvollen Pinot Noir »Herrenbuckel« von Borell-Diehl entkorken.

Katrin und Badenhops Mutter fanden in Schwörer einen weiteren Stichwortgeber für pfälzische Sprüche, Witze und Geschichten. Kein Wunder, dass die Stimmung immer gelöster wurde und am Ende alle froh waren, dass sie mit dem Taxi nach Hause fahren konnten.

Der Abschluss des Tages war mit der Ankunft in der nun gemeinsamen Wohnung allerdings noch nicht erreicht, weil Badenhop und Katrin den erfolgreichen Einzug noch ein wenig auf andere Art feierten.

\*\*\*

Freudig überrascht war Badenhop über Ingrids Mitteilung gewesen, dass sie sich letztlich entschieden hatte, Hendrik bei seinem Wochenendbesuch in Neustadt zu begleiten. Hendrik hatte in einem weiteren Telefonat mit Badenhop dazu eine Erklärung parat.

»Die Umstände haben es Mama leichter gemacht, glaube ich. Ich meine, du kannst ja nichts dagegen haben, aber es gibt einen gewissen Dirk. Der ist übrigens ganz okay. Dadurch besteht so eine Art Waffengleichheit, nicht wahr?«

Badenhop hatte nur einen ganz kleinen, fast winzigen Stich verspürt. Natürlich habe er »nichts dagegen«, sagte er sich pflichtschuldigst.

Schließlich begegneten sich die beiden Frauen tatsächlich, begrüßten sich höflich und wechselten ein paar steife Bemerkungen über die Anfahrt und das schöne Wochenendwetter.

Katrin war es, die einen ersten Schritt zur Entspannung

wagte und eine Verbindung aufbaute. Als die Frauen einen Moment allein waren, sagte sie zu Ingrid: »Ich habe mich vor dieser Begegnung ziemlich gefürchtet.«

»Wirklich? Ich auch«, antwortete Ingrid. Ihr gelang sogar ein kleines Lächeln.

# Nachwort und Dank

Wie in allen meinen Romanen habe ich existierende Orte und Personen mit Fiktion vermischt. Einige Klarstellungen sind notwendig, um Reales und Erfundenes zu trennen.

Alle Romanfiguren, die intensiv in die Handlung eingreifen, sind frei erfunden, auch wenn sie manchen Leser an reale Personen erinnern könnten. Die Neustadter Polizei verfügt weder über eine Abteilung Kapitalverbrechen noch über Arbeitsstrukturen, die denen des Romans entsprechen.

Die Weingüter Breitel und Kattel gibt es ebenso wenig wie die Kellerei Dorschd. Alle anderen erwähnten Weine und Weingüter existieren.

Meine Romanfiguren schicke ich nur in Restaurants, die ich selbst kenne – und zumindest gab es diese noch beim Abschluss des Textes. Speisenangebot sowie Beschreibungen decken sich mit meinen Erfahrungen. Es sind Restaurants (ebenso Weingüter), die ich persönlich schätze. Niemand hat mich dazu überredet oder gar dafür bezahlt.

Bei den Friesenheimer Handballern hat nie ein Oliver Neidelbach in der A-Jugend gespielt. Die allen Pfälzern wohlbekannte Villa Ludwigshöhe mit ihrer Slevogt-Ausstellung gibt es natürlich ebenso wie die Ruine Meistersel, den Stadtmauerrundgang in Freinsheim oder andere erwähnte Orte. Keineswegs ist jedoch das »Selbstbildnis mit Strohhut« in der Villa entwendet worden. Es befand sich auch nicht vorher im Besitz eines Weinguts. Die Sicherung der Kunstschätze in Ausstellungen ist unterschiedlich geregelt. Ob in der Villa ein Diebstahl wie beschrieben möglich wäre, ist mir nicht bekannt, da die Verwaltung das Sicherungssystem verständlicherweise nicht offenlegt.

Danken möchte ich allen, die zur Verbesserung meiner Arbeit beigetragen haben. Dazu gehören in erster Linie mein Freund und Kollege Michael Konrad und seine Frau Beate, die sich die Mühe gemacht haben, mein ganzes Manuskript mit mir zu diskutieren. Meine Frau Ana Margareto half durch ihre Sichtweise ebenso, manche Unsicherheit zu vermeiden. Stefan Scherrer danke ich für Details zur Arbeitsweise der Weinkontrolle und zur Weinanalyse, Eteri Adamia gab mir nützliche Hinweise zum ärztlichen Umgang mit Schussverletzungen. Lektorin Susann Säuberlich hat mit unzähligen wichtigen Hinweisen und kleinen Korrekturen zu sprachlichen und inhaltlichen Verbesserungen beigetragen.

Jürgen Mathäß

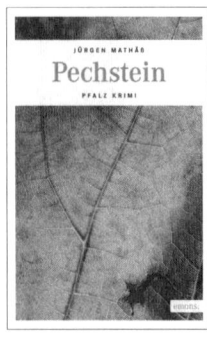

Jürgen Mathäß
**PECHSTEIN**
Broschur, 224 Seiten
ISBN 978-3-95451-031-3

*»Ein spannendes Lesevergnügen für Wein- und Pfalzliebhaber!«*
Südwestecho

*»Mathäß verarbeitet auf humorvolle und zugleich spannende Weise seine langjährigen beruflichen und persönlichen Erfahrungen in und mit der Weinbranche, selbstverständlich variiert und garniert mit der Freiheit eines Schriftstellers.«* Weinwirtschaft

Jürgen Mathäß
**KASTANIENBUSCH**
Broschur, 224 Seiten
ISBN 978-3-95451-362-8

*»Nach seinem 2012 erschienen Debüt-Krimi besticht auch diese Kriminalgeschichte durch Detailkenntnis. Fast im Plauderton gelingt es Jürgen Mathäß, das Leben in der Pfalz auf unterschwellig auch mal etwas kritische und dabei für Pfälzer doch durchaus köstliche Art amüsant zu beschreiben. Eindrucksvoll belegt die Lektüre, dass hier ein Schreiber am Werk war, der mit der ausgeprägten Neugierde eines Journalisten durch die Welt geht, gepaart mit dem enormen Sach- und Fachverstandes eines Mannes, der heute beispielsweise als der beste deutschsprachige Kenner des südamerikanischen Weinbaus gilt.«* Die Rheinpfalz

www.emons-verlag.de